灵／性签

林幸谦 著

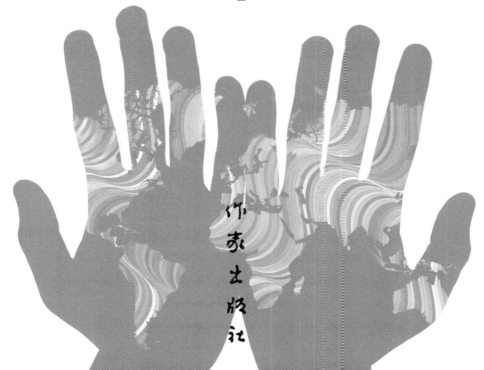

作家出版社

序一
《灵性签》·序

贾平凹

一

　　林幸谦的这本《灵性签》书稿，让我想起多年前我所提倡的"大散文"。

　　上世纪九十年代初，我为振兴散文提出"大散文观"的时代追求，《美文》就是在这振兴散文的文体号召中成立。我在创刊辞中提出散文应走出个人情怀，转向社会，在人性上要"复归生活实感和人之性灵"；也鼓呼散文的现实感、史诗感和真情感；鼓呼真正属于我们身处的这个时代的散文。大散文的认知向度要求散文的题材、内容要大，要关乎时代、社会；而在审美境界上也要"大"，美学风格上追求"大境界"和"大气象"，并追求当代散文写作突破旧模式，追求新与变的散文突破。很高兴看到林幸谦的散文写作，和我当年提倡的大散文理念一致，用了不同于传统散文的新表现方式，以创新的写法开拓了散文的文体。

　　幸谦早在上世纪八十年代就已经写作大散文风格作品，他早期的诗歌和散文就有大散文之风骨，如一九八八年起发表在马来西亚《南洋商报》的《人类是光明的儿子》《火树青云的记忆》和《吉隆坡的孤儿》等都是，而后幸谦凭这和大散文风格，《赤道在线》摘下台北时报文学奖首奖，扬名台湾，走出马华文学。

在散文的开拓上，幸谦除了写作和传统散文不同的作品外，在九十年代始进一步以"转换身份"新手法，以第一人称叙事视角"我"书写家族亲人的事迹。《癫痫》（1995）和《水仙子的神话》（1995）是两篇书写他家人故事的创作，前者从一个癫痫患者角色身分、而后者从一个唐氏综合症的弱智者角色身分写作，创新了散文的创作空间。在这些作品中，散文中的"我"不再等同于现实中的作者（林幸谦），而是转换为他家族中的人物，为他所提倡的"后散文"作出实践。而后，他在《中文系情结》（1996）等，以"性别置换"的手法从男性叙事者转变为女性叙事者。散文体中的第一人称叙事者"我"，在幸谦笔下史无前例地进一步打破传统散文叙事人称的局限，不但转换了叙事者的身份和角色，也转换男／女性别。这种角色划分和性别的转换叙事写法，在散文中可说是大胆的创新作为，值得重视。

对于这种散文创新写法，幸谦九十年代曾发表过相关的"后散文"理论阐述这散文新理念，以此作为振兴和改革当代散文的一种策略。长久以来，散文的保守性格导致现代散文一直处于"静态"的文类，当现代诗与现代小说潮波飞涌之际，其他艺术类型如绘画、电影、戏剧等的创新和嬗替亦层出不穷。唯独散文的步履显得滞缓沉痾，绝少结派组织，几乎没有论战，更缺乏诸种艺术流派的辩证。因此幸谦认为新散文必须逾越，非出新不可，不改弦更张也不行。这种创作实践与理论并行的作者，借《灵性签》一书的出版，突显了幸谦在当代文学界中创新成就与独特位置。

二

有别于其他散文，一如书名所示《灵性签》的作者写了一位也叫林幸谦的人，其他称呼还有林教授、小林、幸谦等亦可视为是作者的另一种化身与隐喻。除书名《灵性签》隐含作者及其想象中的作者/自我外，书中各章节命名同样写着作者自我的投射，如卷首《心签》和卷尾《签语》，显然是"幸谦"与"谦语"的含义。而文中的"心签"自然也是"幸谦"之喻，借古喻今中，也通过《红楼梦》贾雨村和甄士隐的隐喻系统去影射本书和某些现实世界的人与事。

在人物与角色方面，《灵性签》也不像传统散文中只写作者一人，而是运用了第一、第二、第三人称叙事视角：我，我们，你，他；同时亦有女性的你，她等第二、三人称，巧妙地借助叙事人称视角把书里的各人物联系起来，篇章脉络得以相互关联，不同人物在不同篇章里各自发展，形成本书的一大特色。

在一本书中以不同叙事人称视角相互牵系对照，巧妙地调动了叙事者身分在散文中作出无限发挥的可能书写空间。这在书中楷书体的引文中即有所提示：

> 请原谅我说"我"的故事。我其实，并不想以"我"的名义写自己。我也从未以这种方式说过"我"的故事。
> 我说的，其实都是他人的故事与身世。
> 这美妙的说法正是这本书中"我"的故事，也是我的书写方式。

卷尾语《签语》中，幸谦亦有相关的全书写作策略，运用了非作者的经验写入散文之中，从而让散文有更大的发展空间：

> 名字和人称代名词，在主格、受格与所有格，以及单数和复数之间变体，成为本书的隐喻形式之一。你我他，在修辞转义中获得了新生命。
> 虽然叙事人称做了调整置换，但内容都是以真实的为主，

在艺术加工，文学化想象与隐喻工程之外，其中可能并不是作者本人的经验，却也是转移了他人的真实经验。

因此，本书对读者来说有探险性的乐趣，这里不妨从人物布局加以阅读。《灵性签》全书以不同的叙事者和身分写作，在前面首章中《无法命名的世代》，幸谦并非如一般传统散文从自身写起，而是写他老师年少时的战乱逃亡故事，双线追述老师的事迹，然后再回到作者／林幸谦的学院生活。以老师／学生两个角色／身份视角出发，其间涉及老师、学生、老师的初恋，并以追忆的方式刻画老师这初恋女友的前夫和她同性的恋人。

本章首节《穿越地平线，永无止境的逃亡》记述老师逃亡路上遇到的女孩传奇，一个同样逃避迫害的少数部落女族长之女：

> 深夜无人的原野，清晨赶路之前，她偶然说起从前小时候她父亲的园地种满了罂粟花，连绵几个山头。她忘不了童年四月初夏的罂粟花海，开遍山头血染群山有如希腊死神许普诺斯的最后献礼。那是她童年时候司谷女神手中的魔鬼之花。

此段记述他老师逃亡的初恋奇遇，富神秘迷幻文笔，充满象征语言，诗意勃发：

> 她的出现令他对生命产生巨大的迷惑，深夜中的雨林，梦幻般，如一只木船在战火的断垣败瓦中航行，漫无目的，顶着满天的星光，第一次给了他天堂的幸福感。
> 那是他充满了肉体细语的战火初恋。

在中国战乱炮火连天的岁月中，发生过许多悲痛与苦难。幸谦通过老师和女族长女儿两人的逃亡路线，经过充满苦难的土地，以象征性意象表达令人惊骇而难言的现实意境：

> ……她带着他借宿在一个古怪的部族里，就在印度支那半岛的深处，整个地区的几个村落都是姓死、姓难、姓毒、姓病、姓丧、姓冥、姓贱的原始部落……在战火中穿越这些全然违反人性向往美好生活愿景的村落，少年恐怖阴森的心情特别沉重，他简直是走入星球最黑暗幽深的内心角落。
>
> 战火，一天天轰炸着那个时代中流离失所的男女庸众。
>
> 他在绝望中无所遁形，把他作为逃亡者最后的勇气都赶绝，殆尽。

象征和隐喻，是本书的一个核心理念。从全书视角来看，这一个老师事实上并非专指某一老师或学者，正是象征性人物。这老师的原型，显然也是幸谦现实生活中他在香港中文大学的博导黄继持教授。这第一章中老师的逃亡，和最后第七章《倾诉亡灵：最后的时光》中老师的悼亡前后相应，一前一后，构成本书的基本结构。

三

在追忆老师年少战乱的背景中展开本书主要叙事者的视野。这个学生很可能就是本书作者"林幸谦"的化身——然而严格来说，这人并不完全等同于现实世界中的作者（林幸谦）。作者通过象征性的"学院文本""时代文本""生活文本""城市文本"和"人文文本"等布局；以第三人称叙事者"他"的身分批判大学和学术界，也以他的"身体铭文"描绘他的学术帝国和马来古王朝。幸谦的语言风格精致而充满象征性，在富有隐喻性的意象中表达他对当代学术的道德争议：

在商品世界令人陶醉的乳晕奶香中，在当代弱肉强食的学术湿吻中，在学术性爱与文学爱欲的高度技巧中，小林活了下来。

……

十年间他的生活，他的学术帝国，他的文学国度在他到来之前已经建构、完成，可在他到来后却又崩陷了，然后再重建。再崩陷。然后，就无法重建也不再有崩陷的忧虑了。那十年的雨感觉没有停止过，一场场学术道德重整的工程，在他的国度里百废待兴。

在当代众声喧哗的大学校园与知识图景中，幸谦通过这一个叫小林——"他"的叙事者，揭示出当代知识分子的人格分裂的惨景，以综合性的象征批评了当代各种知识分子的面貌：

十年岁月，打造了他这样一个人物。他是一个亚瑟王式的宿命男人。一种凡人模式的悲剧英雄，一种彼德潘式的人物，是 Hello Kitty（凯蒂猫），又是冥顽不灵的专制者。他是个怪杰，难缠，另类，庸才。

他是孤独者、纵欲人，极端体，性癖类，完美主义家，盲目专家，素食主义专才，天体奉行领袖，媒体世界的反主流派，文化界的雅皮士，以及学术界的嬉皮士。他，同时又是蓝领阶级的"红衣主教"，贫民窟中的无名神父，城市中的越狱者。是悲剧的哲学家，也是执迷不悟的宿命小生。这自命不凡的小生，如今已到了中年，而且，还在等待他的真命女神。

本书在人物角色转换与布局的书写上，《生活在隐喻中的，爱情》一章中有更进一步的展示，同样表现了本书不同于传统散文的书写模式。幸谦在此改变叙事视角人称的性别，以"她"的第三人称女性叙事者视角写前一章老师初恋女友的故事。这一个逃出生天的族长之女，日后成为国际知名的生态学家与女性主义者。通过她，及以她的异性爱人展开对生态界、知识界、女性主义和爱情论述的对话与反思，同时也带出当代学术界和大学校园的困境与黑暗。

出人意外地，幸谦在《见证时代的学府诗人》中进一步写这一位老师初恋情人的同性恋人故事，以及有关学院生活和知识界的文化危机等问题。从这几章节内的多元化而言，幸谦旨在通过不同人物——而这些人物包含了他自己的化身和影子——创新了散文的写法。幸谦把自身以及发生在社会中的课题与现象，通过身份转换、性别转换等手法，扩大了散文文体的新写法。其后《走在世界前沿的，少年》起，幸谦写回自己。从年少、中年、友人，最后回到老师，构成全书结构。全书人物和结构，可见本书不再是传统散文单一的、个人的文集，在散文体式上作了创新。

如果说普鲁斯特在《追忆似水年华》中以马塞尔童年的魔灯开始他的孤独，幸谦在《灵性签》中以卡尔维诺的卓贝地为起点，以伊希多拉城为终点，开始了他的追寻与漂泊：

所有的神灵、天堂与地狱都可以在这座城池中找到，卓贝地（Zobeide），我年少时候追寻梦想的一座城池，一座极其遥远而又极其梦幻的白色城池。

卓贝地深藏在内心性灵的边界，叫我永不孤独……所有的神灵、天堂与地狱都深藏心中。在这地方可能有另一位和我一模一样的少年生活在那里。在未知的深层潜意识之中催促我走上现实世界的前沿，走在时代的前方。

以上的几点或可看出这本和作者林幸谦谐音的非虚构作品《灵性签》，其实并非一般意义的散文集，有越界、跨文体的一种新体现。

四

当年美国杜鲁门·贾西亚·卡波特最早提出"非虚构小说"想法，这新文体近年在许多国家和地区都有作家作出不同的尝试出版了不同的著作。当年法国马塞尔·普鲁斯特《追忆似水年华》以回忆的散文形式开创普式叙事的长篇文体，在生活往事的追忆中作出独特的文学新写法，不但改变了小说的传统叙事模式，也革新小说的题材和写作技巧，被誉为法国文学的代表作。普鲁斯特把他童年到中晚年的家庭史、感情史、社会历史等人生重要事物，结合他对生命、文学、艺术、学识等体验，在时空交错的文体中开创了新的文学写法。这种被后世称为散文化小说，或小说的散文化文体，为今日小说和散文提供了新写法的可能空间。综观幸谦这本文集的写法，亦不妨可视之为是他另辟蹊径，为当代华文文学开创新模式，乃至新文体。

有感于近百年来散文的基本文体限制，幸谦想要借本书振兴散文的一种尝试，其结果是，本书不只可视为是散文体，也含有散文小说化的多元变体。因此《灵性签》展示的，不只散文的一种新写法，也可以是一种新文体的开拓，结合小说和散文的新写法文体。

幸谦在本书的叙事与描写中隐然是行星猎人，以他的姓名去命名和暗喻他所书写的小行星，用不同的事、物或人，把自己的名字以不同的叙事人称和意义刻入行星的岩石深处。在文本宇宙中自有他隐秘的行踪，有他的师友和亲人的现实世界的各种主题与生命元素。

最后，我回想起第一次和见到幸谦是 2006 年到香港浸会大学领取第一届红楼梦文学奖，来到幸谦的散文写作坊课堂。我以大散文为题分享散大的写作。因此去年底我收到幸谦这一本散文书稿时，惊喜于他在散文写法上的新作为。

在红楼梦奖得奖感言中，我曾提到当代的华文写作虽说极其繁荣，但仍需要突破；除了怎样使长篇小说能追赶世界文学的潮头和创新外，在幸谦的作品中我很高兴二十多年前我所提倡的大散文的创新，在一个海外作家手中得到新的发展成就。在当代文学界，幸谦为当代文学呈现一种新的散文体，展示新的大散文。

两年多前，幸谦来到西安"贾平凹大讲堂"演讲，他提起我在香港演说时提到我说过文学创作是一件不可思议的事，如今我从他这书稿看到了文学创作的不可思议。幸谦在演讲中提到，一个小说家写作的主题和人物往往不受作家主观意识的主宰，而是小说中的人物寻找到了作家。作家要写什么是被决定的，有如贾宝玉找到了曹雪芹，而白雪找到了我。同样的道理，文学写作找上了林幸谦，也让幸谦找到了新的散文写法，有如一个词返回一首诗中属于这个词所应有的位置。

序二

镶嵌林幸谦：阅读另一类的散文

周英雄

幸谦这本书与一般的散文集子写法不尽相同。一般散文集往往着墨于身边琐事，透过家居琐事的编排——或说得更确切些，身边细节的自然浮现——来凸显作者较为他人所知的人格特质。这种笔法在英国十八、十九世纪，甚至一直到第一次世界大战之前可以说屡见不鲜，而中国的现代散文大家，他们的作品何尝不是想透过艺术手法，将背后为人处事的特点呈现于外？

套古代笔记小说的评点说法，这种主流的散文叙事笔法，实写显然多过虚笔，而散文的主旨，毋宁是要把罕为人知的生活点滴，不拘形式，信手拈来，一一加以铺陈。读者开卷读来，眼前所见的往往是吉光片羽，是日常生活当中所未见或未曾留意的另一种情境、另一种情操。阅读散文因此往往带有扩充眼界，启迪心智的功能。朱自清写他父亲的背影，点出不常行诸于外的父子之情，正是最好的写照。也正因如此，散文显然不宜以风花雪月等闲视之。而阅读好散文显然不止于满足个人窥伺的欲望，它毋宁有自我提升、自我扩充的功效。

可是话说回头，散文的功能是不是仅限于此？就以英美的散文为例，传统的文人散文到了二十世纪经历一大转折，作者书写个人所见所闻，往往也不着痕迹，勾勒大时代的起伏。西方历史小说如司各特（Walter Scott）的《劫后英雄传》（*Ivanhoe*），或托尔斯泰（Lev Tolstoy）的《战争与和平》，故事除了交代人物起起伏伏的遭遇之外，另外也能够在开阔之际，轻描淡写勾勒出大时代的脉动。

散文受限于文体，无法一如长篇小说那样大江大河的曲折有致，也难以精雕细刻，将社会文化的脉络一一加以开展；反之，散文采取的无疑是类似旁敲侧击，说得更白一些，甚至一种游击的策略，叙事写景不把话说尽，点到为止。

此地就以最近上课用过的怀特（E.B. White）的《重回湖上》（*Once More to the Lake*）来说明这种从小见大、举重若轻的现代散文笔法。这篇游记明写作者三十多年之后，再度回到童年时与家人经常前来度假的湖滨，发现并叙说今昔景象与心境的差异，但写景抒情之际，作者透过巧妙的排比，点出若干人生变与不变的哲理，甚至衬托出整个时代的浮躁与焦虑。早在1904年，作者的父亲几乎每年夏天都带着全家来到缅因州这个湖滨度假，当时湖滨一片宁静与安详。三十来年之后作者自己已经成家立业，基于怀旧心情，再度带他的家人来到旧地重游。虽然这时景象大致一如往昔，可是当年的悠闲已被现代喧吵的交通工具（如汽车与大马力的汽艇）破坏殆尽，嘈杂的环境无疑也破坏了他美好的回忆。接着笔锋一转，作者感到周遭熟识的事物似乎变得生疏，到末了甚至令他感到自我的失落，而诡异的是父子似乎相互易位：此时他儿子似乎转化为旧日的他，而他自己也变化成当日他父亲的儿子，文章结束时作者对生命以及世界感到难解。作者用的是化虚为实的笔法。他描述父子两人一起到湖中钓鱼，父亲的钓竿上停了一只蜻蜓，他手一抬，把钓竿的顶端往水里一压，想把蜻蜓赶走，没想到蜻蜓再度飞回来，停在他的钓竿上，做父亲的一时入神，无法分清到底这只蜻蜓是当下的蜻蜓，还是他记忆中童年时期，他跟他父亲去湖中钓鱼时飞来停在他钓竿上的那只蜻蜓，而恍惚之中眼看着儿子聚精会神注视着水中的假饵（注：假饵原文为 fly，与蜻蜓（dragonfly）似有某种排列组合的类似关系），做父亲的这时感到自己手中握的，不是自己的钓竿，而是儿子手上的钓竿。也就是说，乍看时光流逝，逝者如斯，但所幸生命生生不息，代代相承。笔锋又一转，他儿子打算跟着大伙儿去玩水，他拧干紧身的泳裤，费了一番力气才把裤子穿上。作者看着他儿子结实的躯体，尤其是儿子如何使劲，把紧身的泳裤拉过他的阳具，生意盎然，而刹那间作者自叹岁月不居，感到自己胯下一阵凉意，顿悟到死之将至。大自然生生不已，但吊诡的是，岁月到底不饶人，而小我的生命迟早会有终结。读毕这篇游记，尤其令人深思的是，生命的递兴固然有其轨迹，但科技对现代生活的冲击，痕迹似乎处处可见。散文作于一九四一年，美国即将卷入所谓的"全面的战争"（total war），面对世界的崩坏，尤其是科技对全体人类的摧残，作者笔下的忧心，似乎呼之欲出。现代散文之为用，由此可见一斑。

从这个观点切入，相信我们对幸谦这个散文集子能有一个比较公正、比较深入的阅读，也更能够了解作者如何在个人与社会、现在与过去、本土与异域、男与女、意识与无意识各种错综复杂的动能中，他叙说他自己的浮生，甚至建构自我。

散文集分八个章节（包括前后语：《心签》与《签语》归为一个章节），等于八块镶嵌壁画（mosaic）的零件，也不妨视之为八个环环相扣的几何形状。而不管是用前者或是后者来当隐喻，图形是不完整的。也就是说，幸谦试图透过一系列的陈述，来勾勒社会面向的林教授、小林，甚至于私密的幸谦。

前者显然比较公众议题取向，触及兵荒马乱、离散充斥现代人的灾难，并紧扣当下商业挂帅的教育异化问题。处理外界乱象，作者手法往往不直接切入；开头与结尾两个章节分别串联到他的业师的少年与晚年，并从而勾起他老师的女友以及这位女友已过世的男友，离散的动机（音乐用语）贯穿时空；从幼年田园恬静的家居，到避难离家流离，途中邂逅女友，分手之后两人各奔前程，女友出国进修，后来辗转来港任教，并从这个点编织出一幅幅九七前后香港高教转型，政府唯绩效是问，追求所谓的"卓越大学"（university of excellence）的乱象，并具体点明这种功利挂帅的教育政策对学术，尤其是创意的戕害。不论主题或语调，对高教的批评无疑是这个集子的主调，怒气充斥字里行间。

后者聚焦于作者本人的私密生活，处理的手法抒情显然多过叙述，读来难度较高，但兴味也相对更加盎然。作者提出隐喻的概念，主张语言文字未必需要具体指涉外界，而文学之所以比其他东西重要，主要在于生命本身就带强烈的隐喻性。

此地所谓的隐喻性，我们似乎可以作两和解释。一来生命本非一成不变的实体；与其说生命是铁板一块，它毋宁是无时无刻不在变化的过程，需要不断的叙述，不断的建构，如此方能让生命有比较完整的呈现与掌握。再说要呈现人类的生命，正如卡西勒（Ernst Cassirer）所言，真正有效的工具是象征或神话的语言，而非自然或科学的语言。换句话说，难以捉摸的人生透过隐喻往往更能活灵活现，现身说法。

这个集子不妨视之为八个隐喻系统，各成一体。

透过不同的文体，如叙事、描述、争辩交叉应用，作者企图勾勒他从青涩的少年到迹近幻灭的壮年，这期间所听所闻，以及亲身经历的点点滴滴。写作的策略不一而足，而上述对大学几乎不留颜面的指控，读来畅快淋漓；描写业师罹病过世前师生之情，出自肺腑；叙述现代文人漂泊离散，充满异乡情趣。

不过读者极可能感兴趣的，可能不是上述比较宏观的文字，而是相对微观的抒情细节。就此而言，作者透过这个力作，企图回顾、反思自己的前半生，而回顾与反思严格说来并非一蹴而就，更不用说是信手拈来的流畅；反之，作者殚精竭虑，寻找隐喻来暗陈自己的半生，以及是那不由自己、潜伏在内的他者。尤其让我印象深刻的是，他引用据说活在喀麦隆雨林中的臭蚁来譬喻自己的回忆，而回忆就像一种厉害的病菌，存活在主体脑中，逼使他往上攀爬，爬到顶端，象征人的回忆如何难免走进死胡同，置当事人于死地。而尽管如此，病菌并不因此而消逝，它会随风飘逝，再去感染他人。

文集中人物众多，除了幸谦以及他与他的称号之外，其他人物一概以代名词代之。我们都知道，代名词具体所指，往往要视发声成文当下的人际关系而定，而你、我、他在不同沟通的场合完全可以相互置换。作者在几个地方甚至明确指明，要读者不要刻舟求剑，用意相对明显。

这种做法与文学批评里他者的看法，显然不谋而合，与心理分析里意识与无意识之间的辩证思考模式更是完全契合。

谈不谋而合，谈契合，读者阅读时对作者互文性的笔法可能需要下点功夫，才能对作者这种后结构的文人散文，有比较周全的了解。套传统中国文学批评的用语，论文集子用典、用事的成分极重；换个西方美术的用语，散文集子大量使用镶嵌的手法，而镶嵌的材料各有不同，方法迹近近代的拼贴（collage）。

这种带有后现代主义色彩与拼凑（pastiche）相似的手法，而利弊也难定，不过它倒是凸显了文本与世界交驳的特性。引用其他文本，其中一大目的似乎是要建构女性主义、无意识与语言转向等概念的架构。这么一来，这个散文集子视之为幸谦的心灵自传固然无妨，不过我们透过他的努力似乎也可以见识到另外一幅世界主义（cosmopolitanism）的图像。图像里最为突出莫过于西苏（Hélène Cixous），而作者之所以借助于西苏，可能与她对女性艺术独到的看法有关，认为我们不应该自限于男性比较理性的主流书写；反之，西苏认为我们应该解放身体，让身体叙述自我，也不妨让无意识流泻于外。

作者引用西苏的文本与理论之余，更能身体力行，努力体现所谓阴性书写的特质，作法令人耳目一新。

除了西苏之外，集子的文本还涉及波德莱尔（Charles Pierre Baudelaire），衬托现代中产阶级与城市若即若离的吊诡关系，也更凸显香港这个国际大都会里知识分子认同的困境。而知识分子与社会的吊诡关系，更沿着离散的脉络进一步扩散。

　　文集里的人物漫游五湖四海，包括大陆、台湾地区、香港地区、马来西亚、印尼以及欧洲等地，说是四海为家，还不如说是去尽四海尽不如，有人甚至把现代人说成是自己家乡的过客或外人其实也并不为过。这是我读后的心得之一。

　　谈用典、用事，或互文，集子里的例证可以说是不胜枚举。弗洛伊德（Sigmund Freud）的无意识（包括文本的无意识）、里奇（Adrienne Rich）的女性书写（尤其她晚期激进的思想）、凯鲁亚克（Jack Kerouac）垮掉的一代、李维史陀（Clande Lévi-Strauss）热带雨林的忧郁，等等，都是作者透过阅读而与之神游的典范，也都或多或少内化为作者自我生命的一部分。

　　从阅读的观点而言，这个散文集子处理的对象，不尽是作者个人半辈子的困顿与哀怨，而是许许多多现代知识分子所经历的，世界脱序的普世经验。读者在看尽当代社会种种的不堪之余，也不免想进一步知道，未来生命的曙光或出口，到底从何搜寻。

　　散文集子以鲁迅跟冯至的故事开头，而作者跟他的老师都以专攻鲁迅闻名，而鲁迅到底提供什么样的启示，这令我个人感到好奇。再说，鲁迅之外还有巴金，甚至张爱玲，他们似乎也都是作者生命实践的一部分，若有更多的线索，相信读者对作品，对作者的互文性，更能有进一步主客的互动。

　　如上所述，幸谦这本力作不宜以一般散文集子看待。他夹叙夹议，抒情与叙事交杂，韵文与散文并置，更不说人我之间错综复杂交糅，因此阅读个别单元或章节固然赏心悦目，但读者在跨越章节，企图作整体的文本，甚至作者生命完整的掌握，那么难度恐怕就要高些。

目 录
CONTENTS

生活在隐喻中的，爱情 ／ 065~072

心　签

　　每个人一生中都有一本"大写"的书。写，因为我们知道那本大写的书并不存在，存在着的，永远只是众书们。在那里，有一个不是由绝对主体构想出来的世界、远在成为统一的意义前就破碎了的虚构世界。写，也不仅是知道用某种辩证的、尽义务式的否定也无法将未被写者与未被读者从无底深渊中拯救出来的那种命运。我们，被这世界"已写得太多"压迫着自我而悲叹。这正是大写的书的缺席。

——德里达

　　那年鲁迅在北京大学的教员预备室里发呆，一个青年默默地走进室内在他桌上放下一包书，没有眼神的交接，匆匆走了。鲁迅打开，简朴的"浅草"二字映入他的眼瞳。

　　《浅草》以其略为粗糙的纸质沉默地注视着鲁迅的脸穿透那个年代，民国。

　　相隔数十余年以后我在千禧年的夏天走进可能是当年鲁迅坐着休息的那间房子，拿着一本上世纪中叶出版的破旧《野草》坐在可能当年鲁迅坐着看《浅草》的位置上，心弦拨动，已然看不到鲁迅眼中的北京以及北京当年内心世界里的浅草，野草，与荒野。

　　童年时候，家乡长满了的野草，数十年来暗自惨淡在记忆里，在赤道线一座无名的小镇上。这是我写作诞生的地方，在马来半岛一处父亲亡故后、而异国母亲残弱不堪的国度。

我出生的地域和时代让我成为异乡人，流放于和平的世代以及充满种族悼亡的生活。

在马来半岛的东海岸，赤红的九重葛以热带的阳光开出杜鹃花海，无处不在，村村落落蔓延在城边小镇的路上。那时我想成为一棵合欢树，静听森林的声音。在生活深处的休闲处听一种叫寂静的声音，看红桉柳树的紫红色花瓣舞动手指般的三叉长尾，旋涡式地往下飘落在老家故居后面的小河流，漂到赤道的，天涯。

那年我刚从云南丽江石板小街和小女友漫步了整个春季的时光回到家乡。从云之南的古镇里那几条通街都是千篇一律的商业小店圩铺解脱出来，飞越北回归线转到河内小住数日绕了一小圈路线回到热带小镇。在雷雨交加过后的夜晚，小镇上空的星光如古代迷宫烛火，如我满眼的曼陀罗花，自天而降如雨，如星。

第三种航行。这是我中年以后寻找的小生活。不同于小确幸，不同于小天地，不同的，后半生的航行。

这些年我所走过的地方，遍布的大小城镇都是有待破解的方格字谜的小我国度，译码的钥匙落在路上的行者手中。都市的生活变得无限也变得局限，我的日子感觉就是在德里达的书写现象学中体验文字如何在第三种航行中成为生活。

在我的生活现象学中，现代城市空间就像是德里达笔下一种纯透明度的实体与表意空间的，载体。揭示出，现代生活现象学中可直通作家、学者、凡夫俗女的顺／逆势疗法之旅程，割裂彼此自我的内心世界，永无止境。

不论是用德里达式或鲁迅式的诗性语言不论感性或知性的诗意，书写的语言注定要历尽兴衰悲欢的冲刷，净化，而后千疮百孔。

十余年前我加入离婚单身族群的生活，成为手握家族巫师纸牌的代言人，等待着打出，最后的筹码。然而，至今我前次抛掷远方的骰子仍在回旋转动，还没有揭示出我的底牌。

十余年来的生活我靠着一种非洲提夫族长老传授的法术支撑。

我常常在深夜里静坐，想把自己修炼或一个有能力噬食心灵的巫师，渴望拥有能够彻底领悟功名爱欲的，无名法术。

这是我的灵囚地。

这是杜灵的现代魔法篇。我活在世俗魔法的力量，开始世俗魔咒的精神之旅。

十年，我在等待一场灵雨季节的到来，了悟爱的本性也了悟心的本性和本性的心。爱的证悟，是我四十岁以后的生活主题之一。万众证悟，万心悟爱，我们或许才能有所谓的真爱。爱中，完美没有位置，永恒也没有。爱也许是我们的欠缺之心。我们怎么爱，我们就是怎样的人。

我们是怎样的人，我们就怎么的爱。

我们有怎样的内心世界，我们就有怎样的爱欲人生。证悟之爱，包括我爱的人也包括我不爱的人，包括安逸也包括狂暴包括冷漠。也许这是中年岁月里无法回避的，生活景观。见证我，也是你的见证者。

心的荒原、夏日的河、热带家乡小镇的后院，流淌过我的童年。我在深春的夜晚甜睡。夏日如小河流水，随波追逐，痴迷的慈悲之情，促使我把婚姻和爱，当作现代生活里一种惩罚心灵的巫术。

当事业稳定之后当生活稳定之后当金钱不再成为问题之后，似乎仍然有某种巨大的力量从体内深处催化我，召唤我，要我再去发掘更强大的灵性自我。

追寻，现代人开展当代都市精神生活的核心。领略过作家所面对的孤独，也领略过存活于作者与文本世界中的世纪繁华，我把世俗生活中熟悉的人与物都隔绝了。

我这里的写作，有时候只是为了探寻乌托邦中的黑色乐园，用德里达的话说就是为了成为有别于自身的那个叫作意义的主题，而自身却在召唤中成了等待被说被写被铭刻出的、布满神情的雕像。

这些年我仿佛是文字的化身，是等待作者救赎的文字族裔。我笔下的诗属于青春天堂中神灵的启示，等待性灵的到来。

我安于等待性灵的到来。仿似回到年轻时候一心想要与之成为恋人那般的一种特有的心情，一心想要寻找到理想的爱欲文本。我的精神知音德里达，只有他知晓文字嗜好族裔的这种矛盾苦痛也只有他知晓文字在恋爱时所面临着的彻底失落的危险同时知道我心中那些永恒遗失的情爱故事。

在文字中我的写作本身有时是一种自行建构的新兴隐喻群体。

新兴隐喻群体，我连同新兴的言语，在自身的文本隐喻中时刻渴望着要让自己和他人吃惊。这种时代式的惊叹，如果需要轻描淡写地比喻，该就像鲁迅的某些文字是五四一代的隐喻那般，如今却已无人会再为之惊叹了。

德里达对于像我这样的读者而言，他是作者同时也是一个无法读懂我辈文字的一个异族读者。这正是某种书写的，时代隐喻。我们在写作中消亡，也在阅读中诞生。

在写作中我想象和德里达这般的作家一起试探酒神的思想极限，也一起像狂人般渴望破坏文字与命运的隐喻。

穿越地平线后，十年雨季终于结束，灵囚地里我们继续等待雨季，异乡学人的犬儒梦典，以及学术娼妓和知识分子的黑暗诗句，追忆起十八岁的生日和刚刚过去的廿世纪最后的诗人节，而七月，我们的故居还在漂泊的路上，碾过城市中心，一步跨出便是天涯，在最后的时光中，我们倾诉……在阅读中，在长久的倾听中，尼采的追求仍然令我神往：

> 我们是神话中理想国度的人。那是非常遥远的地方，然而任何人都找不到一条到达那里的道路。越过北方、冰雪和死亡——就是我们的生命、我们的幸福（和爱）的所在地。
>
> ——尼采

无法命名的世代

生活在隐喻中的，爱情
见证时代的学府诗人
走在世界前沿的，少年
无声男版的女性主义发言者
灾难新世纪的，天蝎座、圣歌
藏骸地的倾诉仪式

我们是没有意义的符号世族。

我们都将死在二十一世纪中，在无数的化身以后，和妳合而为一成为新世代的无名奉献者，也是殉道者。

这是无名的一代。无名是因为有太多的名字和代名词可以称呼我这世代。从计算机网络科技到有机生物芯片人体的宏愿出发，这一世代面对了更华丽也更绝望的，未来世界景观。我无法，停止对未来美好世界的追求，也无法面对世界的支离破碎与崩溃，触及，内心最深的恐惧。

这是无名的一代。无名，是因为没有名字和代名词可以称呼我这世代。我和妳，结伴上路。在路上，凯鲁亚克的影子已游走远方，后来我们也走上了他所开创的垮掉世代的长卷路。

这道路，是以通讯社电传纸当作稿纸的书写之路。

书写是漫长的路。从南非海岸布隆柏斯洞穴中发掘出一块交叉刻画着菱形和三角形的几何符号碑开始，这一块有着七万七千年历史的石碑跨越了传奇话本与章回的时空，落在，一个无名世代诗人的笔锋上促使我，写下去。

今天无名的世代结集在无形的数码纸卷口毫无倦意地不断书写，也在无处不在的数码网络中毫无悔意地继续铭刻，不间断地，书写。

这些人很多都是相识多年的文友，从台湾作家痖弦、黄春明、到白先勇、陈映真；从中国大陆作家苏童、阎连科，到贾平凹、莫言；从女性作家苏伟贞、张晓风、王安忆到中性作家陈雪、朱天文。还有来自我家乡的作家朋友：黎紫书、温瑞安、李永平、王润华。生活在有形与虚拟的文本中跨过迷惘的一代越过垮掉的一代，在假性生活的美好新世界中想象与体验生活。这就是我现在的处境。

在无名一代的终极宏愿中，想要活出新的价值。

我漫出，在充满神奇的二十世纪，穿越神灵死亡以后的旧世纪，走到二十一世纪最初的十年时光甬道上，遇见了西苏。

无名一代继续铭刻无以言表的，符号。愤世的后垮掉世代继续凯鲁亚克的世界观，重新又逃亡到各类新旧城区中那些早被人遗忘了的街道边缘。而波德莱尔当年散播在巴黎街头上的忧郁，重新在西苏的居所里，蔓延。

盛大的节日依旧，人群与孤独依然。我独享群体中独有的孤独，恍然是一门最迷离的生活艺术与身体艺术。

生活的艺术如今有点像爱情生活一般成为商品的艺术。爱情，也像婚姻一般成为可以买卖的身体行为艺术。我一再想在身体行为艺术中创造最新最有原创意义的，浪漫华丽的作品。

在商品和交易中我们的爱情与婚姻变得更为强大变得更多元也更堕落。这是文字族裔的数码化时代后的故事也是这世代最前卫的后资本主义者以及最创意的后女性主义者的，爱的故事。

我就是在这样一种华丽而荒凉的时代场景中遇见我所景仰的海伦·西苏的。这一个有点神奇的创意女性文学理论家，终于，我们碰见了。

请原谅我说"我"的故事。我其实，并不想以"我"的名义写自己。我也从未以这种方式说过"我"的故事。

我说的，其实都是他人的故事与身世。

这美妙的说法正是这本书中"我"的故事，也是我的书写方式。

许多年后，"我"真的忘记了自己的姓名和自我原来的面貌。我渐渐通过过去的美好时光回忆陈旧的往事。战火青春过去了，流失的古王国雕像所象征的微笑像溃疡的岩石崩坍了。少年时代所憧憬的少女如玫瑰花枯萎在记忆中。荒野外，那些远古的早已逝去或根本未曾发生的事迹落在青春期以来我所向往的文学意象中，越变越美幻。

在逐年老去的漂泊中我沉溺于逐渐远去的性灵和可能是真实的或假象的生活。无人觉察地，老去。

在都市快速发展与层出不穷的扩建中，国际社会已变得十分的科幻化，而在个人的第三世界中我却是一个名不见经传的不经审判就已被定罪的，原罪者。

我来到西苏在法国以她的母语所建构而成的，历史文本场景。

坐在，西苏当年坐过的花神咖啡馆的座位上。

那是早年波伏瓦和萨特也坐过的座位，还有周恩来与邓小平留学法国时也坐过的位子。那独有的咖啡香让我追忆起从未存在过却早已杳然而逝的少女少男的故事。

我来到西苏在法国以她的母语所建构出来的历史场景，追忆起一些真正存在过却早已杳然而逝的女孩子的故事。

少女时光是西苏最愿意记起而又可以宽恕的往事。在年少轻狂与浪漫交织的追忆中，一些生死未卜的恋情在现代学府里流传。西苏门派的女性异客们在当代学术的地平线上，平庸而高贵地求存。我的内心，浮现，一场永不消失的蝶舞，仍旧相信一切美的故事。

这也许是我这一生中最后的，华丽蝶舞。

我这一世代无法停止对于未来美好世界的追求，这样那样地，生活。也许真会有人体计算机芯片结合有机生物体的未来人。也许有更大的破坏就要到来，后世的新世代或许将面对更绝望的末日世界景观。谁知道呢。

在这世代，我和西苏这一位女性主义奉献者共同走入女性文本深处的黄金季节，追忆起那些遥远的星期天的早晨。星期天，永远是无际的夜，孕生了以后所有的星期天。她说。一些忘不了的微不足道的往事，既简单又神秘。

那些漂移如海洋的夜晚里，我们记起黄昏时分大雨后爬出地面的红色蚯蚓。记得，童年花园中偶尔从雨林深处爬到家门外的、终身孤独的热带陆龟；也记得，从雨林边缘迷途而来、颈下带着红色刀刃痕迹的蜥蜴；还有在每棵不同树下的蚂蚁族群，那些一再被孩子用脚踩踏蹂躏的蚁族帝国的家园。

在中年的青春期里，我试图模仿西苏的白色乳汁写作方式深入文字的内心世界，在人生必死的门下作一名学徒，暗自哀伤：

> 人出于需要征服需要赢得爱而开始写作。然后进入死亡。一切都已失去。一切都有待重新寻回。我相信人只能在悼亡或追悼的一刻，开始步上一条发现之路，一条写作或别的什么发现之路。写作行为的开端与逝者如斯的体验、与丢失或抛弃了通过世界的钥匙的感觉、与对不可复得、终有一死之物之珍贵感受的突然渴望、与对重获通往世界的门径、重获呼吸的急切希冀、与珍藏以往痕迹的心愿等等，都有着不解之缘。我们注定在人生必死的门下作一名学徒。
>
> ——西苏

穿越地平线，永无止境的逃亡

在两字当中
我说的话消逝了
我只知道我仍活着
在两个话号之间

战火青春

记忆中我们都会消失，成为他人的记忆。然后又重回我们的心灵，再次现身的时候我们已经老了。

记忆，失去了早年的悲壮，时不时地撞击我们，在炼金术的夜晚，如夜色，落在晚期肝癌疗养期间的白色病床上。

身躯的痛，教他记起消失已久的颜容。病痛的躯体带来未曾有过的另一种痛，像记忆，从最遥远的童年回溯，久久，停留在消失已久的日子里。一个少年，记起父亲的脸。父亲如果还活着的话如今也已是百多岁的老人了。他的头发如今已像当年父亲的白发那般银亮苍劲。

一张张几乎记不起来的、不知是谁的五官容貌，浮现出来。那是几乎遗忘了数十年的人物影像，是早年父亲离开家乡前常到家里来喝酒下棋的父辈脸谱。有一天战火打到家门口，家乡的人在乱成一团的苦难中四处逃亡。

一张张战火中的脸，在他的逃亡路上无止限地延长漂泊。

经过许多年后这些早已遗忘在记忆地平线景深处的脸，对他来说都是已经死亡的故人。他在记忆中重新看到一张孩童时代的忧郁的脸。在他走上昏迷不醒的往事丛林的路程中，他不再有清醒时候的焦急心情，他如今有很多很多时间可以慢慢追忆，时间已经停止，他似乎想起了这是一张曾在镜子中看过的脸。

战火，早已远离我这一代人，却没有离开过，他。

孩童记忆中遥远的印象，在他的睡梦里慢慢变得巨大而清晰。

他的家门他的庄园在童年逃亡路上毁了，战火紧随着，他跟着大人逃离家乡。

那时候他不会料到，那将是一生一世的逃亡路线。

少年时期的逃亡路，路上的风景线述说着一个少年和家人失散的心情，首次感受到心脏被死亡暗语铭刻的恐慌。一个人，在战火的恐惧中，经过恐慌而饥饿的第一个夜晚以后，在绝望的深坑里遇到一个同样孤身逃亡的女人，一段被他后来形容为用尽一生都没有能力遗忘的初始爱欲体验。或者说，那时候他以为那就是爱情。

爱欲体验为他的逃亡生涯带来纯粹的诗意语言，幻化为他日后的生活流程中的精神指标。

注入他。注入，日后取之不尽的、他称之为他所不能或缺的生命能量。

在那年代的战火硝烟中，一个单身孤旅的奇异女人，黑而长的发辫，黑而深的眼瞳黑如无月的雨林，像一座与世隔绝的古典油画中现身的女神，赤躺着，他第一次感受到女人的美。

一次次，深夜的空中轰炸之后的丛林路上，他和这一个传奇般的混血女人一起逃亡一路相依为命躲避过路上各种战火的考验。

异色山河

有人提及我们的祖国

我想到一块贫瘠的土地

尘土与光的子民

一条街一面墙

一个靠墙直立的沉默男子

他一生都活在某种隐喻中。

隐喻对他而言是一只长久注视的眼睛，注视着，他的亡命人生。

故乡门后的山河，后园满池的睡莲落在某种隐喻中跟随他逃亡南方。逃亡路上，他寄宿过的百年古庙第二天就被炸为废墟，而满池盛放的莲花仍然完好如初，在数十年后的某一天突然又重新回到他的记忆成为他的莲花。

他记得当年被日军奸杀的母亲，她年轻的身影，伴着他。在他日后的岁月中以各种形式的逃亡方式，伴着他。

母亲年轻时的身影从此在逃亡路上，陪他。一路串联着，越来越紧密。逃亡，成为一组组与众不同的符号，掠光浮影，飘浮着，如阳光，如秋光，成篇都化为身体的铭文。

南下逃亡，家乡在异乡的路上毁了。绝色的山河在异色的春天中，毁了。他的世界突然之间变成陌生的地带，满月的春色蔓延到，中年生活中的每一种隐蔽与公开的角落，充斥着，他年轻的哀伤以及母亲永恒的青春，光影。

他逃亡前的心情，他后来无论如何都无法再次记起。他知道，已隐蔽在他如今已经年老的内心角落。在病痛中他发现所有的词汇都失去了描述的功能。他没法再成为一个香妙的叙事者，他为自己无法表现母亲在他心中的形象而感到有点羞耻，仿佛他是参与轮奸母亲的一个日本鬼子。他只能以孩童学语时候陈旧的破调子倾诉。

荒废。废墟。风霜。荒凉。

破败。完全没有一丝华丽。庄严或神圣的意象，让他陷入更深的羞耻感中。

日后在他重新回到香港前很长的一段岁月里，他的生活有如他曾经投宿过的马来半岛，一个几乎停滞在历史某一版块之中的社会一般，单薄，脆弱，听得到每一个清晨来临时的，破晓之音。

很小的时候，在家乡，在逃亡前，他和祖父曾一手养大了一只白熊。他感到他和小白熊一起成长一起做梦。那只从野外被祖父带回家的小白熊很快就比他高大了，竟变得异常的温顺。他常常和白熊一起玩耍，每天，他带小白熊到河中冲洗的时候会看到小白熊毛皮下露出一身粉红的白皙肉色。一寒冷的清早，他和祖父赶着白熊到邻村的农场配种。

有一天午后，他被白熊分娩的尖叫声惊醒，听得他泪流满脸。一只初为母亲的年轻白熊，在难产中一脸的悲悯，望向天的尽头，天边一团巨大的火焰映照在她的身上。炮火就从城里落到村镇唯一的大街上，在黑暗天色下战乱炮火中，他的白熊难产死了，只有他，陪在她身边。

只有他，看见最后一个黄昏剥夺了一只白熊渴望延续生命的愿望。

他的故乡就和他童年养大的白熊一样常令他动容感伤。他是在这样一种失去家人的恐慌中，在逃亡路上遇上那位陌生女子，第二天她很快就变成了少年唯一感觉亲近的家人，如他失去的小白熊。

多少年以后当他提起他少年版块中这一处铭刻幽冥之处，他仍然记得他如何向她描述了白熊死去的情景。流光如何消失在天色将尽的幽暗里，他至今没能忘记那一天的暮色，一座经过炮火轰炸后的村落里一具被遗弃的死尸如何流出变酸变烂的血水。只有野狗陪在死者的身边，就好像，只有她陪在失散了家人的少年的身边。

战火路上少年常记起在生育的愿望中死去的白熊，却诞生了另一种生命延续了他对于死亡的黑暗想象。

在白熊死去的那一天入夜，家人带他逃难南下。

他，带着白熊绝望的叫声离开家乡。白熊重生的原梦，以各种匮乏各种名目占据了他日后的，战火青春。

那种想要重生的渴望在他逃亡的路上特别地强烈也特别地脆弱。老年的时候当他再次回想起来时，他才了解日后的大半生他是如何在功名富贵的追求中渴望升华，事实却在沉沦，最终轰然堕落，寂静，无声。

在地土语中流传的神奇故事

我听见台阶上的手杖在迟疑

身躯固定在一声叹息

门自打开，死者进去

从门到死

只有很小的距离

在一个名为巫师的少数部落古村庄丛林口，两个无家可归的男女碰在一起，一场新时代的战争，炮火特别地猛烈。

在少年以后的人生回忆中这是一段奇幻的，梦境。

她以多种少数民族的语言带领他走过黑暗的偏远山区，途经几个与世隔绝的山区村寨，她翻译了许多当地以土语流传的神奇故事。这些异色的故事异域的人与物，成为他此后无法释怀的异质乡愁。她告诉过他几个他们投宿过的村落的名字，每一村名都足让他心惊胆战。昨天刚刚踏过一个名叫仇恨的村庄，今天就已翻越三座山头走入名叫恶魔咒的古镇。

他跟随她走过一段如幻如魔的境界，仿如回到千年前的黑暗魔地神道的日月，走过名叫黑暗叫病叫长眠叫猝死叫绝望叫异梦的，几处至今不为人知的遍远古老村庄，有如桃花源般一旦离开就再也无法再找到重回故地的道路。一切是那么的令他感到悲痛。

曾经连续几天她带着他借宿在一个古怪的部族里，就在印度支那半岛的深处，整个地区的几个村落都是姓死、姓难、姓毒、姓病、姓丧、姓冥、姓贱的原始部落。

这些惊心动魄的地名，少年惊讶地无法置信而又深信，不疑。

在战火中穿越这些全然违反人性向往美好生活愿景的村落，少年恐怖阴森的心情特别沉重，他简直是走入星球最黑暗幽深的内心角落。

战火，一天天轰炸着那个时代中流离失所的男女庸众。

他在绝望中无所遁形，把他作为逃亡者最后的勇气都赶绝，殆尽。

至今，在他人生最后的病床上他感觉那仿似昨日才发生的事，他仍在逃往港口的路上。但也就在那一段战火时期的怪异体验，少年的心灵和身体开始有了最初的，爱的想象。

他以为那是没有明天的爱情，以为第二天就会在孤独单薄中醒来。他一夜夜在不安中躺进这个陌生女人的怀抱中睡去，在孤单恐惧中面对随时可能死亡的那一刻的来临。他终身忘不了生命中第一个女人哀吟的初体验。

他以为，她也会像他母亲一样突然在人群中消失。她的出现令他对生命产生巨大的迷惑，深夜中的雨林，梦幻般，如一只木船在战火的断垣败瓦中航行，漫无目的，顶着满天的星光，第一次给了他天堂的幸福感。

那是他充满了肉体细语的战火初恋。

逃亡，演绎了他生命中最初最令他心碎的一段戏码。荒诞、精巧、传奇。

深夜无人的原野，清晨赶路之前，她偶然说起从前小时候她父亲的园地种满了罂粟花，连绵几个山头。她忘不了童年四月初夏的罂粟花海，开遍山头血染群山有如古希腊死神许普诺斯的最后献礼。

那是她童年时候司谷女神手中的魔鬼之花。在泰国、缅甸和华南交界的山林部落中，在交界的山林中，她自小随父亲穿越在几个部落之间学会了几种少数民族的语言。她说她生为部落酋长家最小的女儿，她家族世代在部落中称雄，她在最华丽的城堡里活像个小公主般成长，成婚。然而自从她父亲被缅军政府兵团杀害后，她的家族开始了从缅泰北部往中国东南方和北越方向迁移。由于聪慧她自然而然地天生似的轻易学会多种语言，这语言能力安全地让她和他走过各种危险地带。

这是一个再简单不过的离散故事，逃亡路上一个少年和家人失散了，一个陌生的年轻女人一路保护着他。带领他暂时忘记躲避战乱途中的，苦难。

每夜，她一次又一次地带领他来到他未曾经历的爱情版块。

他满怀惊心动魄，终生记住了她留下的透明的表情。

她深邃得像午夜银河那般的大眼睛，黑勗勗，把少年整个身心吸入黑洞般的眼瞳，深处。从泰北到柬埔寨，最后穿过湄公河到越南的港口。一路上，他和她共同面对了可能再没有明天的逃亡生涯。

古王国雕像的微笑

这不是她可能的成就
而是她的过去
而过去已经死亡

在遇见她前，逃亡的少年不敢想象日后他将会是一个怎样的凡夫，是一个艺术界里的厌世者是乱世后的革命家或一个无名的烈士，还是现实社会中冷眼旁观的看客。

或者，只是个精神世界中孤独的狂人？

他至今仍然完全无法想象他往后的人生图景。

他浑身战栗在战火和女人之间。她把青春男体的能量带出来，在战火的时代中，回归她的身体。

这种回归超越了他的极限而陷入更深更迷乱的战火中，孤独无助，成全了他们的爱情。

恐慌与兴奋在两极化中冲击战乱路上一对亡命男女，仿佛回到史前记忆的原始生命场景，带领他到达一个女人的肉体边缘，冲击能量之大，一夜又一夜让他们浑身抖栗不止。

她是他最初体验的情欲战场，将他体内最沉重最湮远的生命之源向内在深处回溯。

这种回溯，带领他进入日后的情爱泽地，在他干旱的日子中寻找她，以及她影子的余温。

然而明天并没有停止到来，她也没有突然不明不白地离去。

他的心，和对生的梦，也没有被战火轰为炮灰。

他们的逃亡路线穿越南方吴哥窟的边缘。远远的，那一晚的星光，他看到森林中的古王国神灵的微笑。那种神秘莫测的微笑，是她用神话般的少数民族部落的神秘语言翻译给他，她说那些巨大的石雕在欢迎他们的到来，并且祝福了他们。

他们在残破的雕像地带中度过人生中最温暖激情的夜晚。许多年后，在他们再次相遇时，她对他说起她沉重的记忆，就有如逃亡路上的那些石雕神像，永远沉压在她的心中。

第二天壮丽的朝阳从神雕背后的森林升起射向他的未来的，远方。在吃早餐的地方，一如她昨晚所言，像受过神雕祝福的结果那般，她很幸运地找到一辆要去越南港口的大卡车。远远送他们离去的石像之笑，仿似流动的盛宴一般，走过之后就刻在他的身上，永不磨灭。

明月底下银光流过石雕的凹陷刻纹，遥远而迷离，永远刻入他的记忆之中，他的记忆也就变成了巨大的石雕。

几天以后，他们到了港口，又经过几天之后她把少年送上轮船，叫他在船上等她到岸上办完事就回船找他。而她却从此消失在他视线里。轮船开航离岸时他站在船尾的甲板上整夜不眠，也不哭。到了香港他找到大伯父，在异域的暗巷中，他走在异乡夜色的迷离之中，他终于明白他已无法打听也无法再寻找到她了。

失去她的感觉就像他没有法子寻找到他自身的影子一样，伤痛的黑影，在黑暗的印度支那半岛。

他的未来没法寻找只有等待。等待有人把少年带回家，然而少年早已知道，他连家，都已失去了。在香港，他和陌生的大伯一家拥挤在港岛靠海的一角，日夜，流转。

他常在附近的殖民地公共小图书馆里打发时间。在一本小书中看到他旅居的小岛的前尘云烟。百年前的小岛上只有不到五千的居民，而多年后当他再次回到岛上，那座海岛已经是一座繁华的国际都市，一座住了五百万移民的城市。这一段港岛的年少时光，他发现新世界的小窗口带领他到更大的生命窗口。

有一天，大伯父把他连带家人带到马来半岛海岸的港口投靠他的一个同乡老友，他在家人开创的手工加工厂里帮忙。他也踏上改变他一生的土地。在那一年的季候风带来的雨水中，他经历了生平第一次热带暴雨的洗礼，震动神魂的雷电和密急的狂雨中，他开始了新的读书生活，在马来半岛上的华文学校求学。

他完全不知道他处在一个国家变动的时期，一个历史的开端，也是一个逝去的时代的结束。

他深陷在特拉克尔的诗句意象中，在两个括号之间，他过去的故事已远。

他所见的那个年代，有些新兴国家独立了，有些国度仍在种族冲突中血流成河，却几乎没有一个国家可以重新以人民的力量征服他们所处的专制政权。

不经审判的罪人

他试着歌唱，歌唱

为了忘却

他那充满谎言的真实人生

为了记住

他那充满真理的撒谎人生

昨天，他的大学时代刚刚过去，今天他已年老。老在帕斯的诗中，在谎言的歌声中面对往后数十年的真理人生。

这个逐渐老去的人在病中回想起许多年以前的往事。昨日的青春广场被年少的天真毁坏之后，大学时代的生活很快在灾难中远去了。今日的广场映照出他的晚年映照出一个更大时代的，来临。

他的学生时代在叛徒般的姿态中度过，反抗社会体制的活动成为他生活的中心。大学毕业不久，警方在他所主持的戏剧学会办事处中"搜出"所谓他和几个会员与马来亚共产党交往的"证据"文件。国家内政部以不必审判的《国安法》将他拘捕入狱。他在那个国家的内安法令中被政府治安人员带走，成为众多没有经过审判就被定罪的罪人之一。

以前，这个国家也曾用同样的方式捕捉了几个马来亚大学中文系的学生，关闭了马来亚大学华文学会。这是这个国家所有国立大学里唯一的、以华文为主要诉求的学会。警方逮捕了现任主席和众多会员，包括已毕业的前任主席和秘书等人都已被扣留入狱。这在这个受民族主义毒害的新生国度里，显得非常地刺眼。

这华文学会，是这个国家唯一一间设有中文系的大学所主办的学生会，也是这个国家高等教育界中唯一一所可以在校园里公开使用中文书写的海报和广告的机构。关闭华文学会暗中震动了这个国家对于华文教育、华文书写和华人在这个国家的身份认同危机。这个国家的政府特别针对关闭华文学会事件在国会发表白皮书，严防共产党势力在校园和社会各阶层内，渗透。

华文运动，在这个初生的国家被国家机器指责为马共在这个国家内进行颠覆活动的温床。

在没有审判的牢狱生涯里，他没有能力证明警方所搜出的所谓文件并非他所有，他没法表明自己的清白，没有人相信他对有关文件完全不知情，自然也无法指控那是警方栽赃的手段，这会让他从囚房中消失而无人知晓。他想知道，那位当年以同样方式被警方秘密逮捕的华文学会主席的下场。

他像是从此被人遗忘了。被逮捕的那天他心中可能仍然充满理想主义的热情，却没料到，他将彻底消失在历史场景的阴暗角落里。不像其他国家的政治囚犯，不少人后来成为国家和民族的英雄，然而这一位被政治黑洞吸食的华文学会主席，已被他的国家成功地，消亡了。

在狱中他遇上另一位代替了这个华文学会主席的同志，是另一位因争取创办大马华文独立大学的学长。他同样是不经审判就被关在这个关押政治犯的秘密地点。他是马大中文系全盛期的、读中文系的人。他回忆起德国汉学家傅吾康的讲课风采。不知道为什么他说的中文常让他感觉好像是马来人说华语。然后苦笑。还有一个从香港来的中国学者，叫钱穆的，当时我们都不知道他是什么人物。他说。

他叹惜钱穆只在马大中文系教过短短的一学期就匆匆离开了，

他原本的签约不只半年。他对外说是不适应热带的潮湿天气，其实这里的天气是很干燥的好不好！就是季候风来时雨多了点。其实，那时校园里的学生都知道他是受不了种族和官僚作风才被气走的。

钱穆离开马大中文系后，战后汉堡学派汉学家傅吾康很快也结束了他在吉隆坡的客座教授生涯，离开了马大。

这位狱囚同志当年毕业后，好几年跟随六马华校教师总会争取成立以华英双语为主要教学语言的独立大学的抗争运动。一次他计划在国家独立日上街游行，在游行申请书递交后，第二天的他就被情治人员半夜从家中带走。

没有明天似的一种爱抚重新将他拥抱。

那种消失的感觉在黑暗中来到他的身体，将他环抱起来。

牢房中的日日夜夜，他深深感觉到她从来没有放开过她环抱的双手，时紧时轻柔地环抱着他。

许多年后，他在狱中追思她的时候明白了帕斯诗中所说的爱欲体悟：诗是语言的性爱，性爱是肉体之诗。

就像爱是性爱的诗，而诗是语言的性爱一样，碰撞出他人生的各种课题，也见证他，爱与欲的顶峰体验。

硕大。华美。虚幻。

生死未卜之恋

我的花园的时间
午后阳光下
草木间弥漫的慵懒睡意
爆开的无花果
都是虚构的时间

一张古岩石雕成的脸，刻入，他的年少岁月。

一直到他的中年晚期，他仍然摆脱不了少年时期的这一座雕像的黑影。日后他无数次回想起，牢房中的思念如何成为他的精神粮饷，也让他痛苦难堪，体会到早岁苍老的，凄厉。

少年的身体，老年的内在情感，在内心自我流放的男人，他的爱情他的历史他的国家都成为他难以启齿的，禁忌。他心中满布了他所不能接受的现实。

在他的家乡，祖祠堂里皇天后土的神像早被他的先祖搬移到更新的迁移地的神殿中供奉。他的囚禁生活就像无人进香的破败古庙，黑暗的，完全和现实世界隔离了。电视、电台、报纸、书刊，各种新闻，各种声音和文字都消失在黑暗的牢狱中。他不知度过了多久的日月，完全生活在无声响无文字无视像的空白空间里。

他的日子有如神像被重新安置在一座座古庙的幽殿之中。

一种生死未卜的惶恐，引他重回最后一次他跟着家人在黑夜中祭祀家园故土的时空。日后在另一座也是英国殖民统治中崛起的东方城市里，他走在少年时徘徊过的街巷重新体验逃亡的追捕。

如今他躺在病床上。死亡已是最后的逃亡。一切屠杀行动的极限。逃过此种极限的人意味着逃过了命运的审判，然而这一次他知道他没法再次回避死的牢狱。

多年后，当"马共武装叛乱分子"不再威协这个马来半岛上的国家安全时，他被放出流亡海外。在欧洲苦读的历程中他感觉到他是从一个国家到另一个国家的乞求者。某种他无法用语言去定义的求乞者身份，也是一种和五四时代的乞求者完全不同的生命处境。

自从失去家乡后，他经过了很多年的磨练才慢慢地摆脱乞求者的眼光看世界，也不再乞求安逸与幸福。在英国读研究所时，住在移民到伦敦的舅舅的家里。他舅舅说起当年他来到伦敦的第三年，一天打开电视看到吉隆坡秋杰路上通宵大火，店铺和车辆在火海中演绎一个国家的种族屠杀，在火光中，隐约可看到尸首卧道横街。

这个由不同种族组成的新国家终于爆发种族屠杀惨剧。

军队上街用黑色的油漆涂上死者的脸，不让家属认尸，集体搬运到无人知晓的地点埋葬。到今天，这个国家的人民仍然完全不知道那场种族屠杀惨剧到底死了多少华人子弟。他只记得他的族人把单车充气器注入腐蚀性极强的镪水，可以喷射到很远的距离，风声，鹤唳。

他再次参与当地的社会运动，而那是有关民主和性解放的革命运动。人类的情欲被彻底地掀开道德的外衣，如何大胆地要求更多的民主与自由，性爱。

在发展中国家深陷于种族、语言和宗教矛盾之际，他逃亡似的离开了那种生命毫无保障的国度。在另一个国度却又赶上了另一种社会运动的震动，他走在人群中跟着群众大声呐喊大声宣读他们的宣言，大声痛斥政治的肮脏，甚至试图把政治革命和性革命戏耍在一起，给政府难堪却又不被逮捕送入狱门。

那时期的运动宣言痛责所有的政治。一代人，替天行道似的公然在大街小巷中离经叛道地把情欲变成图像和文字。不只是政客和政府被痛骂，也指责作家和艺术家是形式主义的变态狂。

把愤怒写入书架的灰尘中，借用《愤怒书尘》魏德哈斯的话呐喊，这就是一代新人类想要去掉陈旧幕布的力比多之旅。

这是一代人要求全景式人生的戏剧舞台，他们想要新的社会法则和理想生活，想要去掉所有的窗帘要求透明的房屋要求全景的政治，甚至要把地铁车站和总警备处变成爱情隧道。而早在六十年代的时候，西方性解放的成果之高，表现在取消了针对同性恋的刑罚，开始时是男性然后是女性之间的同性恋的解禁。

那一年，他的人生也进入私闯禁忌的阶段，开始另一种和命运抗争的恋爱。

地平线上的异客

昨夜你告诉我

明天，我们得重新创造

这个世界的真实

在岬角之顶

躺着等待

时光穿过地平线的裂缝

捉摸不定地归返

穿过黑暗的地平线，在中年的裂缝中他到了欧洲，开始的一年他游走在几个国家，这古老的另一块大陆给了他新的选择。

他在欧洲的学院生活，过着有点像东方五四时期的颓废情调生活，成为现代学府中的异人，是被看客观看的群众也是被群众所观看的庸众的一员。他自在地生活在异种人的社会里，安然地学习着异种人古老的语言。在灯光侵袭城市的暗影中，那些求学的年月仿似五四时期的浮光掠影，他深深被当代新兴起的学术和理论思潮所劳役，特别地惨淡。

写下《太阳石》长诗的诗人留下的诗句，为他辩证诗人与凡人、真实与撒谎的人生，然后，他寻找到了自己的安全岛。

考取了博士学位后有了专业的工作，然后结了婚有了家然后有了孩子然后离婚，放弃了孩子的抚养权。安全岛突然间转眼崩塌了，像卡夫卡笔下的人物那般没想到有一天竟然会发现自己生活在充满现代巫术的虚拟世界里。

在孩子长大快要读完小学的时候，他回到家乡安葬了父亲，在火化场的仪式中，殡仪馆主持人巧妙地在点燃炉火后即开始进行切割烧全猪的拜别仪式，一时间亲人都开始吃起派发到手中的一盘烧肉，似乎忘了炉体中被火化的父亲。

不知过了多少年，有一天母亲对他说，她害怕死后被火化，她常梦到她全身都是火光地去见父亲的恐怖景象。他才知道为母亲预买父亲旁边灵位的安排不该让母亲事先知晓。很热啊，痛，母亲没有表情地叹气。

离婚后他发现他父亲在他身上复活起来。他寓居在父亲童年的世界中，和母亲的关系越来越疏离，慢慢没有了亲近的感觉，只有悲伤之感。他回到城市中，童年时候母亲鞭打在身上的藤条瘀血偶尔出现在他离家出走的梦中。童年时候他几次计划离家出走的想法，最后都在饥饿中偷偷从家的后门进入厨房或睡房。

离婚后的单身生活让他又可以到世界各地游荡。

在他再次和她重逢之前，他完全不知道他原来也喜欢熟女，这是他以前并不知晓的奇妙感觉。他想起《金瓶梅》中西门庆的女人都是结了婚的女人。从此以后他也开始成为中年离婚女性的入幕之宾。他更多是和二十余岁的少女交往，她们有各种令人着迷的故事，奇妙到接近离奇的童年离奇的美和野性。他和她们建立一种较为松散的性友谊关系。他和她们开始某种美丽的性友谊关系，虽然并不无纠缠烦恼却能较不牵扯或只有浅近的爱与灵魂碰撞，纯粹的寂寞与欢愉的两性关系，没有占有没有男女朋友的紧张互动。

从春色中绽放一点点亲密，一点点爱与欲的渗透。这只有后工业时代才能发生的两性关系，在他父母亲那一代是完全无法想象的社交文化。

和她重逢，年少时候的影像再次饱满起来，声音紧紧捕捉着逝去的青春渗出一丝丝故土家园的逃亡声响，细微至极。

他曾经无数次幻想过一生中最浪漫的事就是在城市中和初恋情人不期而遇。然而绝没想到这事会延后数一年后发生在当年失去她的那一座海港，离散的人和离去重返的城市都已变得几近面目全非了。

年少时候那一个带他走入历史走入女性世界的人奇迹般，出现在他眼前。在她忧郁的眼中他也看到民族的忧伤，看到他的故园和逃难中的情爱。其实许多年以前那个离云后从此不再回来的女人仍然在时时刻刻地陪伴他，在她不存在之处，陪他。一直等到她出现的时候，她才从此消失在他的记忆中。

现实的能量如此巨大，再次遇见她，他也预见了他今后的生活。许多年后他接受，他再也无法逃离她的生活圈子。重逢后的生活，无数次她回忆起许多他们分手后的她的故事。

逃亡，提早结束了他们战火中的青春，然后就是各种形式的逃亡生涯，继续着。九十年代他们不约而同来到香港，留在香港岛上的古老学府。

在国家与国家、男性与女性、研究室与课室之间，他慢慢从乞求者变成施予者。生活有时候需要向命运乞求。这种生的乞求的感觉，从鲁迅到他这一代，漫游于东方的角落。情感上，他憎恶心中隐隐约约的乞求感。在知识上，他施予者的身份并不能平衡这些年来的感受。

情感的地平线上，早已不是当年他年轻时想要进行社会改革所能够想象的一种处境。

而她的不弃不离，废除了他所有的爱欲情仇。

她让他知道他不再是乞求的孩子，不需要再装聋作哑。她只让他碰到各种乞求的人，而不让他成为乞求者。

永不消失的蝶舞

我的手掀开妳身体的帘帷

把妳笼罩在更彻底的赤裸里

剥开妳身体外的许多身体

我的手，替妳的身体

创造另一身体

《爱欲同体世代的新兴阶级》让六十年代的世人知道了第三世界有这一号有色东方女性主义先锋者。这是她中年时写下的爱情理论巨著三部曲的第一部作品，是今日年轻一代的情感教育典范。

当代的爱与婚姻，追求的可能只是一种可以获得最高价值的交换式的商业行为，或者说，因为涉及爱的因素，因此也可视之为一种艺术行为一种爱的蝶舞。

永不消失的蝶舞，经过战火、革命与牢狱的洗礼，舞姿终于有了独特的含义与仪式感，构成她日后的爱情三部曲作品。

他在她的爱情三部曲中见证了青春年少的成长和一个女子生死的曲折命运。在她的文字中他看到许多年后仍然在青春河流源头追寻的影子，属于她的墓铭文的碑文。

她内心渴望睡在一个长年有男人守护的卧房，在夏日的花园里埋葬她的伤痛。在她居住过的花园中，寂静的花与悲伤守在身边。永恒的倾注，直到晚年的时候仍然滋润着青春的丧尽。

追寻也好，恶灵的追问、心灵的探险也好，谁知道呢。他只有好好深藏这一份不为人知的想念，一份他人生中最美的倾注，让他无憾。

她如今是修补商业社会文化的化妆师，过着一种无重量的生活。

他看得出来她内心失落的力量，他们不是烈士不是狂人不是革命家也不是厌世者，却同样都沦为了现代文化的化妆师，同时也是庸众。

她不想生活在文化化妆师的角色里。

他以前也曾过着她当年的生活模式，对抗越来越世俗化的生活。她以前的生活就是他今日的现实。他陪伴她在热带雨林的群岛绝地中考察万物。

中年以后的日子有如群山荒雪的山谷，和他一起面临老年到来前的灭绝山林。

雨林中的亚洲巨象，迷走。

热带森林中漫游的犀牛和丧子的母豹，忧伤而绝美。

这一切憧憬只带来两难的困局。重新遇见她后，我老师通过她而有了更大的能力，他看出他以后的人生将会有许多途径把他引向晚年，不幸地，病痛把他的人生毁于一旦。他再次成为逃命者，在病床的白色被褥与棉袄之间，他开始了另一场和生命有关的战争。

同样是战火中逃亡路上的亡命孤儿，同样被一个人照顾着。这是打从他出狱之后，他第一次有了渴望生存下去的意念。他每天对着白色的房间发呆，发现他只是变动的世界中被猪笼草所捕捉的一只虫子。没有人再可以挽救他，可能只有她，只有战火中的她可以拯救他。

在肝癌的战场中，没有人能够成为胜利者，没有能够成功逃出生天的人。他本来以为没有那么严重，在一组医生不赞同手术而另一组医生判断可以一试的情况下，他进了手术室。如果运气好，生癌的肝被切掉的部分日后会生长出来。但无奈癌细胞已经扩散，他又回到病床上。那个年纪更小的、用科技改变人类生活的名叫比尔·盖茨的世界首富，如今已退休享受他的健康生活，而在医院里的他，却满脸病容，只有小林在身边陪伴。

冬日的阳光从记忆深处带出遥远的思念，让他深入他的年少往事之中。

那年小林还在读博士学位，他用回忆录的方式对小林讲述她的故事。他完全没有把小林当作是他晚年时期的学生，而是视为他记忆中的另一个他的少年的自我。

他的记忆散布在我的记事本中，零零散散地，我写下几页有关她的生活侧影。渐渐地，小林在他老师的回想中走入老师年轻时代的雨季。有时会有一种错觉，他成为他老师的化身。如今回想起来，他也在经历一种他老师以前的逃亡人生。在不断膨胀的宇宙和个体的历史中，逃亡的生活一经开始便没完没了。我们其实都像一颗过早偏离轨道的星体，**努力**逃离宇宙的引力，不惜被外界视为一个内在的精神分裂者，就像太阳系最边远的极寒极幻的冥王星。

老师青春雨季里的一切，点点滴滴，滴落在小林的笔记本中。

小林的文字像落叶般飘落于纸页，飘飘荡荡，在小林的指间流动，记录着并感受那一代男女永恒的恋情。他知道，许多年后这位老师将仍然是当年的孤独的追寻者。他带领小林深入帕斯诗文本中的旷野。他们师生共同经历原始沼泽和文本山林的孤独，他们以这些诗句和文字去思念他们的少年时代，以及那个舍他们而去的女人。他们注定要一起共同面对在年老时迎头赶上的病痛之躯。

我注定要在往后的人生中，像这位长者一样追求我们心中较为完满的生活。一如柏拉图当年思索的心灵和谐论。学者柏拉图借鉴了古希腊数学家兼哲学家毕达哥拉斯的思想，认为数学与音乐是互通的学问，宇宙和谐的关键就在于数学比率演算出的协调音乐，这道出了性灵和谐论的核心。

性灵之生，如烟火如炉香梵音，若记若乙，日渐一日消失在心灵深处的永恒记忆里。

十年雨季，他的学术帝国

爱的柔力充满恩惠
愈合了他的创伤

学术帝国的黄昏

十年岁月里这座城市的风景线发生了许多变化。

在商品世界令人陶醉的乳晕奶香中，在当代弱肉强食的学术湿吻中，在学术性爱与文学爱欲的高超技巧中，小林活了下来。

十年雨季，法华经文中佛陀说法时的曼陀罗花如雨自天而降。

这些，至今在幸谦心中未曾停息，那象征空心无心的无蕊白花，是情欲之门的实体也是神灵的化身，是构造世间一切盛景的道场基地。

十年间他的生活，他的学术帝国，他的文学国度在他到来之前已经建构、完成，可在他到来后却又崩陷了，然后再重建。再崩陷。然后，就无法重建也不再有崩陷的忧虑了。

那十年的雨感觉没有停止过，一场场学术道德重整的工程，在他的国度里百废待兴。

浩浩荡荡，丝丝缕缕，打动了他。

十年岁月，打造了他这样一个人物。

他是一个亚瑟王式的宿命男人。

一种凡人模式的悲剧英雄，一种彼德潘式的人物，是Hello Kitty（凯蒂猫），又是冥顽不灵的专制者。他是个怪杰，难缠，另类，庸才。

他是孤独者、纵欲人，极端体，性癖类，完美主义家，盲目专家，素食主义专才，天体奉行领袖，媒体世界的反主流派，文化界的雅皮士，以及学术界的嬉皮士。

他，同时又是蓝领阶级的"红衣主教"，贫民窟中的无名神父，城市中的越狱者。是悲剧的哲学家，也是执迷不悟的宿命小生。这自命不凡的小生，如今已到了中年，而且，还在等待他的真命女神。在爱的追寻中，他几近失去了对于真善美的判断力。

他的学术生涯，有时让他迷失生活的节奏与方向。在工作以外，很长时间内，他被称为单身贵族。在系院里，学生告诉他另一种性别称号——系草。从此，这个系院最年轻的教授，被学生奉为系草的诗人，一手专攻学术，一手写作文学，被学界戏称为学院派的双枪手。

对于长久处于单身生活的中年男人来说，爱有一种难以抵御的诱惑。

他的诗，爱是永恒的主题，是深不可测的陷阱也是现代城市与缤纷消费时代的想象体，更是浮世生活中的感情病毒。

爱情是一种活力，无限、永恒、新潮、时尚的精神生活，一种无法捉摸、真假难辨的虚无游戏。

这些年来他只有在恋爱时，才有心情翻阅闲书。其他日子都在阅读与教研工作有关的书籍。有一次他去探望病中的老师，送给老师一本早年在伦敦读博士时购买的绝版马来古文的《马来纪年》。这一本马来民族留下的最早的马来文言古语史书的中译本，他一翻，正巧看到中国皇帝迎娶马来公主盛事的那一章节。

那是在渤淋邦发生的外洋中华民族的，中国故事。

渤淋邦即古代三佛齐王朝所在地，位于安达拉斯岛的南部。安达拉斯岛是今日苏门答腊的别名。这一本古马来王谱史书记述了百名中国男人和百名中国女人以及百名中国贵族之子来到了马来半岛的盛事。然后在中国特使扬帆回到中原之前，西昆棠山国王计划将公主嫁到中国，嫁给中国的君王。苏巴尔帕王问朝中百官女儿远嫁中国是否可行，大臣奏曰：中国君王是大国之君，普天之下，有哪个国家比中国强大？将中国君王收为女婿，不失为一件美事。因此，马来国王在国书上印上"甘巴"国玺，送公主上船。中国君王娶了马来公主，高兴万分，以盛大隆重的礼仪迎娶了马来公主。

赤道上，这一支波利尼西亚民族的历史建构说明了，爱情是两个国家的建交的见证。

中国君王和这位马来西昆棠山国王的公主的爱情，成为南方国度的一页传奇。西昆棠山国度，被马来民族称为他们的发祥地。而西昆棠山国的公主和中国君王所生下的子子孙孙，世世代代，承传王位做了中国的君王。

这本被人遗忘的史传显然忽略了中国朝代更替的历史进程，但这种波利尼西亚式的民族想象空间，对于中国世族的历史解读令人叹为观止。

除了较多人听闻过的中国明代汉宝丽公主远嫁马六甲的苏丹的故事外，这些更加古老传奇的异国爱情故事点缀了他年轻时惨淡的青春。古代的帝王爱情，淹没在马六甲海峡的夜幕里，永远地消失了，而这片海峡无法言表地成为现代爱情最华丽的演出地点。

最美好的是，古老传奇的异国爱情故事，点缀了年轻时的青春。在格奥尔格的笔下，有如爱的柔力隐含了爱的恩惠，愈合了幸谦的创伤。

身体铭文

人赤裸裸的痛苦

默默地与天使相搏

大约在二十世纪最后五年到二十一世纪最初的五年间，他的生活和这颗蓝色星体一样发生了几件重大的事变。

他的身体铭文刻上了属于这个时代的壮阔悲烈。

这样的年代造就了他造就了林幸谦，也毁灭了林幸谦毁灭了他的世纪。他如今是虚拟时代中媒体大鳄的智慧囊，成为实业家的文化打手也成为孩子世界的玩具总工程师；同时也是梦想空间的消费者，教育界的恐怖主义者，学术界的政治玩家，企业界的作家领袖，高科技界的守旧者，政界的原教主义元老。

偶尔他也是童话故乡里失去了魔法的恶魔，是现代都市中被无期囚禁的自由主义者。

十年以来他一路打听，他的帝国辖域为它人如何逃脱现实的各种新闻报道，然后接受了传媒所说的各种报道，不再反抗。在他的王国里，关于这种学术逃兵的报道非常多，而且多彩多姿。

一路走来，在作家和知识分子之间他看到了一群不可能被拯救的文人。在可挽救与不可挽救之间的分野之中，他又听说许多人坠入了学术的情欲深渊。这里不会有真正的学术或艺术活动，所有的学术或艺术都是仿造的，仿如构思奇特的天篷，笼罩了天空美丽的视野。转眼，就是十年光阴。

近年他常想起年轻的时候为了考上马来亚大学他决然放弃了高级几何数学这一门弱项，在没导师的帮助下，独自一人专攻马来文学。《马来纪年》是这门高级马来文学科目的必修书目之一。这本十六世纪初编修完成的马来诸王起源考，其马来原文可译为《马来由史话》（Sejarah Melayu），亦可译为《马来王谱》。在这本马来民族历史上唯一的古典历史传记，在狮城新加坡有一个更加古老的名字——淡马锡。

那时有一个名叫圣尼罗多摩的王子，是亚历山大大帝东征印度后，与印度公主的后世王孙，这位王子来到马来半岛最南端的"地之极"（Ujong Tanah）突遇海上风暴，这逼使王子把王冠连同船上所有货物抛入海后才在淡马锡靠岸。在布满巨大岩石的沙滩上，一头异兽在海边游荡，王子的臣子说那是狮子。王子从而把他的王国建都于此，名之信伽甫罗／新加坡拉（Singapora）。这些马来民族的故事，让他早早就有机会穿越淡马锡的历史。

在信伽甫罗的传奇中，他成为侠客哈迪甫，在城市的市场上游荡，在王宫前散步。侠客死时鲜血滴在信伽甫罗的土地，尸体却消失得无影无踪，后来传说这尸体出现在千里外的半岛最北端吉打的岸边。当时，刑场附近一个卖蒸糕的小贩，用蒸笼盖子遮盖了哈迪甫流下的血迹。

血迹变成岩石后，传说有人在岩上刻写这座海港的黑暗史。

二十世纪那一年快过尽的时候，新的一年在冬日的微阳细雨中来临，在复杂错综的历史进程中来到他的眼前。往年除夕的情景突然地一晃即逝。他再次站在高楼上，看到最后的一列火车从广州驶进香港新界，驰过上水、粉岭，直奔红磡的方向。

他惊觉到他大半生都生活在边界地带。

在国与国、故乡与异乡之间生活着，囚禁着。他努力地想要自我救赎。他写下，边界的诗和诗的边界。

在他的小我王国里，古老的土地最终会向身体回归，然后发难，就像他的国度，就像沃尔芙的内心那般，他的王国停留在一间冷清的房间中完成自我主体的建构。在他的文学国度与学术帝国之间，他经历了殖民入侵者与原住民的惨烈游击战。

年复一年他书写着，年复一年在想要摆脱逃亡的念头中撰写学术论文，或者写写诗歌。那是他在新加坡作客时留下的、富有历史记忆的身体铭文，也是他所著述的书本铭文。

成千上万的剑鱼纷纷飞上岸。他的文字和新加坡古代马来王朝的历史融合在处于赤道的这一座小岛上。马来帝王世谱带着狮城的传奇，向他和他的身体，与历史的记忆看齐。在那些视历史为神话的年代，赤道的剑鱼族群一年又一年在季候风雨的巨浪中袭向新加坡的古老海岸。场景壮烈，成千上万的剑鱼纷纷飞上岸来刺死了海岸上的居民。史传的文字写道：剑鱼飞到人的胸部、剑鱼飞到人的颈部、剑鱼飞到人的腰部，刺入再——由背部飞出来。贯穿而过的历史铭文，深刻在赤道中成为他人生的历史场景。

那年代的历史铭文的力量，有如剑鱼一般强大有力。他书写的书，文本的铭文也最终要向历史看齐。他的书，铭文只是肉体的代喻，最终都会回到土地。他的土地，神祇不时在他的这片土地的内心涌动。各种符号系统像风雾钻入记忆深处，令病痛丛生的肉体倍加感伤起来，纷繁流动，勾起他半生的记忆。

多雨。潮湿。多风。

在微暗的阳光中纵横交错：初恋、婚姻、演讲、领奖的仪式、掌声、闪光灯、欢腾的群众、芳香的温唇，如今都来向他告别，要他遗忘他所不能遗忘的。许多年以后，知识的诱惑，肉体的形象，土地的血脉，以及盛年所经历过的各种风云际会已不再能触动他。

暴烈如热带的盛年雨季，短暂得不近人情。

安全岛的漂移

为神圣的痛苦所驱迫
人默然乞求上帝的面包和美酒

乞求上帝的恩惠，发生在他情感最为脆弱的时刻。

特拉克尔诗句深处中的神圣痛苦，对于他而言是恩惠的蓝色花丛，愈合了他的创伤。创伤，都是孤独的。

对他来说，所有孤独都是神圣的。所有神圣的，都必遭创伤。

没有比我们这个时代更不孤独的时代，这是夸父的隔离状态也是他的状态。在夸父有点伤痛的身影中，他最深沉的需要是脱离他的隔离状态，是离开他的孤独牢狱。这是他的安全岛。

那是他的安全岛，那不是眼睛看到的东西而是想象出来的东西。每一个当代人都有一座属于自己的安全岛。他像许多生活在城市中的现代人一样，长久建立起属于自己的小王国。他自得其乐，起码他以为在自得其乐中享受偶尔来到身边的日常生活。这是几乎所有人都不愿丢弃的安全岛。

工作是他长久以来不言而喻的安全岛，家庭一度也是他极为重视的安全岛。在这个个人的岛，他逐年积聚了物质财富，以及个人的生活习惯。都市生活围堵了他，都市围堵了所有现代人的生活。

他在他的安全岛中努力保持一种优雅的状态，慢慢有了社会地位和文化身份。他试图追求更高的心灵感应能力。梦中美丽的色彩，让他相信他能转变对待生活的态度，也能扭转内心日渐干枯的，性灵。

然而他没料到，安全岛的世界，二十一世纪的繁华城市里，抑郁症会侵袭到他的安全岛。无可选择的中年危机，到来了，他越来越难以享受悠闲的高薪生活，只能说苦中作乐。

新世纪的宏愿中，生态灾难和自然天灾显得有点涂鸦式的难堪。灾难像神话故事中提到的那样重临人间，然而更可怕的是心灵的灾难。机械似的生活拥挤在电邮、手机、计算机和各种文件、通讯、会议、无形的竞争场之中。他反抗着许多人反抗着的一种微妙的、压抑的生活状态。

偶尔的失眠变成日常的失眠夜。他吃了抗抑郁症的药后，再吃安眠药，然后又吃胃痛药。各种安眠药，褪黑色素，缬草精华，莲花，后来是秘鲁的玛卡也加入他的日常药单之中。几位年长的诗人，还有小说家推荐给他两三种安眠药。只要半粒，就能好好地入睡，一位同乡女诗人推荐了一种药。然而这种药无法在市面上购买到，只有高官级别的人物才能得到那几种很有效的药品。

后来是制作泡药材的酒，在睡前喝。再后来是喝红酒，苏童就喜爱夜晚喝红酒。几年下来，他似乎提早走上了药典之路，在他内心的画布上，他感到自己的睡眠精灵慢慢慢慢消失。

许多发生在二十与二十一世纪之间的日子，落在身心之上的珍贵或暴戾的日子，急促得如赤道的雨，点点滴滴落在心野之上。他想起许多远离了他生活圈子中的人，亡故的亲人，心脏病突发的同窗好友，怀孕后悄悄离他而去想要独自生养孩子后来又流产了的美丽女友，以及分手后失去联系的几个长得像少女版关之琳、董洁和舒淇的恋人。

在逐年升温的气候中，他的心日渐冷却，有了诸多的想念。

有想念就有遗忘。在遗忘中，他必须首先遗忘自己。他的生活随着经验的变化和不同的心情而改变。开始的时候有些停滞模糊，然后就急转直下，纵横变化，在无止境的，追寻中。

情感，是他追寻的猎物。和理念一样，在他的追寻中成为俘虏，而他在这里书写的文字，成为忠诚的另一种俘虏。

他是没有门派的追寻者。

他常想起另一个不想被别人称为追寻者的艺术大师。在艺术追寻中毕加索告诉他，他不寻找，只是看到了就拥有了。

他在他身上看到了事物的另一层真相，就像毕加索看到艺术不仅只是真理，而艺术更是一种谎言。艺术教导我们去理解真理，同时也让我们明白真理的谎言。

在他的画里看到许多谎言的生命许多艺术的伪装许多的破坏。

他的画作正是他的身体铭文，他的作品正是这些破坏和补缀的总成绩。人生就像艺术中那些被毁坏的东西。和精神成长有关的东西，在毁坏中改造了这些物体的质地。

经过多次不同的追寻，许多往事摇身一变成了梦幻与真理的痕迹，隐隐写在他的脸庞上。他的追寻穿透了他逐渐年老的双眼，越过视网膜，二十一世纪在重建中崩解了。他感恩命运对他十分的宽厚与慈爱，没有让他遭遇崩解的不幸。他感恩爱情海洋中漂流到他身边的几座天使般的岛屿天堂。每一个天使，无论是物质主义的女孩还是浪漫狂热的少女，都像天父的海湾般给了他永生难忘的爱恋交织的缠绵。

他是没有门派的追寻者，九十年代，欧洲的解体与重构为他的留学生活增添了一些立体的历史景观。

同时代的年轻人，悲愤而忧郁地走出了濡湿的社会死角。他只是冷眼旁观，荡漾在天使岛屿的人间乐园里。这是他王国的诞生地，带领他通往人间的天堂，暂忘世俗。

这美好的天堂冒险旅程，也被他逐年纳入在被遗忘的行列。

那年的冬天，在北方的冬雪落下之前，他正准备为他的学术论文写下最后的结语。

紫荆花之雨

蓝色的花
在凋零的岩石中
轻柔地鸣响
所有生成者显得如此病弱
灵魂，只不过是一个
蓝色的瞬间

许多年后，香港中文大学本部的候车站旁，春天，杜鹃花依如往年花姿绚丽，在车站前召唤青春，为候车的学生和教授祝福，送别。

大学是一座华美而哀伤的园林。

从冯景禧楼的研究室往下望去，盛密的相思树树叶掩映着树下行人的影子。斜坡上的石阶，已经有些缺破，前一夜的水痕大概已经干了。如同这学院中的师长与学生，现身，然后消失。

在礼崩乐坏的都市中，他身边许多男女都开辟了各种可能的第三种男女朋友关系。一场寂寞时分的意外邂逅，让友情得到了升华。从周末情人到二奶杀手，从小三知音到深夜炮友到寂寞情人，从午后伴侣到清晨爱欲。青春没有奇迹，只有青春和身体的豪赌，召唤着爱，灵与肉开天辟地搁浅在，爱的浅滩、青春的彼岸，让人感觉复活了。相思树旁的杜鹃花丛，展示着短暂的青春。

这历尽艰辛变化的中年，雨季又来了。清爽的春天黄昏，起风了。有一年他计划申请奖学金到美国作短期研究，整个中午，心情都很兴奋。然而很多问题接踵而来，他不想丢下陪他到香港生活的妻子一个人。最后他选择了台大和中大的交流奖学金到台湾走走，顺便回妻子娘家走动探亲。

去台北前，他到了一间大学的文学院应征教职。在他完成论文前的最后一个秋天，他和妻子回到妻子的家乡，回到当初他们恋爱的城市。

两个月后当他们回到香港的居所时，他收到一封早在一个多月前就已寄出的给他的应聘合约通知书。在他毕业前，那一份原本可以带来很大喜悦的大学聘书，却已不能带给他喜悦。

在他回到香港以前，他的人生已经发生一页重要的故事。他惊觉，香港确实是一座华美然而悲哀的城。

一页有关生命的故事——他们失去了一个孩子。他站立在上升的电梯中，无言地望着手中的聘书，一个象征人生阶段新起点的文件。人生的宿命，原是解体与重构的秩序。本来这就是人生构成的原理，给了他重新认识宿命的一点小缝隙，以及感知命运的某种真相与某种残酷的冲击。

回到校园后，校园里的紫荆正值花开。几棵紫荆树很快就展开一轮又一轮的花艺展示。风过处，难得也会看到紫荆花雨。

花雨过后，梅雨季节又到了。他继续撰写他的毕业论文。一整座海岛在九七到来的众声喧哗中，积极重建与解构。他也在建设他的人生景观。学院的黑暗面貌移入内心，在嘲弄与怜悯的交织中生起一团烈火。狂烈爆燃的火，进一步映照出知识界的丑恶。

学院中一抹黯然浮沉的悲哀涌上异乡人的心头，露出身处废墟中的他的内心世界。

他从神话的历史出发，追寻雅典娜的精神。他知道雅典娜不只是智慧和战争之神，也是学术的保护神。这是现代雅典娜生活本质的所在。在实质上，现代大学已经走向非本质的学府，并在弱肉强食的政治演绎中为每一个踏入学院的年轻人洗礼。

往后他逐年逐年地走下去，感受到现代都市的优雅生活慢慢远离他。这一群居住在都市里的，高学位高薪职权的专业团体渐渐地，远离了他们当初所要追求的从容生态。

他没有料到，他想要追求的悠闲生活日渐远离了他的安全岛，也没有料到他会辜负妻子的一片深情，一个善良十足的小女人，简单，纯真，却要面对不能过二人世界的和谐生活而分手的命运。那一年的秋，发生了许多事，许多可以改变人生走向的际遇。十年后，当他回首那年他和妻子回到台湾时，如没有失去那个孩子，他的生活如今将会变成怎样。

那年香港新界靠近内地的地方，初春的风，从厨房的窗外吹进高楼，最后的一列火车驰过车站，不停，直奔九龙总站，他立在高楼，站着，在香港与内地的边界地，他不知道他以后的人生将会有怎样的风景线。

灵囚地，他的文本部落

宝石逸离我的双手
我的疆域
再元力赢获宝藏

学院文本

那一年春天，格奥尔格的诗文像雨水般特别地潮湿而透明，仿佛是诗人笔下的图腾液体，强而有力，塑造了一座城市的侧影。

他撑伞挡住有点冰凉的雨水，这是新时代的雨。

如酒的意象，如雾水，雨涌入他的眼瞳，映照出远方的候鸟。奎利亚候鸟漂浮于天地间，飞舞在隔雨的星光中，成千上万的候鸟飞过的荒野大地像海洋一样吸纳了父亲离世前留下的苍茫记忆，许多消逝了的画面竞相涌现。

关于父亲的意象，写下的诗句是为了纪念他的成长，以及他与父亲之间毫无亲密感的关系：

> 父亲的坐姿
> 临睡前梳妆的女人
> 丛林中的野兽
> 草原上的巨蚁
> 荒野中的尸首
> 清晨中心的梦
> 黑影一般地爬行
> 在童年寂寞的街道

许多时候，他走出学院时已是接近午夜时分，幸谦在大学出口处的安全检验本上写下姓名和离去的时间，签了名，在午夜的街上顺柏油路往新界的方向滑行。子夜时分，春尽的街道，分不清的灯色和夜色，像紫黑色的浓郁葡萄酒滑过喉头，流过夜归人的身影。

一种夜晚独有的语言，连同城市无形的讹语，随着疏零的车影在城里窜动。

在逐渐疏落的灯火中回到家里，他想起那一年的春雨，雨水，特别地透明，在诗人笔下流逝，一种强而有力的图腾液体，为他塑造了一座城市的侧影。

这城市是一座天父遗弃在人间的潘多拉宝盆。

城里幻化出无数的小天使，他随她走进潘多拉大厦，在高层的楼上，城市灯火自远方涌来。他们相恋，他们分手，他常常失而复得然后再次失去小天使的身影，在幽暗的城市微光里，他找不到她。在高楼上，他看到一座许多油画构成的庄园，虚掩的大门，昏暗中散放出华丽的质地，他推门探看房内幽暗的空间布置：奇异修长变形的人体，一组象牙人像，割裂室内的空间。人体的比例在进入室内的时候突然被拉长了两倍，变成了象牙雕像，人体变形后的感觉远比真实人体更真实，而等到他适应了室内的光线后，他看到无数幅描绘天使般美丽身姿的油画，画的就是他自己的过去、现在以及未来的生活盛景。

此后无数的春天，伴随着她的到来花季让人心身颤栗，他一次次堕入唐朝盛世的传奇之中，体验到富有古典情调的现代情诗之旅。

他看到生活在城中大楼里的人，那些寻觅人家的少女，她们不是流放到人间的精灵，她们是风情异迥的邻家女孩，是情姿卓越的小魔女，在他绝望心死的夜晚如天使般让他感动。这些邻家少女带着梦幻来到都市来到潘多拉的花园在他家的门口，以各自的奇异故事与奇幻身世出现在他眼前。

第二天他又回到学院，每天走过一条名为迷途的小巷去上班，晚上从另一条名为恍惚的街道回家，回到他那名为幸福华苑的居所。这里有三个不同类型与功能的游泳池，六个网球场，数个羽毛球场、篮球场、壁球室、乒乓球室、儿童游乐场和豪华会所，然而一般家长却很少有时间享用这些休闲设施，通常是女佣陪着小主人或女主人出现在这些原本为一家之长所设的地方。

在上班的地方，他常走在学院的长廊与室窗之间，二十一世纪的大学，如今已变成世俗的另一种修道院，所有的学术与传统的僧侣已经出走，留下的，是一群现代的另类住客，渐渐地，他也变成都市原野中这样的子民。一群生活在后大学时代中的后知识分子，在学院丛林中和许多学术流氓一起生活，过着丛林原则的日子，在弱肉强食的学府中，做做振兴学风的妄念。

近十年来，他目睹了大学精神的变迁，也目睹了学术道统坠落的悲情，像经济移民一样移入学院的、后现代社会的后知识分子，表面上以经营企业的精神治理大学管理教育，实质上已丧失了大学传统的理想人格。

从大学高等教育的视角来看他的人生展望，他看到的是大学体质的退化，年轻时候许多人所向往的大学原型，如今以其隐匿渐进的形式变成学术的丛林地带，将二十一世纪渲染得充满悲情色彩，有如他笔下父亲的形象：

　　春天，父亲离世后
　　亡命的星光
　　一个文化的文盲
　　一代文本的奴隶
　　陪伴着
　　刻毒的商业分子

时代文本

我于是哀伤地学会弃绝

词语破碎处，无物存有

那年春天过后，夏天的风，从大海启动，一路打来，冬雨很快也过去了，把新世纪带入〇四年圣诞节的夜色灯火之中。

早年，年少的他踏出家门，故乡在炮火口毁了，许多年后他想起母亲的衣裳，一件早已忘记了色彩的素色衣裳，直到今天他还没有从年少的炮火中醒来。以后的几十年间，人潮继续走出家乡，涌入城镇隐蔽或公开的红灯区，或在公海中漂浮数月等待上岸的时机，有时成为非法移民，有时客死异乡。

而他的情况是介于两者之间。

从他的学术成长经历视角而言，他试从一个男性的角度，从事女性主义批评和女性文学的学术研究工作。从法国女性主义者西苏的潜意识场景到自我的历史场景，模拟女性的阴性书写，用女人所独有的白色乳汁的笔墨解读传统父权的黑色笔墨，然后他发现男人虽没有白色乳汁，却也有白色精液，西苏可能当年也曾想到这一点，或者只是不愿承认。

白色乳汁和白色精液的时代文本，使得作家的笔常被女性主义者称为阳具的象征体，是男人打压女人身心情欲的神之器，而在写作被视为情欲活动的前提下，作家个个成了临水照影的自恋者。

身为新世纪的学者，他看到许多人其实是生存在黑暗的中世纪语境里、文化荒野中，子夜像是非法移民一般引导他从学院和讲堂转移到咖啡厅、酒吧、舞厅、夜总会和各种夜场之中，城市生活中的男男女女都在逃离自我的方向，追求另一种自己也无法确知是什么的自我。

　　另一些人从海外回归早年离去的家国，多年后浑身颤抖地又回到了异域般的故土。然而，不论是香港、台湾、大陆，还是新马等地，等待他们的，都不再是当年他们离去的家国。

　　那一年的圣诞节过后，二〇〇四的印度洋，一场九级地震带来人类当代史上最惨烈的天灾，造访人间的海水流过苏门答腊岛、槟榔屿、布吉岛和斯里兰卡岛，把赤道的美丽海岛变成印度洋中一颗颗眼泪，蓝色地球的泪。

　　灾难发生时，他照常生活在一座国际都会中，丝毫不知许多人在一刹那失去了亲人和家园。在他所不能想象的一种生与死的恐惧形式中，许多岛民和游客失去了他们的所有，而他，并不想知悉他人的内心世界有何感想。

　　大海啸为他保留了一丁点家族在马来半岛的零星记忆，家乡毁了，童年长满了野草，荒芜的，一片废滩，像多年后的一个午后，他午睡醒了过来，望着死在战后的妹妹的遗照，大海啸光影的明暗飘散在午后的阳光里，用极其陈腔滥调的语言去追索，他求仁得仁。

生活文本

严密而结实，穿越整个边界
我到达她的领地，带着一颗宝石
她久久掂量，然后向我昭示：
如此，在渊源深处一无所有

渊源深处，是今年六月学院的夏天。夏季刚刚开始，他常在研究室里坐到深夜，雨后，飞来满室的蝶蛾，乱舞，在鲁迅所指的好地狱里，乡土沦失后兴起的城市，使生活可以在失而复得的天堂深渊处，再次复苏。

有关鲁迅的影响，就像西苏对他的影响，西苏发现了一个卡夫卡，而这个卡夫卡是个女性；诗人发现了鲁迅，而这个鲁迅是个女性。

鲁迅的文本生活充满了一个时代的呐喊，这世上有着太多想象不到的呐喊、生活和他者，多年来这是他的生活文本，一个他者深入野草荒原，那是属于他的一个国度的语言。在这国度里，他一直希望能回到古希腊时代的美学里生活，那种生活与艺术结合的生活。

大概就是在这样一种对生活的无意识寻觅中，他离散他漂泊，在台湾、香港等地几间学术机构与学院之间活动。在一次的国际研讨会场上，他最终遇见了她。她早年那一身富有重金属质感的古铜肤色更加地有光泽，突显出她作为当今第三世界有色女性主义学者的代表地位，她从海外饮誉归来。

再次遇见她时，她已是当代最重要的女性主义学派作家和理论家，那么多年以后，她在多元空间的都市学府丛林中居住，借助各种文学与文化论调化身为学术界的崩客族，四处掠夺，到处颠覆。

而他，他如今是大男子主义加女性主义的学术怪物，大男人和大女人结合为一，却是十分奇特的新思潮，那种机械化与生物化混合的新物种也不外如是。即使这样，在所谓全球化的后资本主义的学术地标上，他也已然麻木。

他的天国已被功利的生活所收购，破坏殆尽的，是他水尽山崩的预象。圣诞节前七天的早上，他听到马龙·白兰度生前留下的私人录音，他叹烛光短促，叹他的人生只不过是一个行走的影子，充满喧哗和骚动，意义却一无所有。

我们会在最不可能的地方寻找到爱，他说，形形色色的故事，呈现在我们眼前被文字、影像和声音加以重组、修订，丝毫没有乌托邦的色彩。套用史蒂文斯的说法：这种世俗生活是比安慰尤有过之的安慰，与比没有安慰尤为不如的安慰之间的某种东西。

这某种东西落在格奥尔格的诗句中，成了质朴而单纯的哀悼，逐一逐一，将遥远的奇迹、疆域和深渊，带到一处一无所有的界域。

那一年的农历新年后，香港作家联会的新春晚宴在北角举行，他初次被邀约参与盛会，和许多久未见面的作家文人聚旧，故雨新知，在现场的音乐和歌唱表演中度过一个愉快的夜晚。后来他把张大朋引见给作联主席，邀他成为作联会员。很快在这圈子认识的人多了，他才发现原来有很多香港的作家文人，都曾居留东南亚，而后回到中国，再从内地经不同的路线最后来到香江，但很多人已很少再提他们过去的生活往事了。

在指导老师患病过世后的几个新春的日子，夜半他携信到花园的信箱投递。他记起新春前的几个冬天的旦晨，他随着阳光的明暗光线到邮局购买邮票，然后把带在身上的贺年卡和问候投入信箱。每一年，投递的地点都有所不同，一封投到德国，两封投到美国，几封投到大陆和台湾地区，其余投到马来西亚和新加坡。另一些心情，被他投入沉暗的岁暮和暗淡的内心：许多共同生活的年少同伴，在逝去的岁月中，逐一成为一座座荒落的小镇。

我们最终都要成为一座小镇。

一座孤独的小镇，一生一世，都在小镇里作画和写生，一生的往事都成为小镇的风景，成为他人作画的题材，终老小镇。渐渐地，相信自己真的会成为一座画中的小镇。在这个荒落的小镇里，终老。

这是他在学术生涯上的问路之石，也是终结之路。

学术是各种符号和意识形态争斗的场所。他感到学术的体系完全无法统一或分化，都只是学者一种在俄狄浦斯时期所被压抑的愿望，是生存的机制，是主体建立语言的力量，也是他进入内心潜意识层面去建立的性别角色，以及他在写作中的象征秩序。

终于，他进入，拉康学说的精神分析式的语言：当我们进入象征秩序，我们就进入语言的本体，我们就是语言。

其实我们进入的，是我们内宇最神秘的潜意识迷宫，而语言，就是我们心灵史的一部分，也是我们潜意识的所在地，被我们用华丽或哀伤的语言还原为，性灵之象。

我们存在于我们不在之处，对拉康来说是我们的潜意识深处，对西苏来说，就是我们的历史场景，在或不在，存或不存，都在我们离乡多年以后，一一落在，命运中未知的脚底。

他的人生之路一再从脚底展开，从小镇到国际大都会，活在现代化的城市中，家乡的感觉已经离他远去，所有生之寻觅往往必须从头开始，最终成为他家客厅一幅蚀刻铜版画上的，一只奎利亚候鸟的漂姿。

城市文本

我把遥远的奇迹，和梦想
带到我的疆域边缘
期待着远古女神的降临
在她的深渊深深处发现名称

格奥尔格的诗句告诉他一个有关居住在城市中的隐喻：

梦想和奇迹存在于命运的深深处，只有在无物存有之后我们才能学会弃绝哀伤，不论什么状况我们都可以在女神那里发现属于自己的名字，让我们可以面对不同地区不同时代的文学文本和人生寓言，并让我们以艰深的理论话语去解开恋人的内心世界。

一生中各种版本的生活文本，伴随着他笔下的意象围绕着他飞舞，像午夜到访的蝶蛾，还有近近远远的、烧不尽的灯火。

夜晚的灯火在城市里组成一系列被展示的陈列品，整座城市，充斥着各式各样的商业陈列品，似乎已难再为城中的居民提供家居的实质内涵。

在小巷前后，他走过非法摊子、小食档、大排档、红灯区、书街，并画下一座肉眼所看不到的现实之城。这样的城市，其实很容易就会被人遗忘。绝没有特殊的城不会被人遗忘，每一座城，都不会例外。

每次离城而去，他就会去到另一座城市。记得在上海汇丰银行大楼，闹市的中心，柱与柱之间的设计刚好有约四尺长两尺深的空间，几个乞丐缩紧着身体躺在里头，一人一处，并排睡在一起，来往的人潮夜夜如故，街上车流如水，一切人间红尘，都与他们不相关似的。

这一世代，是没有意义的符号。

另一年冬天，他又来到城里签约任教的那一个地点，路过同样的地方，银行大楼前的行人道上的空间已经被铁板封填，冷光闪闪，乞丐没了踪影，企业家为了风水的课题，赶走了街边的寄宿者。香港的高楼大厦，用壮观的建筑讽刺行上的行人，美轮美奂的高楼说出了广大平民一生的匮乏，无论是流浪人还是过客，生活的艺术家还是学者，都是某种形式的街头寄宿人。

下班后他常常在夜色中走一段路回家，偶尔在一间名叫世俗魔王的酒吧和友人喝酒，或在一家名叫自杀身亡的咖啡厅喝杯热巧克力而不是喝上一杯让他失眠的咖啡。有时他会去那一家名叫伤痕累累的酒店吧台小坐，每晚那儿有一个名叫招募圣母的乐团演出。回家路上他一再经过寂静的花园与华丽的教堂，从街道望去，偶尔会看到一个老汉躺在街道一角的一张草席上，前面的车站排满等车回家的人，车子一辆辆驰过，巴士开动的声响，还有候车男女的家常故事，大概都不会进入流浪老人的梦中。

好不好，要不要，有没有……

想不想，是不是，会不会……

对不对，像不像，像死静的湖水没有涟漪。

在他感到疲倦的夜晚，总有幻化成和她一样坠入尘世离乡背井四海漂流的小天使，来到他家的后院，带他去一个个他并不知晓确切地址的地方。

他想起，另一座城市的一座庙宇，至今大概还容得下整座城市的流浪汉，而香火依然鼎盛。

人文文本

少年雅桑特般的声音
轻轻地诉说
被遗忘的森林
的传说

少年格奥尔格的召唤来自远方，年复一年地向他召唤，诉说一座高楼上的森林故事。

秋天的子夜，少年的白先勇住在童年时期的香港，那年秋天，白光就住在白先勇香港家的巷尾，他们在小街上遇见过。直到老时，白先勇还是喜欢听她的歌，在性感与感性中充满时代和岁月的声调。后来白光嫁到马来西亚，埋骨在半岛的中部，他唯一一次去她墓前上香，一踏上墓地，蓦然回首处白光的歌声响起，别有一种人世与天堂的韵味：我等着妳回来我等着你回来……歌声里丝毫没有寒骨浸心的感伤，反而满心相逢的喜悦之情。

直到很多年后白先勇偶尔还会从美国打越洋电话给他，聊点生活和文化活动的安排。那是天色未明的时刻，他独自在高楼上喝酒，有时候一个人，有时候两个人，有时候三数人，有时候和一座城市，一座看得到护城河的高楼，七百万人的集体分裂，让他品尝到美酒中的多重秩序，品味着，多重秩序内各自的自己，扮演自己或不是自己的角色。

午夜，他常常会喝一杯烈酒或葡萄酒，有心情的时候会调一杯由各种烈酒摇成的鸡尾酒，有时候加入柠檬汁摇一摇再喝，对着夜色，对着远处的城门河和楼宇，想着远方的人。

有一天，所有的人所有的城都会像史前的记忆一样被人遗忘，而他，将仍然还在寻找些什么，就像当年尼采那一代人那般寻找属于他们的家，那是他们共同的考验，是他们共同寻找过但仍未发现的地点。

从高楼往下望，盛密的相思树树叶掩映着树下行人的影子，斜坡上的石阶，已经有些缺破，前一夜的水迹大概已经干了，夜里，他在雨水中回到家乡。

新时代的雨，图腾液体般如酒的意象，把他带回家里，带他回到童年。

雨水的感觉，正是童年时候的火车压过铁轨的感悟，带他伸向空空渺渺的荒夜尽头，带他，去到现代社会寻找某一种可以令他倾心的诗意的想法。这常常导致他对城市产生了诗意的敌意，产生一系列的幻象，这种种的幻象，让他不断遭遇内在殖民的痛苦，经历文化危机而成为受害者。有友人成为逃亡者，另一些成了真假难辨的流浪者，而对于大学里教书的学者来说，在以资本为主要思想体系的商业社会里，这些专业的知识分子同样也不能幸免地成为被资本压榨的团体之一。

有时候，他会在下雨的夜里喝一点酒，有一夜，不知不觉中睡着了，蒙眬中仿佛在《老人与海》中的那一湾的海边睡着了，一个孩子陪在他身边，伴他孤独地做梦，梦见了狮子。这只老迈之狮的告白令他惊醒过来，海明威笔下的海、老人和孩子，在文本以外的世界醒了过来，一眼看见睡梦中的他。

其实他一点也不喜欢海明威笔下的海，那不是高崇的激情的美德的大海，他不喜欢他笔下的老人以及这老人所留下的世俗魔法，然而如今这些却已成为许多人的，生的譬喻。

早年，他把海明威当作早逝的父亲，为他们写诗：

人面狮身的作家

困于灵性毁尽的学府

岁月如石花般凋落

母亲无语

星光下的告白

在旅程结束的时候

送来巨灵的玫瑰

梦中的父亲

终于现身

在春天的灵宫中

　　春天让他常常想起祖母留给母亲的一件衣裳，它挂在秋天的衣架子上，如落叶季节中的赤足者，娇媚的花球从肩上垂下到脚踝，双足支援着飘坠的姿色，悼念起所有死在战乱过后的贫瘠年代中的母亲。而那些死在各种名目之下的母亲们，在她们逝世的那一天想起了她们留在另一座异城中的女儿，以及被遗弃在家乡的父老。许许多多年以后，这些在战乱年代中死在异域或死在家乡的逃亡的人，是否仍有他们未曾说出的另一种告白，阳光跌宕在风景依旧的那一年的春天。

无法命名的世代

生活在隐喻中的，爱情

见证时代的学府诗人

走在世界前沿的　少年

无声男版的女性主义发言者

灾难新世纪的天蝎座　圣歌

藏骸地的倾诉仪式

然后我听到里奇讲述一个关于开创生活与寻找爱情的故事。

爱，总是喜欢在婚约中为自己举行葬礼。

我深埋在粤曲里的爱情故事从远方幽暗旳港口，唱起，传进家家户户，断断续续，有一句没一句：

> 别离人对奈何天，离堪怨别堪怜……别泪洒花前……西飞燕。忽离忽别负华年……春心死咯化杜鹃，今复长亭折柳，别矣婵娟……肠欲断，怅望花前，如今也未见。未见，未见，未见伊人未见，怨天，怨天，怨天空自怨天……衷情待诉……碧玉多情……梦随雁断……

梦断伊人远去，残曲漾回在这一座城市旳成长史之中。在这座城市的成长史中，发生许多各行各业各式各样的传奇、华丽与污秽、情欲与童真、罪恶与善举。

在旧粤曲的残音残花败柳中，勾起这坐市的爱恋心事。纯爱，纯性，纯吻，控狂，潮吹女，变性美眉。异族情调，虚拟女爱，深喉，暴力，互换，平胸，大波，智障，双枪，侏儒，女同，金发，日艺，韩女泰女越女，北妹。

旧曲已逝，城市的情欲却才刚启幕，犹如午夜太阳冬季黑夜随时间的流逝，以光速奔向未来。

不同的时空重听时代的旧曲，让我一再回到从前。在时空的瞬间，事实是我从不曾回到相同的时空更未曾在同一时空听过相同的曲调，几何学所构成的时空原理让我了解到自己的宿命，我不但无法回到故地，更无法回到性灵的原地。

时间的流转促使我只有往前，投向未来，消逝在个人小宇宙中的某一时空，埋了自己。

有段时期，我自以为理解男人心里的渴望与壮志，我以我自己所知以及未知的方式去模仿肖瓦尔特引用欧文·豪的句法，对哈代的小说撰写自己的悼词：许多男人想要摆脱妻子的颓丧和抱怨，不再偷偷摸摸地逃避妻子，而是通过不道德的方式获得我，第二次的生命。这是现代男人的漂流生活。

这是失去了普世意义的一个世代。

有段时期我以为我是其中一个无名的代表，丧失了普世意义的感受，就像失去了意义的某种符号。我开始过着一种软件意义的隐喻生活。

漂流的爱，虽没有年龄的界限之分却有领地之别，造就了，我漂流的生活，我在城市人称之为无法回避的生活急流中尾随其后，常年在物流与人流中漂流，从里奇出生的巴尔的摩到黑格尔的柏林，在一处从男性殿堂到女性角落的荒野中，独自生活。

经过许多年的实践后，爱欲学艺慢慢恢复了信心。在虚浮的嘉年华仪式模仿和戏拟中的许多年以后，我又开始追逐早已遗忘的年少般的快乐，而后又在不知道多少年以后，我与我更早以前想象的、初恋式的恋人以及各种钟意的情人开始追逐与游戏，把中年应有的洒脱与生活禅意，逐渐也像里奇一般慢慢在无法回避的命运中，给流失了。

里奇的笔，带我进入西苏的视界里看自己的迷失中年，通过西苏的文字，请允许我在说"我"的同时也在说着她的故事，说男人的故事中也说着女人的故事。

西苏的文字，带我进入西苏的文本世界，"我"被我唤喻成各种的"我"。

西苏的"我"，唤喻成这里小林书中的"我"；这个"我"也可能是你是妳说不定是她或是他，都是各自所认识和遇到过的众多各类都市漫游者，异乡／故乡航行家，贫／富旅客，新／旧嬉皮士，辛谦／林教授，伊凡／星泉，诗人／小林，男女背包族，锐舞派，自由主义者，商人，主妇，诗人，作家和教授。

我不知道当年凯鲁亚克如何用通讯社电传纸筒和打字机完成他的《在路上》的大作，我完全是在不知不觉中用上了计算机键盘去写作，也许很多人也都是这样吧，一开始是想学好一种输入法，然后这一输入法就变成我们思想的方式与方法，这，正是凯鲁亚克那一代人所无法想象的一种思维模式的数码打字输入方式。

此一注入情感的打字法，唯一的好处是可以任意地更改与编辑文稿。

那个离过两次婚的垮掉之父在他纽约的斗室中写出的文字，今日已被世人称为垮掉一代的圣经，仍在路上引导我的方向，而我，却似乎没有珍贵的遗产可以留给我所爱过的人。

自从我读过夸父追日而在许多年后在中国小说史中教授此一神话，我就把自己归为夸父的后裔，这和夸父的隔离状态，才是彻底隔离世界的孤独。

《追忆似水年华》里马塞尔童年时以一魔灯开始了他的孤独，我在夸父的孤独中也曾追寻零忧伤的中年岁月，海明威是另一个这样的夸父男子，他后来无法再写出超越自我水平的作品而自戕了，他无法想象他走过的路后来成为许多人在遥远漫漫岁月中的，出路。

起码我就知道有这样一个老人，在他短暂居住在他女儿家中做客时，我记住了他孤独的身影，他是我的外公，这个老男人在二战中死在日本的暴虐中。

我母亲追忆说，她当年还未出嫁，清早被声响吵醒走出家门看到她爸爸躺在家门前那座木桥的地板上，一动不动。老人离去后留下他的妻子，那时她每天脚下都还穿着一对华丽而精致的三寸金莲绣花鞋。

很多年后，这个老女人也离世了，我找出她留在她小女儿家中的一对小鞋子，以孩子般好奇的心情拿在小手中反复把玩，感叹大人穿的鞋子比小孩子的还小呀，恍惚间我又突然记起许多童年的故事，记得妈妈一生中极少的几段快乐的时光。如今仿佛成为白色教堂前河上的倒影，流回记忆的天涯，流回春天温暖透明的雨水，等待中的雨季，雨林中美格罗普尼拉蚂蚁，成群结队成千上万成为文本的图腾液体。

在城市与雨林之间出现了一个奇妙的叙事人物，与我共同分享书写和人生的故事，有点像窥伺艺术家的情感灾难一样，许多城市人在自己的婚姻故事中都是自由的囚徒。大概我年老的时候，或许我的心情也和上一代人的生活文本一样，逐年遗落在学院和城市的广场，到时或许我会记得那些美好的初次燃烧的激情，记得身为自由囚犯的，快乐年代。

我遗落在各种隐喻之间的生活，爱情、婚姻、城市，都是生活的一种隐喻。

在离婚许多年之后，我已经习惯了漂移的艺术生活方式，二十年后的一个冬天夜里，我和友人喝了昂贵的红酒在微醉中回到家里，一个人坐在沙发上想起前妻的各种好各种体贴，才察觉到这些年来日常生活中已经许久没有想起过当年新婚的年月，思考是否有过幸福的感受。

那些青春残酷的年华，西苏也许会看到我重新拾起写作的钥匙，拿起笔写下她当年所倡导的身体铭文写作，用写作的钥匙写下她的性灵铭文：

我出生的地域和时代

经历了身为异乡人的流放与战争

关于和平的虚幻记忆

悼亡的生活和痛苦

我知道人们曾背井离乡

还好背井离乡并非总是坏事

生命之根并不按照国界生长

在大地之下

在这世界的深处

有心灵在跳动

——西苏

等待雨季，她的性灵告白

中心
万物中最强大者
站立的人们

白马雪山森林中的女人

空洞是她带回来的礼物，也带回往后无数的死别。

她曾像杜拉斯那般以时代新女性的手势寻找爱，特别是她从白马雪山考察回来以后的那些日子。

那已是她第三次探访白马雪山自然保护区内的金丝猴，久等之后下，金丝猴终于在一个阳光耀眼的午后出现。经过多年一再的探访，金丝猴群中有一族她最亲近的女猴王刚刚诞下了幼女猴王继承人。她原本想要多留几天观察新生幼猴的健康情况，但因为有个世界自然保护基金会在香港开会，她为了筹得更多的基金不得不回到城市，顺便休息一阵子，整理几年累积下来的考察材料。

一路上，她从香格里拉部落回到城里，经过上百公里又上百公里被砍伐的森林，满目满心的疮痍，让她考察回程的心情特别难受。她看到许多像金丝猴一样面临灭绝的稀奇动物急速地失去栖息处，这是这个世代的悲剧。婆罗洲大岛上沙巴长鼻猴和苏门答腊长岛上的红毛猩猩是她最常怀想的两类朋友。物种灭绝让地球不再有幻想——没有永恒生态的许诺。她也不是童话故事中追寻自我完整形象的小女孩，没有诗没有蓝天没有誓言。

此次踏上考察之旅，在日落时分独自走上遥远而荒凉的路来到黑岩砌成的山顶，采撷一朵只在月圆之夜开花的宝蓝色玫瑰。临走前，她走出一片有着千年历史的原始森林，从森林的深处回到诗坝村探望年近百岁的侬娣拉安卡。

上过报纸受到媒体报道的侬娣拉安卡在这片山头颇有名望，

她的大儿子每个月才能回家探望一次母亲，平日都在山上放牧牛群。两个孙子陪伴在依娣拉身边，季节到的时候还可以一起到山上挖挖虫草，寻找松茸、雪莲花、贝母和岩白菜。她临走那一天，这一家人难得欢聚在一起。

她在依娣拉家里吃了她今年在香格里拉森林边上最后的一次晚餐，第二天就赶下山进城。

在有序与无序之间，她的日常生活陷入熵增变量的现象中，无法自拔。经过十余年的冲击与跨越，野地的考察生涯并没有使她变得更加坚强，或者勇敢。

她对自己生存的意义与未来感到愈来愈不确定。她常常记起依娣拉的话。依娣拉说，现代人像是流离失所的虫草，肉体在泥土中，心灵却化为花草探首人间。而她在老奶奶的眼里，是一株离了高山的雪莲花，如今已干枯成了标本遗落在城市的广场。

依娣拉有时候会像一个资深的人类学家那般说话，用震动人心的故事建构她内心的历史场景。

寒冷的早上，早餐桌上老女人感叹山上的生活其实真的很累，就像年轻时她在城市打工生活时候吃过的罐头鱼——看起来完好无缺的表面只是这种生活的保护层，表层一旦溶解，生活就像鱼儿那样支离破碎。

她至今记得依娣拉的声音，像患病的金丝母猴的哀号，异常的低沉，声声落在白马雪山群中一间木屋的木桌上：

> 少女时代，我常安慰自己，用软弱无力的言语，安抚自己。我的软弱近于讽嘲，成为我嘲笑自己的空洞言辞。城里人是一群有社交文化的秃鹰，我不懂得共同分食腐尸，不能强占一片自己的领地。我因此不能成为城里人。我无法侵占自己的心。

依娣拉好像担心别人听不明白她的话，便加强了语气，声音更大了，震得她耳膜嗡嗡鸣响：

城市，闪耀着黑色的光芒，对于我是一块地下王国。黑暗王国，我是地下的蚁族，寻找虫草花的附体物为家，但我不是母蚁也不是工蚁，我是失了生育能力的母蚁。我受不了城市的地下世界，才来到荒僻的深山高原生活，数十年下来，没料竟避开了中国半个世纪的颠沛动乱，避过民族的一场灾难。

听了依娣拉的话，她的直觉告诉她，依娣拉正是白马山上隐居的女巫师。

等待雨季的曼陀罗

如同酒
穿透渴望
重力
穿透了她

在香格里拉度过一生的老女人眼中,她如今的生活是一所年久失修的房子。

从雪山到热带岛屿,她记忆中的雨季雨下个不停,横扫半个地球,从北半球大陆绕道到了南半球的海岛。在爪哇茂物,许多年后她仍然难忘那年在茂物小镇中查找原生植物时的漫长的雷雨天。

那是名副其实的雨城,雨的雷都。赤道下方的横越大海的长岛,暴雨和狂雷,每日在午后时分来临。像狂暴的情人一般的暴雷狂雨中,她在离地五十公尺的参天古木丛林间的高树上筑起临时居所,只够一人横躺睡卧的有遮盖的帐篷,听得到每一滴雨水打在树叶上,感受独一无二的雨水终年落在她的生态身体上,触摸她。

一年中有三百三十余天打雷,二百三十多天下雨,通常是巨轰的雷声,暴雨紧接其后,瞬间整座原始森林成为她个人的雨林。

在雨城中进行生态考察的生活中,她常在飘着细雨的雨天中走进森林,看到丰沛的雨水如何造就热带小岛上的生态的多样性与独特性,繁殖了与众不同的物种与植物花朵,特别让她感兴趣的是雨林中独特的真菌品种。

那是一种并不寄生在植物上而是生长在蚁虫或蛾蝶的活体身上，从触管到翅脉长满虫子全身的菌。那些细如发丝的茎末根须慢慢长出无数孢子，在潮湿的空气中四处飘游努力感染更多的活体寄主。一旦成熟便慢慢慢慢地吃空寄主身体内部所有的器官和血肉。这和冬虫夏草的生态完全相反——不但没有消灭寄主反而重新创造生命。

她有时感觉到自己就是这样一只被真菌寄生的活体，五官内脏终有一天被各种无形的现代真菌所吞噬。每当结束林野考察回到暂居的房子，她疲惫的心渴望自身能成为冬虫夏草的变体，在冷冽的冬天过后重生。

她的工作面对的是奇妙的生态界。天雨曼陀罗花，天使手执魔鬼的号角，在曼陀罗的生物学神话中把人为生态带到今日崩溃的边缘。她把这些年在古老园林中考察过的珍贵的动植物标本，以及多年所累积下来的无数笔记都丢弃一旁，至今没有整理。这些野外考察和生活笔记就像是侵蚀她内心世界的蚁族。这是依娣拉所说的，白马族祖先流传下的一种依靠菌类孢子生活的蚂蚁。

有一天她从一个对戏剧痴迷的昆虫生态学爱好者的医生那里，考察了一种生活在格蒙隆雨林中的美格罗普尼拉蚂蚁，这种蚂蚁会反过来依靠吸食菌类的孢子过活。

她立即感觉自身成为《变形记》中的一种变身，成为另一种活体寄生物。

她的日常生活，有如一座超自然史的博物馆。她和她的生活就像她的考察笔记一样，也是她脑内的一种真菌品种，非常珍稀，就寄宿在她蚂蚁般细小的脑细胞里，依靠她的记忆生活，影响她就像影响雨林中那一群她暂时还没有机会到现场考察的蚁群的生活一般。

她和蚁群生态的关系有一种类似爱情的比喻，她有关爱与生活的思考都结合在各种真菌品种中，渗透到她的内心。

她变成一种独有的蚁族。她依靠进食菌类滋养她的精神，她仿佛就是整个族群里的一只蚂蚁，有着神奇的神经系统，散发一种她无法回避的菌丝香味。她带着蚁群和她的爱情来到森林树木上的叶梢，指挥族群紧紧地咬住植物的茎，等待雨季的到来，到死，然后释放更多的菌孢。

此后的无数年间，她去到更远更荒凉的野地考察，常常也在等待雨水的到来，记下大量的随笔，然后写出她的爱情巨著。这些文字就依靠她脑内的蛋白质和细胞为主食。最后穿透她的脑髓——像菌在蚂蚁脑内成长，最后刺穿蚂蚁的头脑，带着祖先遗留下来的大量孢子基因等待下一场雨季的来临，以及雨季中漂移而来的蚁群。

她所认识的几个最知名的大师已经长埋净土。她每次都自问：为什么要不厌其烦地把生态观察记录下来？她还需要追求这样的功名吗？把生命中无足轻重的事件详尽地记录下来的意义何在呢？这些没有重大意义的琐事，其实都只是很多人生命中也都经历过的平常事而已。然而她自觉自身就是白马蚁族传说中的一只蚂蚁，不能自主地吸食菌类的孢子而活，而她的菌类常常是文字的另一种真菌化身。

过去她没有感受到现实与精神世界为她布下了怎样的诡计。她的心，也只是一座性灵的博物馆。后来，全球性的灾难突然变得真实，变成她生活中不可分割的一部分。她一个人从印尼的大海啸回来，她的男人和数万人一起葬身大海。过后不久，另一群游客在巴厘岛的天堂乐园中死于恐怖分子的侵袭。

如今她相信了，在文学以外，命运的诡计都得逞了。

大难不死，她的命运改变了。

"祂"的时代远了，"我"的年代近了，她的日子也远了。少女的放荡与疯狂只是虚无地印证了青春之美。她成长在独尊自由放任的年代。残酷的壮年在紧迫盯人中到来。婚后的日子她没有成为白马雪山森林的蚂蚁，没有依靠爱情的孢子长生不老。或者说，她的爱情没有爆开孢子。

　　她像原始森林中的蚁族一样等待雨季的到来，像，雨林中的真菌品种般等待活体寄主的到来。

在森林与城市间

中心
从万物引出自身
从飞翔之物
复得自己

十年来的独身生活打散她外在与内在的所有的生活规则，她的身心从近于歇斯底里的状态中解脱出来。她不愿重返支离破碎的现代婚姻，她在本能意识内自我放逐，以亲身的经历写出她的开山作品《末日情人节》，接着在十年间完成代表作爱情三部曲。

《解爱剖欲经济学》之后，是《爱之死》，奠定了她作为前卫女性主义作家的文坛地位。

波伏瓦和萨特那种自由而非独占式的爱情模式，是她终身的爱恋絮语。因此，丈夫有了外遇后，她没有离婚，照常过他们的所谓分居的、互不干涉彼此的婚姻生活。

她通过爱看到她自己堕落成无为的神祇元用的废佛。她跟随当年列维-施特劳斯驻足巴黎的姿态，在圣母院的西门前注视歌特式的宏伟殿堂试着像人类学家那样在纪念性质的建筑物前引发某种超越时间的沉思。

在古老的城市和漂亮的建筑群体中，她感受超越时空的美感。

她感受爱感受城市是一种隐喻，森林也是。

婚姻是另一种隐喻，分居与独居也是。

她，活在各种隐喻之间，过着一种软件隐喻的，现代生活。

如今这世代也已从上一代的纸上写作改为计算机打字输入书写，软件科技发展出各种深具隐喻类比的软件隐喻体系技术，夜以继日中影响这一时代的生活质量。每天，她在微软程序中打开视窗或菜单，一只蠕虫就开始了自我克隆的进程。

当代科技发明了最精致的隐喻工程，多层次地渗透在生活与文本体系中。在电子书写体系中，每一个字的输入与输出都是计算机系统的隐喻化工程：档案、菜单、样式、启动、仓颉、字体，我们的写作成为日常生活中的另一种认知体系，同时也改变了文本的意义／文本的本质／文本的人生。

在隐喻的技术王国里，文字以独有的密码喻体和寓意，进入她的生活。

所有的任何传喻、代喻、提喻、转喻、换喻、借喻、讽喻、暗喻、明喻等修辞，隐喻时时刻刻以不同的方式重新定义她的生活，以不同显隐的形式寄居在字里行间与个人内心。

隐喻是她生活里的符号。她成为等待雨季的女人。城市的影像像细微的稀世菌类的孢子寄宿在她的脑袋中，侵蚀的不只是她脑中细胞也侵袭她所居住的城市的神经系统。

她成为等待雨季的，女人。等待，让她成为符号的，隐喻。

在巴黎圣母院，她感到食菌蚁的神经伸展出她的身体，触摸每一块石头，一块块属于这个国家的历史之石，像是雨林中富有诗意的岩石交响乐，像法国老作家所说的话一样富有魅力。华丽的尖塔，钟楼，玻璃窗和国王长廊上的雕像，印刻着古人和她的愉悦，以及哀伤的旅程。

在城市森林里工作，她坦然接受禁欲的生活模式。她在三十岁前就接受了单身的生活。她感受到一个人的生活最好。然而，爱的原罪并没有让她明白欲望的意义，而所有生的欲望都不足以决定她生存的意义。她过着简单纯朴的生活，却也无能回避最基本的工作压力。

当年她为了回避感情的颠簸而走上婚姻，后来也是为了同样的理由走上分居之路。没料到养大独生女后，女儿竟先她而去，死于异乡。

幻灭是神灵下凡的一种写照。

在她的想象世界中，死亡的情绪从童年开始已对她展开，围剿。

抑郁症开始间歇性地侵犯着她。她向往无为的清静。这种清静，在她壮年时期其实就已被她提早地过度借贷，如今是平添在母亲脸上的、寂静无声的纹路。

前一次她去养老院探望母亲，死寂的月影，黄蝉花在深夜中盛开显露某种喧哗的诱惑，夜色充满了难言的苦衷。深夜的花开，宇宙的再生，对老去的母亲只是一种虚妄的象征而已。母亲的一生禁不起重写，岁月的召唤在她发上留下痕迹后就不知所终，背景回归了寂静。

母女两代人的肉体有如民族的进程化成历史的刻痕，零散，充满不堪的气息。她开始像切叶蚁一般在雨林中收集树叶搬运到她的地下巢穴中培养真菌，开始了离群索居的独身生活。

奇妙的，叙事者

完美万物
回归原初
在丰富的变化之上
更加遥远
更加自由

　　一些不被专家修饰撰写的历史，以高明曲折的装扮试图颠覆她母亲这一代人的世界。

　　半个世纪以后，上一代的世界紧接着，试探了她的人生。她的父亲离世得早。她后来死于海啸的男人充满她的内心。每次她去到他们的墓园，陵园坟地衬托出死者的身世，也说出她的匮乏。

　　生者的匮乏，已随死去的人埋在生者的心。

　　他的大半生有无数爱的古堡，她是他最难忘的城堡。

　　遇见他，她的生命成为一座岛，他是她的黑天鹅。在她和丈夫分居以后他们在一座陌生的城市中重逢，这重新激发出她对爱的盲目激情。她重新变成一只精灵，一只食菌蚁的精灵。

　　她成为他的，爱之符号，一个囚禁他的场所。

　　这场所也是囚禁她的，一个场所，让她的匮乏可以好好隐存起来。有时她感到自己也是林野中那只失群的野生红毛猩猩，在荒野的森林，她再一次爱着以前爱过的男人。努力地寻找同伴。在她仍然处在没有办理离婚手续的状态中。这种两性关系，叫她看到原来的自己，让她勇于面对她的匮乏。这是一种存在着诱惑的选择，决定了她后半生的行为模式。她明白男女两性无非都认识到这种行为模式的可逆性：可欢与可悲之间的距离往往在两耳之间，其间存在着人类最宝贵的器官。

爱的器官，实在是太过古老，也太年轻了。

后来，她再次回到高原村子的时候，她数次住在侬娣拉的家里，一天夜里，告诉侬娣拉一个她的故事。她内心的故事让她再次在回忆里惊醒：

　　我独自醒来的时候，我首先记起的是事情发生前的那种巨大的声响。后来我才知道，那海潮的声音传到十几公里外的地方。那简直就是巴西土语中的波罗洛卡的怒涛吼声。我发现我躺着的地方是医院还是教堂，周围一堆死人，还有几个重伤者。我以为那就是地狱（海啸幻化成一声哀鸣，遗弃于木块石块与人块之间，寻找天堂的双足消失在犹如人间地狱的海滩）。我急着找他，连续几天无法入睡，找了几个昼夜（她不知道他在哪里，她只知道她爱他不能失去他）。我知道，我已经永远失去了他。我们一声道别都没有来得及说。第一次分手时，我还以为那句再见是永远的诀别（哀痛是留在她心底深渊中的一幅画面，一块块支离破碎的瓦砾，缠绕住，紧紧地，有着远景与海岸的星球，一座平原，一块坚硬而无人居住的岩石）。安下，妳大概很难明白我失去他的心情，体会不到我在那个海边所看到的人间地狱般的景象。我们曾经真正活过，然而死亡来得更早更快。他的壮年荒废在荒诞中，我只是他的荒诞场景之一，然而他永远不会料到，他会葬身在千年难得一遇的海葬之中（他的爱横越海边的岛屿，停驻在脸色苍白的黑发女子身上，鱼一般自海的深渊升起，回来抚摸她失去的海岸，扎下根，淋以泪水）。海啸过去后的一年时间里，各国的专家来到泰国帮忙做死者的基因对比工作。我在他的卧房找到他遗留在象牙梳子上的毛发，从他的就医记录中取得齿腔X光片。经过漫长的等待，即使是支离破碎的残肢，也没有他的痕迹（异乡诗人的文字留下一道光，带她前行，她打算用双手搭盖一个牢固的巢，没有伤害没有痛苦没有谎言）。他的肉体最终被判定未能找到相似基因序列的海难者之一。

我死的时候希望妳在我身边。她时刻想起他说过的话。消失，也许是最好的一种荒诞式告别，正好符合他大半生所致力追求的新荒诞剧。和他现实生活中的荒诞剧不同，他自己永远走入剧幕深幽昏暗的舞台。

有一年她从香格里拉的白马雪山森林区回到亚热带的学院，那时是木鱼花盛开的月份，满树梦幻似的色系，令她心醉。她的一位闺蜜在泰国南部的小镇发生意外身亡，遗体就地安葬。她收到消息后立即赶去闺蜜出事的地方。

她和他在那里相遇，那是泰马交界的一个边境小镇——华玲，一处被国际共产主义遗忘了的地方，当年马来亚共产党和大马政府谈判破裂的历史场地。

她为了出席友人的葬礼，一位大马女作家客死异乡的葬礼，来到了那一座几乎荒废了的历史小镇。她没有遇见历史却碰上了他。他为了寻找创作的灵感与思路到了泰国那一块被人遗忘的小镇。没有找到写作的灵思，却找到他性灵的伴。

这位女作家死在她的旅途中，由此引得她好友和他相遇，而后也正是这位女作家，最后却也让他死在同样的热带国家。

这地方，也是她建议去度假的地点，不料却成为她闺蜜和她灵魂伴侣的所在。

重逢后的死别

带着里拉琴的上帝
没有认清痛苦
也没有学会
爱情

后来他消失了，永远地，消失在海洋之中消矢得异常壮烈。

隐藏在波罗洛卡的巨声海涛怒吼中，安达曼海水带走了他和他的剧目。她的好友把他带到她生命中，后来同样把他带走了，在安达曼的海水里。安达曼，是马来语中对印度猴神的称谓，安达曼就是从印度史诗《罗摩衍那》中走到人间的猴神哈奴曼。

安达曼群岛位于中国和印度间早期的沿海贸易航线上，是晏陀蛮，也是倮人国。

最终她为他选择了葬身之地。虽然，事先她并不知道而他事后也不会知道。

此后很多年她在黄金年华的爱欲，被她坦葬在华玲废镇的破街上，连同他的剧场，她也埋了，从此不再走入剧院。

文学，曾在她和丈夫分居以后的日子安抚过她，一直到他把她带入他的剧场。

当年她与他的相识，让她的重生源自于她对文学的绝望，而不是源自他的出现。文学，一度像痴迷的爱情，曾经让她歇斯底里，使她人格分裂。文学在她和丈夫分居以后的日子安抚过她，但是她最终对文学绝望，产生了厌恶之心，再也不看文学书了。

是杜拉斯把她拉回文学日渐消散的浅淡生活中。

和杜拉斯曾经有过的经历一样，在她还没失去写作热情的年代里，她总想保留一个地方让她可以独自待在那里等候她的爱。虽然，她不知道自己会爱上什么，她既不知道爱谁，也不知道怎么爱，或会爱多久，她说她唯一可以的，只有等待，以及在她自己心中保留那样一个，等待爱情的地点。

那时她对杜拉斯在"广岛之恋"中，那种对爱的表态感到异常的惊喜。

那是新一代女性的宣言："我那时饥不择食，渴望不贞，与人通奸，撒谎骗人，但求一死，很久以来，一直这样。"

她和独身后的杜拉斯一样，常常不知会遇上什么男人，也不知要找什么样的男人，不知道属于自己的爱还要等待多少年，更不知道会爱谁或遇上后会怎么去爱。

那些生于独身潮的中年人，现在才明白，她们等的是永不存在的爱。

精确地说，也不是爱，而是爱的幻影；再精确点，其实也不是爱的幻影，而是幻觉深处涌出的一种荷尔蒙。

今天她已经知道，幸存者与罹难者，或者柏拉图与苏格拉底身体的意义与不义，不但在于身体具有哲学和美学的内涵，亦是接近天堂或迈向地狱的途径。

我们像被自己赶出了宗祠的神灵，在异地发现我们是某种意义上的幸存者。

那是一种巨蝶的幻影。在南亚海啸中有九名受难者在海啸发生三十八日后被人发现，成为奇迹的生还者。在海啸重灾区安达曼群岛最南端，他们依靠食用岛上的野生椰子肉和椰子水维生。然而他不是这些受神灵祝福的幸运生还者。

他生前说，他内心常有一种巨蝶的幻影。

这幻影可能只是他自身的心理反射。总之，有一种幻影一直都在欺骗我们的感官。那是灵的狂蝶，灵的性灵。

灵以自身的痛苦来令我们痛苦。

像妳、像妳痴狂的爱和文字。妳们都是没有生命的生灵。妳和妳的文学，都只是妳们发自内在的匮乏，巨大，如蝶。

如灵，如性，如品。

如心，如生，如命运在另一个现实世界中的重现。那时候她还没有来到白马雪山从事野地考察。她居住在一处如今无法清楚记起的小镇。从她少女时期起，她看着身边的亲朋好友努力不断地追寻哲学意义上的自我，只有她一人在一旁观看别人的热闹，漠不关心。

她最后一次离开家乡到海外工作已经是几十年前的事了。这期间她经历了人类学家所经历的心路历程。最后这几年，她搬到一处凤凰木花盛放的花园社区里，等待他的基因对比的确实消息。经过漫长的等待，这一天被证实不会到来。

他说，一种幻影中的巨蝶，时不时间歇性敲击他的大脑皮层，勾勒起他记忆深处的史诗般的探险体验，碰触到内心最深的恐惧与忧伤，也开启他迎向阳光的决心。

在她住所附近有一排种满了老榕树的街道。老榕树常常带她和他来到城里的小街道，然后又带妳和他回到垓外，有时候会顺道来到幸谦的家闲坐，谈起路上他们看到的老榕树新叶的美丽醉人的色泽，很缠绵地，在花开的季节散放迷人的香味。

花开的季节散放淡淡的，迷人香味，有榴莲花开花的味道，脆弱得，像这座城市从未有过的种种奢华。

一座小镇，再也感受不到重逢地点的花香气息，在华玲小镇上，弥漫着一种浓郁的历史在人心中慢慢死去的气味。

深夜，她走过老榕树底下的落叶，抬头，看到枝头隐约有新绿的叶子在城市的灯火里散发异样的色彩。她至今仍记得他说这话时的神情。他走后，她走在从前他们走过的路上。她依然看见巨大的树荫，她的眼睛穿过黑暗的天空直透太空的迷漫，看见童年时候乡间星星的陨落。那是他们心中的道场，光芒璀璨，仿佛是神话中的扶桑神木破土重现，给了他们既惊又喜的春晚时光。

她走过，从前他们走过的路上。第二天清早醒来，她从楼上的窗户望出，里尔克拉起他的里拉琴，上帝从万物中引出他完美的自身幻影。

阳光，像掉落在远洋的古船帆布上，带给她一阵阵波浪微摆的晕眩。淡淡的，如巨蝶梦幻中的梦幻。

来自远方的女子，生活在香港九龙的社区中。来自远方的女子，她空洞的双眸已失去星空的灵光。她知道里尔克笔下也有一种有如食菌蚁的死亡体悟。有一天，她将迁入另一处陌生的住宅，把一对冷漠的石狮子搬到院前，以食菌蚁的目光看尽世间烟火似的空洞。死别。空洞。

黑色边界，她的异乡学人生涯

灵魂，大地上的异乡者

在安宁和沉默中沉落

圣婴世纪的落日

后来当夜晚来临的时候，或许她并不知道，赤道无风带的海洋已经来到她的心中，一种沉静寂寞的赤道风暴，用施特劳斯的话说，这是赤道的无常情境进入女人心界后打通了两个不同的世界所建立起来的一处忧郁的海洋区域，平静无比，这一片海洋让她处在两个极端相异的区域之间、最后一道神秘的界限，她来到，她的无风带的内心深处。

她被人视为是大学校园里的幽灵，总是孤单地走在各个讲座与研讨会之间，偶尔，也会看到她走在百万大道上的树影之下，一如往常地低着头，幽魂似的，走向图书馆门前的广场，消失在著名的太极雕像的门内，有如消失在文学世界中的，幽灵。

内心里一处无人知晓的无风带，停泊着她年轻时候远航的船的残骸，在这里，残留一些她早年在马来亚首府吉隆坡的生活往事，当年，她因为能进入坤成女中名校当中文老师而兴奋得三天两夜不能成寐，因为那是海外华人所创办的、最早的一所专收女生的知名中学，坤成女中。

在她的教书生涯中，这里是她遇到生平最要好的知音的地点，她的海外知音邢老师，虽然她们年纪相差好几年，她很高兴广生大姐（邢老师）那时并不把她当作新来的下属看待。

邢老师早年随父辈住在北平，与德龄公主之妹容龄家相识，因而和一位刚来到坤成教女红的留法神秘女子交情笃深，后来那女子成为邢老师孩子的干妈，那个孤身一人来到陌生地方教女红的女人，有一个作家女儿，她女儿的小说邢老师十分喜欢，她女儿的名字是，张爱玲。

她第一次见到黄逸梵，是在邢女士请客的咖啡馆里，天花板上的三叶大风扇飕飕地转，邢女士把她介绍给同样刚到吉隆坡的黄逸梵。她们品尝南洋的特色下午茶，饮品有海南师父所泡的香浓热白咖啡和印度特饮椰汁珍多冰，小食有印度人的水果啰，一种印式当地水果沙拉，风味和西式沙拉截然不同，再加上一种以马来语命名为"结婚"的烤面包片，那是当地华人刚发明的、一种用轻炭火现场烤的面包片，取名"结婚"是因为烤面包用了两种本地特有的不同酱料，表层寓意了两个不同种族男女的欢好，而深层寓喻是，虽然不同种族不同文化不同料理，一旦"结婚"，却创造了完美的新美食家庭。

她至今仍记得那天的阳光经历了午后的阵雨，特别地明亮清新。吃惯了西式烤面包的黄逸梵，对结婚烤面包表现出孩子般的笑容和欢欣，连连赞赏。此后她们常在一起茶会相聚，这正好迎合黄逸梵本来就喜欢的生活方式——喝英式下午茶。不过没料到第二年，黄逸梵匆匆离开了吉隆坡。日后邢女士生下第一个女儿，黄逸梵来信说要做这女孩的干妈，而这一个连张爱玲本人都不知道的、她母亲一生中唯一的干女儿，就是辛女士。

因为这样一个机缘，她日后在校园里从来自马来亚大学的友人口中知道，有一位正在撰写第一本以张爱玲为主题的博士学位论文的研究生，从而结识了幸谦。日后幸谦也因此结识了从英国退休回到槟城的辛女士，也就是黄逸梵的干女儿、张爱玲的干妹妹婉华小姐——这当然都是后话了。

在吉隆坡这座新兴的城市里，她不但认识了日后她喜欢的作家张爱玲的母亲，也认识了现在的先生，她如今虽然精神有点紊乱常在校园里四处乱跑，但先生和家人仍然对她爱护有加。

假如婚姻是一种伤害，或许当初她不会选择爱情，然而有爱的婚姻是最好状态的家庭了，她庆幸她的福气——虽然她如今已分不清什么是福什么是爱。

圣婴的落日落在大地上，日日夜夜，她走动的身影变成校园里一种符号性的象征，是意义衰落的表征，也是她的学术国度中的一种隐喻，永恒的阵痛。

她人生的灾难此时和全球的灾难同步发生，从内心到外在物质世界，从太平洋到大西洋，从东到西自北到南，圣婴现象和她个人的内心痛苦同步进行，在她内心的无风地带向四面八方扩散，干旱，火灾，水患，霜雪，飓风，温室效应，全球变暖，加上世纪末的黑死病和各种绝症等异常现象都来到她眼中，她感觉她不是从一个家庭走入另一个家庭，而是从一个时代走入另一个时代。

她自觉成了带来灾难的圣婴现象，曼陀罗花雨自天界而降，化为弱水三千。

晚风伫息的森林

森林边缘一只黑暗的兽
悄无声息出现
晚风
在山丘上款款伫息

后来西印度群岛的风在她回忆中仍然还在远方横越永无止境的海洋。海的水，水的潮，潮之心。

心之潮，潮的水，水的海，她在无风的赤道地带，静止，在死水般的海面等待新世界的到来，在无风的日子这新世界终于来到她如今居住的城市。

每天，她孤独地走出华丽的大学宿舍，来到学院各种大大小小的讲座和研讨会的场地，静静聆听来自世界各地的学者的演说，没有人知道她的过去。

她不得不承认，她的人格分裂是她选择生存的一种不失理想的生活方式。

她记起了所有的前因后果，她才不得不承认人格分裂是她所选择的生存方式，是另一种不失理想的生活，一种，有别于其他女性的处世态度。面对时代的病态化发展，她透视力强大的心灵很早已经察觉到她身处的社会必将遭受异变的命运，她从意识底层遁入更深的世界，幽暗的夜色勾勒起她内心古老的民族禁地，她的母性情结一生伴随着她，开拓了生命视野，也诅咒了她的命运。

她不是从一个时代走入另一个时代，而是从一种心灵走向另一种心灵。

曾经她是一个坚定的社会主义者。

社会主义让她相信社会的平等是可以期待的，不过她已无法相信政治上的社会主义，就像她不相信现代城市化的神话是浮游在双腿之间的爱情一样。其实她老早就已走出政治与爱情的神话，过着一种无为而为的放逐生活，她对于民族文化斗争的失望表现在她对民族意义的遗弃，冷战时代的历史，如今已成了极其乏味的轶事。

在她追求零忧伤的那些日子里，开始她只要求没有忧伤侵袭的一日，然后开始追求没有忧伤侵袭的礼拜、七天。一连七天零忧伤的日子，让她狂喜，然后是零忧伤的月份，然后是零忧伤的年岁，然后她发现自己已经老了，而零忧伤的日子从未到来。

像梭罗在《湖滨散记》（又名《瓦尔登湖》）中说过的，我们大多数都在安静中过着沉静而绝望的生活，百余年后，我们会如何看待这一句令人惊心动魄的话呢？百余年后大部分平常人家的生活应该已经改变了许多了吧？不然，可真要把生活逼到绝处，过一种简单而基本的日子。

所谓绝望的生活，正是梭罗所说的听天由命，是一种得到了证实的绝望的，命运。这是今日许多普通人自身并没有意识到的，不幸者的生活，绝望而平静。百年了，梭罗那个年代的美国生活和今日亚洲的第三世界，都经历了巨大的变化。现代男女不安全感的生活方式中，洞穴中的男人，深井中的女人，荒原上的家，港口旁的城和被遗忘了的爱情，在不断增值的生活指数中，自我贬值。

她的心独自在居住了三十年的卧室里坐着，在她的自画像中，如蒙克晚年的孤独时光，夜间在空空荡荡的几间房子中来来回回地走动，像极了画家笔下悲伤而焦虑的，夜游女子。

遥望六千五百公里之外的亚马孙河上的落日，黄昏时夕阳照上她的床头。

她有时深居简出有时每日在外游荡。

她的精神病变让许多亲友惊愕和惋惜，然而她自己清楚，她在精神上的自虐是她心灵上的解放，激发了她回归深层意识的极大意志，这种洞悉世事的随性状态，借助她日渐冷淡的语言表露为她今天的形象，她摸透了生命流转的程序，终于成为反被洞悉的对象。她成为虚空的一种语言，变成真正的无人知晓的另一个女人，她说出的话穿过文学的声音反弹回自身，带动她的身体反弹到禅宗之境，然后传来回声。

我们何尝真正了解过自己，我们的心境悄悄冥冥，能够感到骨肉在日子中，不断凌厉。

她曾参与欢笑瑜伽的培训，实践过，对亢扣郁。后来，她长年躺在一张手织的波斯地毯上睡觉。学院的异乡人悄然出现在校园里，如一只黑暗的兽，悄无声息的晚风在她心头浮起特拉克尔的诗句，款款仁息在，内心的，黑暗大陆。

疏影花束

夜的温柔的蓝芙蓉花束
岩石，蕴藏巨大的沉默

从前，她并不是从一座城市走入另一座城市，而是从一种自我走入另一种自我，而她也不是从一座校园走入另一座校园，从一个年纪走向另一个年纪。

那时候没有人知道她是一个精神分裂者，没有人知晓她是一位内心世界住着圣婴现象的魔咒师。

读大学的时候，她和许多大学时代的理想主义青年一样曾虚构过一种属于精神分裂者追逐落日的故事，一个文化狂热时代中的变性夸父，从钓鱼岛主权运动到台湾地区的女性主义运动，在政治与性别、社会与个人的复杂图像中，她取得博士学位，专攻早期西方女性主义运动中的性别政治课题，在弱肉强食的学院中开始了另一段她视之为现代社会底下丛林原则的学术生涯。

遵循丛林原则的学院满布她发奋的足迹，她深入城市的神经线，看到了一轮巨大的红日，黄昏时分的斜阳射入她的视网膜，刺痛青春不再的眼。

和丈夫分居后她陷入女同性恋的情欲团体中寻找真正的自我，通过一个临近精神分裂者的眼，所有男女两性的太阳系历史进程也都只是随性状态下产生的物体，她眼中的世界有如已经消失超过300亿颗星球的宇宙，毁灭了。

这是她回想青春年华的内心写照。我们都试图破译内心世界。从爱的悟证到爱的书写。爱的写作其实也是人格构成与发展的形式。《浅草》停刊后鲁迅的后辈仍然在书写中国，许多人继续写作。然后德里达在书写中上路了。在追求精神的生活上，众多文学文本与我们的孤独性灵共同构建，以一种共同存活的方式。

清晨，太阳的光芒刺人太甚，她坐在睡房的躺椅上不愿起身。早晨的阳光落在她眼中变成一轮落日，巨岩一般压在一座靠海城市的核心地带，一切都已毫无意义。死寂，成为一种只有她才看见的疏影，湿冷灰沉，死寂，她心中更遥远的一轮太阳落在古老的森林，余晖像雨丝一样从云层落下。原来是这样的绝望原来是这样的死寂，她说。

她近年来经常想起少女的时光，她的少女年代，如今是异乡人的一种记忆。

行者，异乡人。

离散人，远行者。

回忆离散青春年华的时候，她的语言是时间的花朵，绽放在内心的天空。她幻见年轻时候她想象出来的晚年，长年在大学授课，她多次想要逃离讲堂，她无法面对异变的大环境也无法面对成长过程中她心灵的异变。

多少年前，她在香港中文大学搭上了一辆停在崇基学院的校巴，巴士有如在傍晚时候出没的怪兽，停在粗壮的黄竹丛旁，槭树、杜鹃、相思木，立在黄昏里观察到访的人群。坡下的湖，那几只常在湖水中漫游的白野鹅不知躲在何处休息，这是她回家行程中，偶尔例外的路线。

女儿毕业第二年的暑假过后，学院里突然人潮涌动，拥挤的校巴、火车、地下铁、人潮，她到今天仍为这些影像所困扰。更早以前，高一以后，她骑着中型电单车上学直到大学毕业。留学海外时，她在年轻敏感的年纪里从不曾想去与大众挤巴士、地铁，而是像劳伦斯一般孤独地骑着电单车奔驰在荒漠的无尽路上。

那时香港还没有回归，移民潮正盛。香港是一个华美的但是悲哀的城，犹如张爱玲在《茉莉香片》中描述的一样。

香港也是一座她者之城。

在无目的穿插在岛上的楼群、街群、灯群、车群之间，人群是现实的一种繁衍，不断繁衍文人的世俗繁梦。

这足以让她在晚年的时候，生活在双重分裂的学院里，目睹知识分子的人格分裂和堕落。自我的分裂就像原子与太阳的分裂，有着巨大的力量，使她更进一步陷在语言的欲望之中，混乱了两者的主体，用挖掘的方式用错觉与困扰用许多色彩透明的景物，女人，男人，野兽，流水，高楼，街道，都流入她的文本中。

每天她从学院回家前她走在校园里，好像她当年还在校园里读文学时候的模样。每当校园里举办研讨会和演讲活动时，她也像当年她还是系里的名教授那样到各学院去聆听，她喜欢听动人心魄的学术演讲，那是她的精神领域里的一种音乐会。

在晚年的一个傍晚，在地毯上，她躺着，不动，她看见落地长窗外荒寒的野外，满布花朵的树木流淌着血色花瓣，荒野上的河流穿她的肢体，一棵落尽花叶的老树在窗前展示她的躯干：数千丈高数万尺粗的扶桑神木破土重现，那里一度是太阳沐浴的所在，如今满是扭曲的枝丫仿佛是受尽压抑的海中珊瑚赫然破水而出，以夸父的精神演绎充满象征意味的性灵语言。

每一个从笔尖流出的文字，今天都成为一个审察者，担任某种人格分裂的角色，监视她的一生，然而，在发表以前，她早已烧毁了所有流出笔尖的文字。

黑色边界

在黑色的墙旁
始终鸣响着上帝的
孤独的风

后来孤独的风来到现代城市人的假性生活中，各自寻求自以为是快乐的假性生活，在情欲与政治交错的核心区域，灯火日夜点燃，仿如整座银河系的星体都落在城里，同时燃烧在她大自在大无为的禅定时刻。

人工合成的快乐统治了现代城市，在一座物质城市的深处，她沉入禅定之中，经过无数次的努力她终于看清自己的心灵，她看到远离真实生活的人群，在拥挤的酒吧在狭小的咖啡馆在伪古典的餐厅在涌动的人潮在吵嚷的沙滩，许多人设法让自己相信此刻很享受人生，然而内心似乎总有一丝不确定的心情。

这是无名一代的人工合成快乐症候群，不可逆转的选择带来不可逆转的快乐。城市物质文明的生活总是有点病态，人们过着有点病态的内心想象中的生活。这一代人的假性生活，让人们自以为快乐自以为幸福地，生活，沉浸在消费文化和享乐主义的假性生活中，不管我们自己如何看待这种麻木这种假性的人生。许多人习惯于和他人一起集体地分享假性的享乐时光，各种社交媒体里的照片和视频，是人们各自分享的虚拟快乐，众多的人，在一起说服彼此都过着快乐享乐的生活。

她让自己相信自己此刻的生活有短暂的惬意甚至有快意的本质，其实很多假性生活空间充满了各种问题，认真说起来让人感觉不悦的环境、人、事不断地在身边发生，只是她和很多人一样，各自互不理睬而视彼此为心理学上所谓的不存在的人。

她不愿过这种假性快乐的生活，她成为这座城市的隐秘心事，是她生活在假性城市丛林中的隐者。

最初，亚当在给予／付出中施爱，夏娃在接受中给予／付出爱。

她就是那个理所当然的夏娃，然而亚当不一定就是当年新婚时的亚当。这种爱的模式到今天似乎仍然没有改变。

她曾有两个男人，两个符号化的男人，一个代号夸父，一个代号亚当。

她也知道他曾有两个情人，两个能指化的符号娃娃，一个叫女娲，一个叫夏娃。

在接受中，她给予。在给予中，她爱。

她将自己在接受中给予，在给予的爱欲中穿透她所爱的男人，并在男人的爱欲中找到另一个自我，发现自己的本性，也发现爱。

这些年来她认同了弗罗姆的爱欲观点，然而能不能做到她连自己都很怀疑。如果能像弗罗姆说的给予比接受更令人满足与快乐，如果爱人比被爱更加困难，如果爱需要强大的力量，那么我们要够强大才能道歉，然而要更加强大才能原谅。

这些年来她以弗罗姆的爱情哲学去爱人，期盼通过爱情逃离自我中心状态中的寂寞与孤独的牢狱，甚至想用爱来创造爱。

爱的人格与爱的能力在一次又一次的挫折中害怕了付出，也许就像弗罗姆说的，爱人比被爱而产生的依赖性的接受更符合人性。然而许多人更喜欢仰赖别人的给予，因此，去扮演一个无助的婴孩，渴望回到婴孩时期那种因为我被爱所以我爱的美好状态。

成熟的爱遵循的原则是：因为我爱，所以我被爱。虽然如此，然而更多的人渴望的爱是：因为我需要你，所以我爱你。在爱中，她想要保存自我的完整性，因为她相信那是爱情艺术中最高的境界，她想和相爱的人在一起，远离孤独，却又能各自保有完整的自我。

在停经前三年的夏天，她突然有所感悟，她想象自己能够像森林般，过一种纯粹的生活，寂静地存在，中年的无风地带已来到她的眼前，她发现了前所未曾踏足过的精神大陆，很多以前想当然的事物道理，都被她的这次发现弄得天翻地覆，让她产生了巨大的疑问，此后数年她长期深陷在抑郁症中，一种关于自我的形构仪式，在混乱而零碎中她创造了自己的心灵领域。

城市人登峰造极的生活方式在追求时尚中寻找新的语言，不断消费自身的梦想，而所有的梦想几乎已经可以无止境地复制扩大，变成庸碌，在可持续复制中发展成为我们的世俗梦想，在风水和星相学中寻找真相，她变得贫瘠，在性灵的枯竭中她发现已不能在自我拯救中继续照常若无其事地生活下去了，她像许多城市人一样努力追求过超越的人生境界，然而似乎有末世的黑影在世界各地的大灾难中接踵而来。

多少年来她在书房和睡房之间走动着，永不停止的样子，她走动的身姿，一如她当年走动在研究室和讲堂之间的身影，笼罩着一种自闭癖的黑影，在如今老去的内心把世俗的幸福与欺诈，照得浑体透明，无可遁形。

在生前死后之间，她长年生活的社会诊断出她的病症，她知道她长年生活的社会也患了她的病症，同样患有精神分裂，是病患也是诊断者，更甚于，她居住的城市也病了，已经不仅仅是住在其中的患病的人们。

在某种意义上她想要落实完整的写作，然而她没有。

在落日的余晖中，一个精神分裂者的主体丧失在多重人格的社会角色与文化面具之下，多少年前当她来到香港岛上的古老学府的讲堂里教书的时候，她慢慢没有了救亡的理想，也不再有任何文化表态的立场，人老了，港岛也变成一座多重人格的城，说谎的城，欲望的城，政治的城，隐匿在多重分裂的面相与肢体中，分裂和多重人格的岛城，宰割了她者的命运。

蓝色的心灵语境

蓝色的花
在凋零的岩石中
轻柔地鸣响

她的一生自小学开始就不曾离开过校园，在临近老弱无援的年纪她回忆起许多年前当她还没有精神崩溃的时候，她曾经如何享受虚无的随性状态，那时她拥有完全的透明清澈的心性，沉浸在大寂静的自由之中，舍弃所有的欲念。

深层意识中她也许得到了另一种更大的自在，超脱了语言和凡人的情感，毁弃肉体与心灵，至高无上的大虚空的随性状态就再次来到她的内心。

少女求学时期暗地里偷看《查泰莱夫人的情人》时，康妮所面对的情绪再次侵入她的身心，她突然变成康妮。在一天下班回家的路上，她的脚步像康妮一样沉重，慢慢朝家的方向走动。人们世世代代用来称呼那个庞大的、让人厌倦的、迷宫般格局的温暖字眼——"家"，突然失去原有的意义，像所有其他伟大的词语那样失去了意义。

她察觉到这一代人的"能指"找不到各自的"所指"，就像物质找不到精神之所，就像康妮找不到她一样，她也找不到康妮的家，找不到家找不到意义，她陷入康妮的歇斯底里之中，认清她长久以来所肯定的各种关于幸福关于爱情关于温暖关于永恒的词语突然都变了样。

她的生活都反过来噬咬她，她陷入康妮般的痛苦之中，仿似百年以后康妮的灵魂从羊皮纸来到她的内心，带走她，包括所有的遗产。

开始时是她的卧床，然后是整间睡房然后是书房，客厅，一一都被搬走。然后，魔咒伸展到她的研究室她的课室和学院，连性爱这一曾被认为是人类发明的最浪漫的字眼也被带走了，而留给她的，是精神分裂如鬼魅步履，不断撩拨她，她成了康妮的化身。

劳伦斯早年说过的话：如今我们的生命却充满了枯槁的灰烬。她经历了肖申克的救赎，在心灵与现实的牢狱之中她等待重生的可能，她失去的不只是爱情和婚姻，她失去了自己，也失去了她失去了自己后的另一个缺席的她。

她在心灵的囚牢中看守她早已消失的自己，囚堡中无罪的等待者，只能自我拯救，她向内回溯，孤僻在日渐深沉而安稳的孤独中，品味肖申克另一种无望的救赎。

一片无风地带的海洋中心，这是她心中的海洋神话地域，她不知不觉来到了当年郑和船舰曾经惧怕的赤道无风带，长久漫游，远离海岸。上千座大小岛屿构成她精神上一座座的心结孤岛，在这些水流缓弱的海域，她无从回避地到来无所适从地被囚禁其中。当年郑和千艘船舰再三远远地避开了这一片无风水域，而她一个小女子却无法逃离这死亡了的海水。

这是一片如天堂般美丽的海域，水雾幻影变化如梦，古人记述过这片海域的传奇，说自蓝无里去细兰国途上，如风不顺将飘至一处无风群岛，名为晏陀蛮。岛上人民睡在金床上，井里流出的水，过处能变石为金，岛民男女赤身露体，生食人肉，死后有大蛇保护岛民。古代中国称之为倮人国，每到无风的季节，能在岛国上看到也许是世上最为终极美丽的黄昏光影，那里有她的记忆，有心灵远景中的飞鸟睡莲体香和充满春天气息的水雾，深入她神经衰弱的内心，直通曲折蜿蜒的往事，直达赤道的无风地带。

水雾幻影的海域，也是她最隐秘的无风国度。连接古希腊和古罗马航海版图中被遗忘的角落，直通古罗马老航海家流传下来的文献深处。这文献是古罗马商船顺季候风到印度再到东方的最早事迹的记录，记载了诸多古印度古东方的奇人奇事，是连接东西方的世界与大陆的史诗，历史在千年又千年的季候风中消失得无影无踪无疾而终。

她是唯一活着回到人间把这片美丽的无风海域的盛景流传到民间的女人，在这里，她的男人开始悄悄有了精神外遇，而在她还不知是否要接受现实还是反抗命运时，却又发现男人有了肉体外遇。此时她发现来到了心的无风地带，却又来到一场暴烈的雨季中心，这是她身处于恒隐态的扭曲的时空之中，是她身体物质与性灵能量的特有时空。在这里让她感觉自己消失在海岸线上，疏影，风归，她的自我在海洋的远方注视，注视她的内心她的家庭她的事业，她的不悔与追悔。

在时间的始源地，这些年来她想要净化精神世界的努力遭受到巨大的考验，净化的生活是她心头一朵待放的茉莉，从内在力图盛放，如热带暴风般入侵她日渐贫瘠的心灵语境。女人一脸的沧桑，毫无表情地走在幸谦读博士期间的校园里，穿梭在各种研讨会和演讲会之间，形单影只，在吐露港湾前的群山环抱的学府里，她形迹可疑，无人问津。十余年过去了，她如今还在校园里走动吗？这一个现实世界中近于原型的人物，在落日的温柔光影中，给人一种孤独的风的形象。

后来，她老去的身影也消失了，她的心，天象神话中的圣婴，伊国中的一个孩子，一束蓝芙蓉花，一块岩石，在黑色山岩的山壁下，蕴藏着巨大的沉默。出世与入世，曾经是那么曲折迂回，后来却像城里夜晚街道上行人眼中的夜晚。

女性主义，她的犬儒梦典

死去的花园里
留下了朋友银色的面容
不断传来
傍晚的蓝色钟声

老去的校园

表面底下，很多人都有一个美满的家庭和美满的人生，然而她不是，她是那个在小说家笔下死于终身教职的女教授，死于一个她不愿多谈的死亡事件。

在她老死以前，她回想起她自小如何走入自我的核心形象，她从少女时代起，就发现了她的自我其实是他人构想中的一个所谓的自我形象，她自身其实并不清楚真实的她到底如何。

少女时代读中学的时候，她以为若果有幸考入大学，就将像一般人那样很快就会在毕业以后永远离开学院，却没料到她将在大学里度过她的一生，更没料到她日后会成为校园里神游的无名精神失常者。

校园成为她避世之地，日子像论述文章一页页掀开她日渐年老的生活面貌，渐渐，她感到快在会议填报告写论文涂诗句的隙缝中窒息，这些提早将她老的坟墓内的主题揭示出来，也提早埋葬了她的青春，她像许许多多的知识分子一样，又如众多学术僧侣一般时常独处在研究室内，坐着，想着。学院通往的或许并不是大道的生活，因此也没有所谓背叛的问题，没有被烧死的危险，没有发疯没有被钉死在十字架上，学院这个私人天地让她拥有彻底自我放逐的一种乐园。

有时，这是她的保护地，有时是她的完美形象，如一座一座无形的堡垒，如堆积如山的书本，偷取她的一生，吸纳她的青春与欲望，却不知回头。

在异域的这些年，她在学院中看到今日全球化的教育演变似乎停留在体系的知识论之中，只追求专业知识的教育，许多课程对于人的本身，人的心灵，人的本性缺乏关注，甚至没有兴趣在这些方面进行教育，而只追求职业性的培训思考工作。

她清楚地知道，知识经济时代中的大学正处于转型阶段，大学之目的不只是传授知识，更应该以发展知识为目标，因此她的课程除了注重学问领域中的人才理念，也注重现实社会生活中人格的情感素质，结合知识与思想情感的心智发展，开拓学生心灵上的视野。

她相信现今的大学不可走上沦为实务人才的培训所，或者社会的服务社，如大学新理念先驱者弗兰斯纳所言，大学应该是时代的表征。她在这方面长年进行课程构思，加强课程改革的设计工作，加强课程内容的丰富性与趣味性，她早年求学时的浪漫精神激发她在大学教育和课程上的构思。她努力在讲授中实践课程的开放性增加师生互动，把自身的课程当作大写字母的教育文本，而非封闭性的讲义而已，引导学生思考相关学科的各种主要课题，发展学生不同性格的取向，开拓学生对综合知识的摄取能力与判断能力，进而建构同学此生应该具备的价值观与人生观。

远离家乡故园的离散体验改变了她对自我的认知，改变了她的人生观，她不只是原乡的叛离者，在她的学术专业领域中她也是教育界的叛徒。

在她的自我追寻中，她的主体认知不断地改变与变形，观看知识界与教育界在改革运动中种种隐蔽性的政治动机的道德底线，这些年来她听闻许多老学人在华丽的世纪景象中所捉摸到的黯淡的消息，城市的节奏，学术理论的思考，以及学院的生活都给了她神殿堕落的心情。

她的目光可以透视没有意义的符号，她看着她所认识的人一年一年，老去，老得令她也心慌起来。

灰暗之年

你更虔诚了
知道了
灰暗之年的意义

　　晚年，谁的晚年，谁有晚年，谁幸福谁不幸，谁的晚年还有花开，谁可以在老去的自我中看到更老的晚年？她看到了，看到了灰暗看到老人如何努力去认识老去的自我，许多人在老去时如何暗自追悔年轻时候不能尽情享受的青春，以及今日也同样无法享受的、那些在性别和文化上的快乐，不可染指的韶华。

　　在这里居住日久，城市变得像一座设备产全的工厂，首先是香江的城市然后是海峡两岸的都市，一座座，像情欲勃兴的女人集结在一起变成更勃兴的形态，终于将她如今居住的现代城市变成一座座巨大的工厂。学院委身在各个角落里，在起来越没有冬天寒意的街头投射出异样的神色，成为另一种肉体的寓意表达形式。

　　在写过《恶之花》的法国颓废诗人漫游过的巴黎街道，在本雅明流亡过的城市影像中，这里的闲逛者几乎每天都在街道上走着，上班，开会或约会，为自己的身份扮演不同的角色，采用莫奈绘画的眼光，从路上行人的表情中取得乐趣。各自的目光和生活方式在各人进入家门后消失无踪，消失成为另一种身份，预示了大工厂都会中，一个学府居民的伤痛。

　　城居人的学府被关进她的木制衣柜之后，她才发现离开家乡已经很多年了。十多年来，她至今仍然无法相信她已失去了她的家乡，再也没有法子寻回来。她还是像在寻找避难所的人，或像自杀死去的诗人那般，用一种好意的幻象遮掩了她的悲痛，城市砰的一声，跌落在难以言状的一张版刻画像上，那情境，简直像波德莱尔所刻画过的那个卖艺老人的混合体，褴褛瘦黑干瘪，活过了一辈子，活像诗人与学人的代表。远远地，传来铜铁碰撞的破铜烂铁声，老朽不堪的，竟还能戳破学府的帷幕。

或许，老年的时候她会成为一个难以捉摸的老人，别人无法捉摸她她也不了解自己，她的理性与非理性她的情感与欲望，以及由于这些因素而导致的人生际遇，在往后的人生中成为无法解开的谜成为一抹如玉雕琢的阳光。

这些年来文学想象的体悟形成她的精神流徙路线图，永无止境的异乡远行人。她日渐发现她愈来愈像她所认识的许多前辈那样，往往都死在自身所建构的自我主体结构中。在文学创作之余，她在学术体系之中，在研究生活中带引出来的各种疾病在不同的地方不同的时间通过许多通道许多风景许多梦典直入她的晚年，而她至今仍然记得许多亲人早年在战乱中度过的时光，像永不磨灭的孩童时光，即使经过战乱的冲洗仍会在她们有生之年的许多年月中活着。

学术之死？学术已死！

现代都市的学院，已死？学院中的漫游者，已死！

她和他，和许多现代学术僧侣们一样，在蓝色的钟声中，走着，走在金色的时光中，如云彩飞逝，如报时钟的钟声流过学院旁的一片相思树树林，流过早已死亡的花园。

随着学院中的僧侣们，她步下石阶，在狮子山下的学院之间听到了远古时期僧侣的哀鸣，她在特拉克尔的诗句中追忆起传说中那一座骨制的人间桥梁。

无尘染之界

那人走下僧侣山的石阶
面露蓝色的微笑
被裹入
他更宁静的童年中

有多少男人有第三者就有多少女人扮演第三者，这是她早已知道的道理。然而很多女人并不自觉，有的更多的是指责男人，这些女人也不会知道男人的性冲动可能是来自自然竞争的进化结果，也不知道起决定性作用的能量来自雄激素而非雌激素，而这些雄性激素会在青春里，通通亡佚在，青春里。

内心里她们都有梦幻，很多人也相信梦是个人的神话，而神话则是一个部落的幻想。然而她如今却深受巴黎似的抑郁的侵袭，体会到抑郁患者所说的，人生原是一所医院，也可能是精神病院，走动在城市里，每天都被想要调换床位的欲望缠绕着。

对于非理科的学者来说，她也很清楚香港教资会一味带领香港的大学追求取得最高研究金额的机制，有朝一日将要面对崩盘的危机。表面看起来，所有大学都提出了很好的学术研究计划，而大学里的学者也尽力去争取获得最高的研究基金，却全然忘了晚年将至，早年的梦想与追求，如今与她一起被打个粉身碎骨，一同消亡。

她如今居住的学府早已变成世俗僧侣的集聚地。

她走下山林道上的石阶，通往另一场国际学术研讨会的讲堂，她知道永远都达不到无处染尘埃的境界，这反而使她感到心安，并谅宥了自己。她放弃了认命，不禁哀伤起来，听见铜号声从星光深处传来，听起来就好像是另一种烂铁破铜声。

各种沁心入骨的喧哗声浪，声声渐远，花木萧疏是今日的写照，年轻速如风雨一去不返，不是她要告别而是此生对她告别。

在蓝色的钟声中，只有她听得到的古老的钟声，远远地传来，敲击着夜晚的内心，没有人知道的内心，从特拉克尔的诗句中滴落，滴下，她与父之辈的苦难和战乱，都已不需要她去承担，那是一种饶恕。

在读书、写作和教书之余，宽恕来自各方朋友。每当有各地的朋友来到香港时，她会陪伴她们游玩，必要的话，她会带她的朋友从尖沙咀天星码头坐渡轮到中环，然后坐在去山顶的旅游巴士的上层车厢前头，午后的阳光，傍晚的昏沉，或者夜色的迷离，她和她的朋友穿梭在中环的城市中心，短短几分钟的旅行已经足够，离地的街道，往上升往上升，越过一座座高楼的梦幻身影，这是一场又一场幻影重重的过客之旅。

香港是一个华美但悲哀的城。张爱玲遗留在二战时期的香港的哀伤，至念依旧华丽不减。

在香港大学中文系七十周年纪念的国际研讨会上，各地的学者集聚而来参加会议。研讨会后，在校长的贵宾室内，我们和来港的林姓老师等人聚餐，听他们谈起当年的留台生活，以及学人的处境，感叹着，一晃就是几十年的时光过去了。我们的老师从年轻迈向老年，而今我们则将步他们的后尘。

最后一天的晚宴设在香港仔的海鲜舫上，晚宴后回家的路上，一位和她老师同时期求学台湾的老教授伴她一起从香港仔的海鲜舫坐车到港大，再从港岛的薄扶林坐上巴士回沙田。

那是她第一次坐巴士从港岛到沙田的午夜旅程，在穿越山坡穿过海底隧道之间，她听到许多老师当年的年轻岁月，在她们的故事中，星月映照在岛与半岛之间的大道之上。

许多年后，她的日常生活还没有调整好适意的节奏。

十年香江年月，许多事物已经成为寓意的形象，高楼上的森林已经消失。

经过无数的人生风景线之后，她们实实在在地想要一种自由，自在，自主，不受约束的世界，至少在表面上，她们都是自由快乐的学者，至少从表面来说，有美好的一面。

学院里的祭司

金色的云彩和时间
在孤独的小屋子里
你时常邀死者做客
娓娓交谈
漫步在绿色小河旁的榆树下

表面底下，她从一座城市走到另一座城市生活，从一个教职走向另一个教职，但在表面上，她只是一个在终身教职中疯狂的无名教授，说确切点其实也不是发疯而是，精神失常。

她是当代大学学府里的疯女人，从上世代的阁楼走出来的女人，最初从她的童年梦境开始，经历曼陀罗花雨的洗礼，病在床上回顾犬儒的一生。

看我开创新的文体和新学术吧，看我离经叛道的风格看我大胆探索的新理论吧。这是她当年在攻读博士学位时说过的豪语。

如今她已老去，以犬儒梦典的仪式在病床上等待天堂的到来，如今她有无数的日夜可以供她回想往日的生活。年轻时的孤独者，喜欢在都市的行人道上漫游，参与反叛社会的建制。那一座年轻的城市，在她看来有着巴黎的忧郁，流离的人群在这里成为一门漂流的艺术，有如波德莱尔笔下的《巴黎的忧郁》，她相当享受人群中的这一门艺术，人群与孤独的艺术只是两个同义词，她把自己的目光挤入这些名词之中，互相代替指涉，哪个可以使孤独充满在人群中，哪个就不会在繁忙的人群中独立存在。

她的身姿看起来好像无国籍的漫游者，有点像忧郁的波德莱尔，在巴黎的行人道上，叹息。在城市盛大的节日里，有时她和一群学术僧侣为伍，内心浮现起一丝丝无人察觉的寂寞，存在于她仅存的，一个无人可以进入的诗意区域。

寂寞的时候，颓废诗人过时的诗句成为她私人的小生活，象征诗派笔下巴黎的忧郁成为她个体存在的形式，在城市狂欢的时候还原为她四周群众的寂寞个体星球，她模仿着波德莱尔的语调问同样的话：神杖是什么呢？

从道德和诗意上来说可能是神圣的象征，然而实质上只不过是一根棍子，也可能是情欲的火炬。

零星破碎的文字中她有本领找到族群的美满想象，而在美满的追寻中她也有本事不让自己迷失，这是她一个人的破碎写照。在她的心中也有一片属于本雅明的梦境，一片只有本雅明和她看得见的荒凉的梦土。繁华的城市建设在梦土上，密密麻麻包围着岛屿，岛屿上的城市，香港、台湾、新加坡、槟城，四周都有学院，一种属于新世纪的不安的河水流过岛屿的内心，把城市居民和学术僧侣关在捉摸不定的恐惧中，也把自我关在核心。

像本雅明离开学院的动机一样，许多现代学术僧侣也同样终其一生自我放逐于这城市之中。她的心情也有着本雅明的原野情怀，同样曾经拥有许多奇妙难言的梦土。

天朝心态下的君子梦，一夜之间变成犬儒梦，心里的峥嵘江山，足以阅尽天下人也足以自毁。这一种犬儒梦典的生活，在许多人的心里表演着集体的创伤，表现着一个民族的新兴，一个民族的虚与妄，一种残余的世俗之梦，而她／他，正是这种创伤的残余现象。

古希腊时期，犬儒学派哲学家第欧根尼主张真正的知识分子理当奉行禁欲，无为。苦行主义的身体力行者，这并不只是有如古印度苦行僧一般的生活，而是更要像"犬"般的生活，如乞丐，如第欧根尼，大半生住在雅典城中一个破旧的木桶中，让自己过着狗一般的生活。

今日的犬儒除了古希腊时期犬儒学派的古典哲学含义外，也有了新时代的哲学含义，特别是丧失了主体人格的意义，像主人驯养的狗犬，在制度中被犬化被驯化被量化被非学问化被非知识化，也被非人格化。

今日她的梦典也和来自西方文明的本雅明不同，她属于儒家知识分子的经典之梦，这梦，是不断膨胀的宇宙，越是膨胀内宇越是黑暗越是令人，张扬。

书香丧失的学府散发一种令人哀伤的腥味，各路江湖男女集中于此，群集而来，一再揭示了儒者梦里的黑暗。从学院到研究所从心灵到身体，大学校园中的人们从黑暗的角落涌现，表现各种扭曲难堪的言行。

崇高，低贱。

卑微，温馨。

犬儒梦典带着知识分子的隐喻涌入大学，静坐，展示，沉浸在知识分子的七情六欲之中。

史记的春秋深入骨骸

细腻、苍白、放肆

我踏上查拉图斯特拉的桥梁

妄想破译当代

逐字逐城逐代

放牧不可译破的述愿诗

我看见经典回到故宫寻找国语

痛悼学院的死亡

应许之地

在落叶
在古老的石头中
倾听
歌唱肉体的绿色腐朽
和野兽的厉声
哀鸣

后来，凌晨三时，那时还是主妇的女性主义理论家与诗人的里奇在孩子的哭啼声中醒来，写下她的新娘呓语：吻了妳，新娘，我已失去妳，我的双唇依然印着妳神圣的祝愿和我的痴迷疯狂。

后来她学会了面对所有的失落，当年的婚礼，至今仍旧刺痛她的双眼，从此沦为黑暗空间，又一颗金苹果坠落在荒废的地点，不带半点反抗。

后来，萨义德的对知识分子的忠告已无人在意，没有人愿意再去破除那些限制人类思想和沟通的刻板印象和化约式的类别。

后来萨义德客死异乡，她知道，在这些前辈死后，以及在许多后辈也亡故的许多年以后，生者和死者仍然会互相邀约做客，在她们孤独的地下的小屋子里会时常和她们娓娓交谈，或者，漫步在绿色小河旁的鱼木花树下，漫步，走着走着，另一些梦开始如夜色如花色般弥漫起来，只是没有人想要醒来。

后来，苏珊·桑塔格也过世了，在旁观他人痛苦的名句中死于急性骨髓白血症的折磨之中，在曼哈顿的医院病房以外，一场南亚海啸卷起的巨浪，让海岛成为她们旁观他人痛苦的另一种场地，另一种痛苦的形式，另一种毁灭之地也是另一种应许，之地。

后来她和众多学术界中的学人一样戴上面具，有文化人的面具，有学术权威的面具也有作家诗人的面具，或者其他各种专业人士的面具，在学术界中自我复制，日与夜地自我复制，然而，只有她，从不复制自己的过去和人格。

后来，她参与了学术界传统的摧毁与更新工程，参与了大学体制与高等教育课程改革的工程。她自觉，深陷在新兴的学术机制之中，她实在已无法自拔，大学教育体制改革的工厂模式的发展理念，把她定义为流水线上的教育者，事实上是教育商品化的生产者。

后来全球大学教育的改革，把大学变成私人企业模式，把教学与研究定义在可产量化目标，然而真学术和真理却正好是不可量化的一种知识。教授，沦为销售经理和职业教练，而院长和校长都是企业主管与董事。她是感觉有点本末倒置的。

后来，她把自己的心情悬在讲堂外的鱼木树枝头，美丽的鱼木花如少女新娘的青春时光被夏天的阳光蹂躏了，遗忘吧，我们曾经渴望的、持久而真诚的爱情。

后来，奶奶留给她的生活理念：爱、美和自由，结合来自她恋人的新兴国家的理念：自由、独立和新生活，被她带到无名一代人的日常生活中。

后来她的感情总是以难题的形式出现在生活中，出现在温暖而慵懒的早晨。她博士毕业后，很快一年又一年走过了十年，上世纪最后十年的时光转眼成为眼前的过眼云烟。

后来斜阳中的香江，在烟雾弥漫的大气候中看着翻飞如雨的楼影安慰着寂寥的窗口，大海，窗前，一个天生带有麻醉剂的犬儒之躯，在楼群中独立，站着，慢慢感受到内心深处一抹晚云般脆弱的叹息。那是童年时候一座黑暗的海洋，她以为只要勇敢游过去，彼岸就是美好生活的开始。

后来，在判别圣贤与卑微之间，她没法享受挫败的赐福或赐福中的感恩。这一趟旅程似乎有点漫无止境而又匆匆忙忙劳逸不均，走在精神领域的穿越路上，她面对着语言暴力，对抗着西方学术文化的殖民入侵。

后来计算机科技高速发展，到了千禧世纪后，更多的大儒小儒，真儒伪儒，似儒非儒，内儒外儒，在学院口各自成为神像，做起自我的真主，统摄四方，成为精神文明的侏儒国民。从四大皆空到活色生香，各种类型的犬儒梦都具有各目的典范的意义，只是无人知晓，或没有人想要承认。

后来，单纯的书生在更新和死亡中渐渐进入迂回复杂的犬儒状态，包罗万象的人生都在其中根深蒂固，《聊斋》中的野鬼孤魂，大荒时期的图腾怪物，构成了现代社会的隐喻图腾：饕餮，九尾狐，食人的窫窳，浑无面目的帝江，自命清高的凤凰……都隐喻着儒家知识分子的异变形象。

后来有一个现代学术僧侣，从台湾到香港伴着她居住在特拉克尔的诗文本中，慢慢变成隐喻中另一种萨义德的寓言，说是知识分子的主要责任是从压力中寻求独立，知识分子因而成为流亡者与边缘人，一种业余者，专对权势说真话的人。但那是怎么样的一种人呢？

后来，特拉克尔的诗文本和萨义德与苏珊等知识分子一样，也只是另一种诗的文本，一种只有她们听得到读得懂的语言，或许，现代知识分子真的可以自我升华，并设想自己已经成为升华的生命状态，而她们的生活与事业，都曾有着令人称羡的风华，她知道这一切的同义词都是空洞，起码，在表面底下。

无法命名的世代
　　生活在隐喻中的，爱情

见证时代的学府诗人

　　　走在世界前沿的，少年
　　　　无声男版的女性主义发言者
灾难新世纪的天蝎座，圣歌
　　藏骸地的倾诉仪式

我没有料到日后的大半生都在离散中过着漂泊四海的生活。

如今我居住在爱情神话消亡的城市里，不再相信爱情的新世代中仍有着我想象不到的江湖行者。

在路上，这些我想象不到的他者，这些或男或女的行者，从昨日的明天到今日的自我，从上世纪一路走到这一世纪，从史前到当代，从自我到她者，以不同的形式来到我们的面前。

这一个名叫西苏的女人，她的文字通过几次不同语种的翻译后出现在我的生活中，为我发现了一个女性的鲁迅和卡夫卡。在时代的读本中她发现了一个女性的鲁迅。鲁迅的她，有别于卡夫卡的她，她的卡夫卡，有别于鲁迅的那个他。他只是一个怀有母性的男人，在她的名义下生活在当代弱肉强食的学术丛林中。

在文学和学术的路上，西苏在一个秋夜告别了自己原本亲生父性的身影，以一个女性的性／灵见证父系社会的没落，很多男人开始慢慢习惯了以女人的眼光看自我，见证女性时代的到来。她在白色笔墨中探求新的文体，以女人的白色乳汁代替父系社会的黑色墨汁。然而多少年过去了，新的世纪也到来了，一个女人的新纪元宏图，最后觉悟了，做女人真难。

西苏在诗中遇见过年轻时代的伍尔芙，就像伍尔芙曾经在诗中遇见我一样，描述了她们自身的际遇。她们曾经像我一样视自身为艺术与学术的罪犯，把众多罪名加诸自身。在新世纪蓝色时期的年代，从抽象派的毕加索到野兽派的马蒂斯，从反叛到麻木，从学术到文学从诗到画，从少年到中年，从艺术的创造到文学的死亡。

生活，就像伍尔芙所言，并非是一连串左右对称的马车灯火，生活永远似乎远非如此。

这就像在生活中伍尔芙遇见桑塔格的现实情境一样。现实就像桑塔格观看张爱玲的那一张"破碎的脸"，游魂野鬼，魅影鬼灵。她们深信那只是末日景象的倒影。然而她们和我一样都毫不在乎。

她们的家，有时是作家的家有时是学者的家，是无名世代的小生活也是人间的一个，小国度，悬垂在地狱之上的一座阳台，摆放着我们的书桌和我们的诗句。

爱的诗句。我们爱着，因为我们都不是喜欢黑暗的人，我们只是身处黑暗的诗句之中，习惯了在黑暗中生存并把黑暗付诸自我。

学府黑暗的诗句落在我的书写中找到了各自的白色笔墨。

在我们的无名时代里，我们有时扮演公共角色的局外人，有时扮演知识分子的业余者，时不时搅扰现状，我们都是佚名的凡夫与俗女、战士与歌手、学术与商务、作家与教授，一一成为文学消亡的见证世代，见证了萨义德的宣言：

"在我们的时代，我们在社会中都具有一己的语言、传统和历史情境，然而我们都已被收编，而且情况已经到了异乎寻常的程度。"

在我们的时代里，我们是穿越商品丛林的艺术行为者，在忘却的风险中寻找安稳的拟态，一种异乎寻常的程度，成为黑暗国度中的一种隐喻。

我们用蓝色的粗笔在白板上表达教育、文学和学术在制度中的道德内核，用写作呼唤我们的存在，作为反抗遗忘的仪式。

她以自我的名字书写，如今我以她的名字书写她。

我们都注定在死亡性质的门下做爱情的字徒。恋爱中的人同时预约了婚姻的邀请卡。爱令我们记起幽暗城市中孤独的那一年夏天，仍然无限度地在伸展中独自沦丧。

我们都是信念的教徒，是鲁迅的希望之影。诗的暗夜中我们放下了希望之盾，记起鲁迅当年听到裴多菲的希望之诗的隐喻：希望是什么？是娼妓，如青春般抛弃了我们：

> 有生以来我第一次听到
> 人们将"希望"这个名字说得如此动人
> 说得潸然泪下
> 而他本人却是如此单薄
> 弱不禁风
> 像舞者拯救舞蹈那样拯救了这个词汇
> 也许，这个名字：希望 Espérance
> 正是对写作的另一个命名
> 这一命名下的写作
> 把我们带到我们无法达到的境界
>
> ——西苏

一个目击者，死在终身教职的学术娼妓

在妳的眼中，她是妳日后的自己，
　　　　也是妳自己的她者。
她是妳的自我，妳是她另一个她，
　　　　也是妳的她考的主体。

幻觉饱满的，知识分子的不幸爱情

活着是如此痛苦的善和真

一块古老石头轻柔地触摸着你

我将永远伴随你们

隐喻中的生活让妳感到无力。

记者生涯让妳经历过几次生死关头的磨难，巴尔干半岛政教冲突，波斯尼亚种族清洗惨剧，库德族的化武事件，都留下妳的足迹。

妳的报道，一度成为妳生活的隐喻。其间在教书和写作之余，妳常常想起本雅明对知识分子的忠告，感受到生活的荒诞与可笑。

忠告一，书和妓女之间自古以来就有一种不幸的爱情。

忠告二，书和妓女都可以带上床。

忠告三，书和妓女都使许多人变得年轻。

忠告四，书和妓女各自有不同类型的男人。

忠告五，书和妓女都喜欢把时间搞乱，支配我们的日夜。

忠告六，极少人能够同时占有而又能看到书和妓女们的结局，她们常常会在韶华凋谢之前从我们的眼前消失无踪。

妳居住的城市有着许多美好的景象，那是一座幻觉饱满的岛城，一座被喻为全球最自由的贸易都会，其实有着最不自由的内在本质，让妳陷在意识的荒野之中任由翻译，任男人任企业家冒险家和诗人去阅读，有一种意识流的痛快。

妳辗转反侧于学术和性别的深渊中，转眼已是二十年了。二十年前妳没有想到独自泳游过一片性别的海，从"她"变成"他"，从"妳"变成"你"，最后都变成·我。后来，妳爱"她"的他，"她"是女身的他，"她"也爱妳，女身的妳。

这是妳和她的爱的宣言。妳为了妳们的爱情，为中文系统发明了新女同、新男同的代名词：

男性角色女同（体内的男生）"她"称"她"，女性角色女同（体内的女生）"她"称"她"。

女性角色男同（体内的女生）"他"称"他"，男性角色男同（体内的男生）"他"称"他"。

男性角色女同（体内的男生）"你"称"妳"，女性角色女同（体内的女生）"妳"称"妳"。

男性角色男同（体内的男生）"你"是"你"，女性角色男同（体内的女生）"妳"是"你"。

女性角色女同（体内的女生）"我"自称"娥"，男性角色女同（体内的男生）"我"自称"娥"

男性角色男同（体内的男生）"我"自称"俄"；女性角色男同（体内的女生）"我"自称"俄"。

以此类推，双性恋的人称也可以按这逻辑推演新词汇：一律称"娶""娑""婆"，或者"翁""徐""仚"，视双性者个人的自我定位。

这正是妳通过"她"的性别魔法所发挥的一种隐喻化的书写。

她是妳。她是他，也是我。她是你。她是他，也是我。

这是变形记的变奏曲，性别的转换下女装同性恋和男装同性恋者分化了同时也多样化了现代人的生活方式，不只在生活里，也在文本和写作里发生。

性别与角色的变形。这好玩极了，跨性别跨身体跨语境，她兴奋地笑了。在妳看来，她总是有本事找到最佳的，甚至最难的理论建构她的学术帝国的疆界，也总是有本领以独特的、高妙的论述，开辟新的学术版图，乃至文学的传统，并用她贯通中西古今的学术修养引领当代学术建构，同时也以学术开拓当代文学的视野与体制／质。

有人为了理想而战有人为了性别而战有人为了自身都不知名的东西在学院里求生存求功名。教书匠也好学术匠也罢，对许多人来说已经不再那么重要。妳明白，知识分子的重任之一就是努力破除限制人类思想和沟通的刻板印象和化约式的类别，这妳也认同。

在特拉克尔有关善和真的痛苦追忆中，妳成为没有意义的符号。其实我们都不是符号也不是意义。特拉克尔坚信这是无法抗辩的，也是无法象征的。

起风的路，微明的林野渐渐在岛上消失，海岛成为妳所不屑的繁华尘嚣之岛。妳灰暗的身影，走过漫游者的桥梁，随着学院僧侣步出狮子山下的石阶，仿佛仍然听得到远古时期野兽的凌厉哀鸣。

城外，起风之处，树林就起舞了，起风的岛起舞的森林，那是占诺比亚微明的晚城，无花的鱼木树盛开在欲望之城，在无言中各自有无语的心事和往事，一幕幕，在反省与自虐中以其孤立独特的面貌呈现在妳的面前。

妳常常对她说起许多往事。我的过去置身在几座父亲形象的海港和一些新兴的母亲形象的城市。在这些靠海或被大海包围的海港城市生活，对于我来说不是一片海也和海水无关，而是像海水以及和海的流窜形式有关。在这一座和海有关而又仿似无关的城市里，有可以谈心的岛民。岛上的学府，散布千奇百怪千疮百孔的知识分子圈，以及社交界中的政治说客圈，我也希望可以找到更多交心的朋友，但是妳，一人已经足够。

妳对她说，妳因而能感受到她内心的寂寞，因为那也是妳的寂寞，和她一样常有着紊乱不清的没法和外人说清楚的心事。其实最难分享的是有关成长的复杂微妙的苦难记忆，那是有关妳这一代无法忘记的战乱岁月。

这也是一个知识分子沦落的历程，镂刻在，一座城池的广场石板地上。

妳对她说，妳是我的另一个自我，一个更加完美的自我。妳是我的神秘化自我，我的能指化自我，一个长久在我内宇缺席的自我。我想妳伴我走遍灯火湮沦的街角，和我一起学习城市丛林的隐身术，学习和孤独共同生活，一起厌弃伪善的生活一起和简单生活和衷共济。

这是一处遍布割裂的城池。我们怀着传统人文典范的书生梦沦落于此，在青春过尽的年纪唤起了那些逝去已久的年华，表情和心事。在耶稣受难日的晚间聚餐中，妳对她说起，妳已不再相信她的专业也永远不再相信爱情，以及爱情的寓言。

伊师塔女神的孤独

未出生者的小路
绕过幽暗的村庄
绕过，孤独的夏天
向前伸展

　　妳身边的几个知识分子年复一年地在日渐熟悉又日渐漠然的城市中流离，自喻是永远漂流的现代尤利西斯。妳是东方的尤利西斯，在中国内外的领地里游走。

　　妳自喻是当代城市中永恒的远行者，永恒的他者。

　　在自我最高的美学原则中饱含原乡的文化情怀，千丝万缕千头万绪，自愿做一个隐匿在学术界的无声者。

　　妳在学术与文学之间跨越疆界，如古代出埃及的摩西使者，在改朝换代的学制改革中，妳同样被边缘化为无声的发声者。妳是二十世纪的小（女）摩西，不再有族人、信徒和上帝可以相依，妳的心也已失去归属。作为现代人的小（女）摩西，当代的漂流是脱离自我的流放，流落于内在的荒原，追寻着爱的神话。

　　小（女）摩西的现代性、自我，灵因于内心深处。妳的孤独曾饱受尊严之苦，孤独地深植在妳的本我最深之处。最深处的，孤独。

　　这些年来妳看到当代学者的地位与身份有了翻天覆地的转变。和知识一样，学术早已沦为商业的产品，从后工业时代到信息新时代，学术界已是面目全非，人格混乱甚至分裂了。这时候妳听说有个姓林的无名非终身教职的诗人，在大学里创建教职员工会，这个终其一生都只是个无名的助理教授，为大学教授起了个自嘲的别号，叫学术娼妓。

好一个名声响亮的，学术娼妓，也叫知识型娼妓，是当代所有的专业人才的雅号。

妳夜里酒后吐真言，妳在妳年轻的脸庞寻索，任何可以归类的符号化表情，看到嫖客和娼妓组合的一张老年的脸，还保留中年的俊美，甚至近似年少的神态。在这样的女性五官中，妳看到一代人的精神符号的特质。半个世纪前张爱玲曾谈起女人的感慨，为了谋生而结婚的女人全可以归到娼妓的名下。有美的身体以身体悦人，有美的思想以思想悦人，其实也没有多大分别，也是毋庸讳言的事。

学界中的学术娼妓，在专业而崇高的知识领域中公然进行金钱、专业知识、功名与学术研究的无廉耻交易。这和古代文明中，性和其他各种交易行为一样，都无礼义廉耻。而这性文化产生的场所，一度是国家所管理的、光明正大的官方机构。

在古埃及，奈格汉马第出土了一首古老的赞美诗，颂赞的是爱瑟斯女神。爱瑟斯女神从遥远的公元前三四世纪的记忆中，复活了：

> 我是人母亦是女儿，我是人妻亦是处女，我是妻亦是夫，我是圣女亦是娼妓，我是先知亦是后觉，我是羞惭之人亦是荣光之子。

希罗多德笔下的巴比伦，出生于苏美尔的女子，一生至少一次来到伊师塔女神殿中，义务奉献自己的肉体给陌生人。这风俗后来传到罗马帝国套用在另一位女神维斯泰身上，女人在维斯泰神殿中以与神祇交欢的方式将世俗的欢乐献给宇宙。

圣妓后来消失了。肉体娼妓消失了，留下的是，知识型娼妓。如今以更多元更多样的形式、身份与角色，重现在各行各业中。

当我坐在酒馆门口
我，伊师塔女神
是妓女母亲妻子神祇
人们称我为生命，你却称我为死亡
人们称我为法律，你却称我为犯罪
我是你们寻找的人，也是你们找到的人
我是你们散落四海的人
也是你们现在收集起来的碎片

学术工业时代落在教育商品化中沦为服务行业活动，不知从何时开始成为后知识工业中不道德的知识交易活动。专业的知识成为学术的情欲伎俩，表现出思想放纵的欲望百态，就像罗兰·巴特把文学视为情欲活动一样吧。

发掘性灵精神是现代都市生活的核心工作。

妳要远离，那些假装自以为过着快乐生活的庸众。在以商业为主体的大学校园里，妳变成厌恶知识的信徒。

在学术的禁欲和学问爱欲的放纵中，成为自身的叛徒，妳说。生活在学界中惊觉自己只是思想松垮的学术人，而妳只是知识群体中的街头崩客，和群众一起陷于全球化的学术浪潮之中，感到窒息。而在一次次金融风暴和泡沫经济爆破的萧条中，妳又和各种商品一起萎靡不振。

死在终身教职中

人们在天边预感到了骚动
野鸟群的流浪
飘往美丽神奇的异乡

妳的身边发生过很多相识与不相识的、死在终身教职之中的教授。

以前有一位死在哈佛大学校园中一间男盥洗室内的女教授。悲剧发生在哈佛大学中由男教授所组成的英语系里，因在各界的舆论下聘任了第一位女性教授，结果不久后她被发现在男盥洗室中死因存疑地，暴毙了。

这故事发生在一个小说家的文本中。在妳的现实生活里，妳常感觉身处在公共体系面临崩溃的边缘。妳一直是在这样一种以男性为中心的大学校园里微妙地挣扎求存，这个女教授的死亡事件，隐喻了妳眼中现实世界里整个学界知识分子之死。

关于死亡，妳有太多的记忆。

妳走进她的书房，寻找身体内在某处年轻的感觉。将回忆拉回今晚沙田马场会所的餐厅，妳感到有着一副柔软的马匹身躯轻轻向妳靠近。干了这杯吧，她对妳叹息似的说。我们的行为与欲望都是文化与社会关系演化的结果，记忆和酒，也只是身体与生活关系的一系列前因后果。酒，和记忆，让妳想起死亡。

妳追想起一些妳听过的故事：故乡的山河，废墟中的古庙，重生的莲花。妳想再次相聚，妳没有忘记青春的相约以及年少的情恋。从当年最初的相思到内心不为人知的追求，妳始终有自己平凡的神话。

其实妳很早就相信她了。她的故事，就好像妳不在场的另一种生活。从当年她决意走学术与文学并重的道路起，妳就知道，这是一趟穿越荒野与繁华的旅程。

近乎迷茫又近乎清晰，近乎懦弱又近乎权威，妳告诉她说。在事业的话题以外，近年来妳常对她追忆起妳年轻逃亡路上和一个男孩相遇的往事。这变成日后妳最喜欢听的爱情故事。她喜欢，看着妳边喝红酒边追忆，每次只能捕捉到其中一小片段的马赛克般的彩色记忆碎片，需要很慢很慢地才能够拼凑起较为完整的，故事画面。

有许多细节妳未曾谈起，妳也没有追问。妳说起妳祖父因偶然认识了到柬埔寨北方山寨传教的一个法国神父，从而得知，外国人在高价购买村中的罂粟。那时世世代代的族人只把罂粟当作药物和祭祀的用品。我们村人千百年来的这种状况，就好像南美秘鲁高山的玛卡一般，那里的人完全不知道如何是如何宣传玛卡神奇的功效和价值，妳说。不过，玛卡只是当代商业宣传的结果，这和马来西亚的东革阿里一样沦为虚假的商业宣传品，被欺骗的，永远是追求生活质量的无名世代。

祖父带领贫瘠的族人在金三角靠北泰的深山中种植了大片的罂粟田，望去像茶山一般重峦层叠。族人从此致富起来，但也从那时候起，我的家族就和另一个部落为了罂粟交恶，直到缅军其中一个军团加入那个部落后情势就急转直下。当祖父在年老时和家族中几个长老惨遭杀害后，我们家族才决意到泰北更远的山区寻找新天地，后来那一大片地区也引来国际黑帮的染指，那片土地最终慢慢在炮火中被更强硬的人掌管。我们家族近百年来这样辗转在与世隔绝的人间天堂三不管地带，却又暗中和全球上流与底层的国际社会紧密联系，提供全球最大的狂欢市场的原始兴奋品。

我们最后一次遭受逼害，就是我逃离海外的一个起点。开始时我跟随家族逃离父亲仇敌军团的追捕，后来我被遗弃在柬埔寨偏远的一个小镇上。醒来时在一座名为鬼魂的幽暗古镇的角落里，大雨狂暴地打在瓦砾上，我再找不到任何人。

后来的故事妳早已知道了。妳在惊恐中从妳所知道的地理知识，往海港的方向前进，直到有一天妳遇上那一个同样惊恐未定的少年，然而他那孩子气的脸像足了妳家乡的初恋情人。

这一位被父亲所反对的妳的初恋，有一天突然不再出现在妳的生活中，你知道他永远再也回不来了。天注定，妳和少年的相遇就像神话中被宙斯劈开的另一半自我。妳不禁上前慰问他，把他带在身边，一起经历漫长迂回的逃难之路。

如今妳被人统称为激进女性主义者，一个作家一个教授，自称为学术娼妓、艺术艺妓，完全无视人们的看法，尤其是男人的眼光。

这两个才华横溢的女人，年轻时对男人有过数次的爱情追求，最后都在各自的婚姻中对男人、爱和婚姻失望逃入新的生活之中。妳说，在生死无悔的爱情憧憬中深入证悟爱的秘密，把爱视为现世的宗教信仰，这几乎是许多女人一生中都要走过的爱的宗教之旅，在生死无怨中修行，在修行中解脱，自主的爱，让妳能够选择新的生活。

后来妳对久别重逢的她说，看到了吗？教育改革的神话，自我重生的神话，在心灵一再死去之后就轮到精神世界的破灭。妳的思想不断遭受冲击，冲击着，现代知识分子脆弱的人文主义。

我只是一种儒者的假象。而妳，为我挖掘出各种各样的学术真相。妳对她说。

任何的改革始终都是无望的，像奇异难解的几何公式疑案。我们都没有办法可想。从学者、企业家到妓女，许多人开始体认到自己和妓女原本就是同一类人群，都极力想要高价出卖自己的思想、情感或肉体。在忠告和忠告之间，各种的想法和怪异的制度在学院中张扬。

当代大学院校在自由的贸易声中变成越来越集权的堡垒，现代大学变成中世纪的僧侣院，无名一代的学者过着中世纪的僧侣生活。

妳对她说，妳不愿像那些死在终身教职上的老师和朋友们一样，死在各种临死前的大遗憾中。妳情愿像张爱玲所说的那样，用美丽的思想或身体换取妳所想要的人生。妳可能也会，妳说。

学术叛徒的末日

在孤独小屋的清冷和秋日

神圣的蓝光中

闪光的步伐响个不停

学术一直陪伴妳，在人生遭遇重大打击的时刻陪在身边，在妳心碎欲绝的日子里，妳把所有精力都投入学术研究之中。在没有钻研学术的日子，妳的身份是一叶浮萍，在学者与作家之间漂浮流浪。

在夜深人静的时刻被种种符号理念肢解，不留痕迹。

在那样一种安静的时候，妳居住的海岛会漂移起来，向大海更远处迁移。在学术权威的追求中，妳一面教书一面建构现代人所追求的安全岛。婚姻曾经是妳最渴望的安全岛，如今事业才是妳最感安慰的安全岛。虽然被体制所封锁，妳在自身的安全岛上对于幸福安乐的追求似乎是飞舞着透明翅膀的蝴蝶。

光彩透明的蝴蝶，随着海流飘到海洋更远的中央潮带。常常，对着满室的海潮声，妳对她诉说，妳喜欢毕加索在二十世纪最初十年的画作，画家的蓝色时期与玫瑰色时期为他的年轻岁月献出梦幻般的色彩。

在没有钻研学术的日子，妳对她说起早年许多的传奇。有一天，妳曾随爷爷到过一处十分偏远的乡村，在金三角深处的部落，你们走过一座植物吊桥。那是整村人以好几代人的四五百年的时间，以两岸高大树木的根藤经百年的交缠，将山崖水边的两岸连接起来，完全不用任何一种人为的附加木板或钉子绳索加固。树的根木的藤筑起来，一座大吊桥，可以供马车奔驰。

一对男女，在一座吊桥的一端。一个爷爷带着他的小孙女，在桥边的树木间教导她如何观察如何选择好的树根将其依附在主干上建立另一座新桥，同时把如何建造一座植物桥的知识一代一代传承下去。妳告诉她，这样的建桥故事至今仍然震撼着妳的价值观。然而，这是真的。

在没有钻研学术的休闲日子里，一些往事会通过他人的童年记忆重现。一只在求生愿望中死去的白熊会做梦似的出现在妳的脑海里，让妳在每一种生灵都渴望想要延续生命的愿望中目睹一只初为人母的白熊在生产中死亡。

在远离原乡的迁居路上，妳今日所居住的岛屿也已是商品化的城市，充满商业冲动的自我原欲，撞击着妳的事业与感情世界。以香港为中心的区域如今形成新理论的实验场地，东方学术界显得十分繁华活跃，有些学术论著悄然进行着隐性的抄袭工作，书写所谓正确的废话和诡辩之词。

学术自由，在今日的大学里已经死亡。

学术机制让大学教师远离专业的研究者角色，成为商业活动的一分子，将妳视为资本主义中一个可供产业化剥削的对象，而非知识与学问的开拓者。我们在体制中像一台榨汁机一样让自己被压榨完所有的时间和精力。妳说。妳身边以前喜欢思考的人如今变成论文的制造者，以文字和篇幅的数量取代第一流的质量。

那位至今唯一获得数学界的诺贝尔奖——菲尔兹奖的中国数学家，早早看出了东方学术界的腐败，这种腐败甚至将会导致中国科技的发展倒退二十年。妳已沦陷于学术界为自身所设的困境之中，一方面身为学者，另一方面身兼学术模特儿。

走在道统天桥之上展示语言的衣料与思想的潮流，用尽各种手段，拼贴的、层叠的、悬垂的、层包的、缠裹的、流动的等等各种形式展示学术的曲线身段，真正有思想有新意有价值的研究成果已变得少之又少。一个学者写二十篇论文其实和写十篇没有太大的差别，实质上的差别可能只是数量上的不同。我并不追求数字上的量化成就，我只想开创新的言讬，如拉康如福柯如德里达。

妳有点愤世地对她说起妳的宏愿。

我也认同德曼的见解，应把学术视为广义的文学，一切书写与语言都是隐喻式的，根深蒂固地，甚至将作者自身都隐喻化为符号，借比喻与表喻构成自身的文体。妳说。

妳和德曼一样深信文学与哲学，乃至法律与政治理论的著作都和诗一样。都是隐喻文体的一种建构。妳自觉和她没有两样。

两个妳或两个她，是一体两主，是同性同体也是两性同体。

同样都是以一组符号取代另一组符号，相互借喻与比喻，好比文学与学术，好比诗与文，好比虚构与现实。

隐喻的力量显得极具说服力，好比爱的力量。妳用伊格顿的话说：文学和诗，最喜演绎武断的天性，而让读者游移于"字"意与寓意之间别无选择，被文本带入无底的语言符号的深渊。当学术变成一种知识型工业以后，强力冲击了软弱的学界的传统观念，冲击着锐意革新的改革者。

在春末时分，木棉花树下，妳看到学院中的枝叶已经枯萎，也看到学术帝国中一个叛徒的堕落与消亡。妳，最终只是一个无声地叛变的他者，没有找到叛变的主体与自我。

叛变问题背后所隐藏的答案，就像他者对于自我问题的一种反串。妳始终只能是叛变的他者，而不是主体。

学术工业的目击者

一种巨大的痛苦
养育着精神的炽热火焰
这一代尚未出生的孩子们

我目击，然而我没有指控。

我目击，但我不是证人。

这是妳对她的倾诉。现今学术界各种怪现象在我眼前发生，我们耳濡目染，目睹许许多多的学术垃圾。各式各样的垃圾思想将当代学术界沦为一种时尚而又庸俗的另类文化工业，将学术包裹在奇光异彩的论述与语言之间。

大学是一处华美而哀伤的堡垒。身在文学界中，我从很多年前就开始为大学研究被教资会所霸权绑架而忧心。文理绝不能统一地量化看待。妳强调说。

大学的学术，被操纵在掌握了金钱大权和资源的少数人手中。学术研究再也没法回到自由而透明的年代。这是大学的死亡。

许多人完全不问到底是谁在分配这些公家的资源。

前沿的学术课题，乃是最专业的知识，根本只有金字塔尖极少数人才有资格去评审另一前沿性质的研究构想。因此大学校园里常流传很多学术笑话，许许多多似是而非的评论观点，令人喷饭。

外行领导内行的学术悲剧时代到了。

换来的结果，是一般较普遍的研究课题反而比那些真正卓越的、最前沿的研究课题更容易取得研究资源。那些没有深入接触有关研究计划第一手资料的所谓评审者，仅凭一份数千字的研究计划书，就作出所谓的评分和评价，这是当代高等教育中反智行为中最大的讽刺。这间接让学术研究沦为资源的争夺战。

在学术分野上，文理各自有不同的，甚至相对立的本质。大学教资会和大学本身不分文理的根本性质差异，以统一的量化制度支持理科的发展，却从另一角度扼杀了文科的发展。教资会高层的所作所为，让原本可以有更多时间去做学术研究的学者，花费更多时间和精神去应付所谓的研究计划书。这些为了竞争所花费的时间和精力，远远地比实际的做研究付出得更多。

现今学界里盛传的暗流是，大学被研究基金操控与绑架的黑暗时代到了。

夜晚的暗物质，无限扩展，一脸哀容现于妳的眼前。

妳出现在她眼前，今夜，妳的故事移入特拉克尔的诗句中，勾起妳战时的夏日阳光和孤独。

夜晚的时候有几个友人来访，妳陪她干了一杯酒，一起谈起昨夜的梦，还有死亡。妳和多年未见的老同学干了几杯酒，回忆起当年留学外国的往事，这一群走过了风华绝美的青春老人，一张张脸庞上弥漫着玫瑰的光芒，你们脸上的皱纹是这座城市的街道，带出整座城市的迷茫与逃离。

妳追忆起那个逃难路上与你相伴的男孩。再见到他时，他已是颇有名气的社会学家和文化评论家。这个让妳找到文学语言的男孩，回到你的生活圈子并改变了妳原有的生活形态。他依然是一个能够打磨妳内心原石的媒介体，并重新有暖流穿越妳的内心荒原，这荒原只有一座属于这个男人的城堡。

那是你们途经吴哥诸神巨雕的晚上。妳在夜晚中看见天国落在人间的景象。后来妳在大英图书馆的破损档案中，找到元代使臣周达观笔下所述的真腊王朝，那里有最为华美壮丽的历史场景。无数的金塔，数不尽的金佛，奢华的金桥，守桥的金狮子，各种铜象、铜牛、铜马，还有红樟木如山般在城四周展开。每当节日来临，鹿车、马车、象队，长长的象牙套上黄金牙套列队走过皇宫，宫女三五百人迎歌起舞，掩映在含笑的石雕周边的树影里，在昏暗的天地山林废墟间见证人类的未来和爱的死亡。

你的故事永远迷离，有超然的人情世故。在妳的追忆中，那是一座从未消失的城堡寺庙。寺庙，是妳年轻时代的记忆活体，旷野中的石雕遍布忆念的岩石。

永恒的微笑诸神，世世代代在旷野中不受外界世人的打扰。有关妳的故事的原型，妳自然也和她一样喜爱吴哥古城中的印度神话中的维护者毗湿奴。

在安眠和醒觉之间创造和毁灭宇宙，是多么洒脱和逍遥的情怀。从毗湿奴肚脐里长出的一朵莲花，诞生出梵天开创宇宙，而后湿婆又将之毁灭。一奴一婆，是这梵天帝王之神的左右手。毗湿奴漂浮在宇宙之海，躺在大蛇阿南塔盘绕如床的身上沉睡，大约每四十三亿又两千万年醒来一次，宇宙从他的肚脐里长出的一朵莲花中诞生，然后湿婆又把宇宙毁灭。

这传说，变成了妳的神话。白天，妳的世界被湿婆的战乱现实所毁，夜晚又被醒来的毗湿奴肚脐眼长出来的莲花重新创生。这正是妳当时逃亡路上的终极感受。在毗湿奴反复沉睡与苏醒间，妳体内的宇宙不断更新，留给妳最为甜美的爱欲体验。瞬间让妳生生灭灭，在桑香佛舍，在毗湿奴寺。妳仿似是世上最大庙宇中一座长久被人遗忘的女神雕像，突然间被人所发现惊醒了。

吴哥文明只留下一堆令妳惊奇的石堆，新月沃地文明，阿纳萨齐文明，大津巴布韦文明，满者伯夷王朝，马六甲王朝，素可泰和阿瑜陀耶王国，如今都只留下一堆石塔和金塔供人悼思，有的连一块石碑都没有。

古王朝留在巨雕上的微笑，后来在妳心中成为永恒的东方蒙娜丽莎，成全了妳一生所有的爱欲追寻，冒险的爱，孤独的器官，十字架的心，基督的热吻，都是妳多元合一的体心会悟。

妳但愿他如今还记得那时那个留着长发的女子，妳的长发逐年剪短了许多，再也没有回到以前少女时候的长度。

妳的发，在妳的记忆中是他人记忆中的语言，一种会说情话的发丝，长长的，长到绕过妳的青春绕过妳的中年，绕过妳所喜爱的古雕巨像，在诗人生活过的村庄绕过妳的童年来到妳的身上。在学术工业的帝国大楼里，妳所选择的这一条学术与艺术追思之路是那么的漫长，在妳身边绕来绕去，始终是无边无际的他者，空洞而多元。

在学术工业的大潮中一个目击者，妳，是娼妓也是嫖客，是共谋者也是利益既得者，是被害人也是受害者。

苦行僧的学术生涯

沿着颓败的城墙
神圣的兄弟来过的地方
异乡人沉醉于他疯狂
的温柔弹奏之中

多少年前的一个黄昏，妳说，少女时代的恋人后来躺在医院病房中深切地看着妳，说起他死前听到遥远记忆中残留下的一声叫唤，有着空洞哀伤的回声。那是求生的白熊在死亡中渴求生育的愿望。

那熊，生前那个男孩叫她做"死猪"，日后取名"重生"，纪念逃亡路上相伴的人，以及葬在战火中的童年，还有日后同样死于学院的人生。死去的生灵，剥夺了她想要延续愿望的情怀。在中国的南方，一只想要成为母亲的白熊在失望中死去，白熊死前的不甘唤起历史长河中所有母亲空洞哀伤的叫声，贯穿双重意涵的现实与荒野，成为男孩少年的情感图腾。

这白熊意象如今也成为我的生命图腾，妳说。其实这也是我的命运图腾，是我的修行。妳提醒她，强调了这白熊故事对妳也有冲击。

妳如今在女人的爱中重新接受宗教的洗礼，妳的世界即可在妳到来的时刻，依然显得卑微。爱与家，曾经是妳们内心一个小小的乌托邦，悬垂在家园的一座阳台旁，摆放着，千疮百孔的心。

学术生涯的修行，是妳的事业之路妳的学术之路也是妳的婚姻之路，揭示了爱与功名真相的发现之旅。

离婚以前，妳是拉康的信徒，妳把拉康的语言概念发挥在妳的爱欲论述之中，把语言和爱的存有与实体解构为欲望的掏空言行。爱和语言一样，通过恋人与书写者将想象态完满性撕裂，而且永远也无法意表，永远无法言传。无论是以一种语言代替另一种语言，还是以一种书写代替另一种书写；文学也好，学术也罢；爱欲也好，理论也罢；都是以隐喻取代隐喻，永远无法恢复我们在想象态中所体悟的、一种纯粹的自我与主体。

在书写中，我们都成为他者。

而在恋爱中，我们却把彼此的主体交付给对方。

在妳的人生主题中，爱始终是主旋律。妳所追寻的爱，之所以真实，在于爱中有一种无可避免的毁灭，一种无法控制的转变力量。妳如今居住在没有爱情的城市。爱的神话已经消亡，新一代的人已不像当年妳年轻时候那般信仰爱情。大部分的新一代人很早就已不再相信爱情。妳只有在恋爱的时候，这世界才真实起来，对于恋人来说真实也往往只是虚幻的活本，唯有相爱的恋人才真实无虚。

这是一座丧失了传说与传奇的都市。两个中年女人在一座陌生城市的公园里，躺在巨大的合欢树下，在春天的一个傍晚小睡了一会儿，梦见了彩色的童年。醒来后不记得童年的忧伤，只记得爱的感觉，和月光般的色彩，遗留在中年女人的眼底。

爱情还没有开始前，妳已忘了少女的世界是什么样子，有了爱，妳才懂得如何舍弃世俗的身体需求。而男人有了爱以后，更加迷恋肉体。如今妳已然能够更加超越地面对所谓的爱情与情欲的诱惑。

仁慈，和爱一样无须任何的条件。

天堂每一天都在身边，所有的美丽都成为可能。

妳喜欢妳今日的生活，但妳仍然感到失落了什么。妳向她倾诉的，是已经淡泊的陈年往事。对于妳自己的故事对于学术的思考，也只是妳对生命的一种思考模式，妳的整个内在生命接触到了某种本质某种核心：我的安全岛快崩溃了，超时工作成为正常的生活形态。日常工作中对于速度的追求，并没有为我的日子争取到更多休闲的时间。那些以更快速度完成工作后换来的时间，并不属于自己反而是更多的工作。

许多人在快餐文化中以慢食对抗美食的追求。虽然午餐时间只有短短的一个钟头，扣除往返餐厅的时间，加上排队候餐的时间就只有很少很少的时间；然而没有人要求也没有人有权利要求更长的午餐时间，事实上如今许多人已经在计算机的协助下完成了大量前一代人无法完成的工作量。

这一代人比过去任何一个年代的人更有权利立法要求更多的午饭与午休时间，这其实也只是很小而合理的一个基本要求。妳如今还在学府中教书，刚刚想要从一间著名的学府退休。两代人的两个少女时代，在一只白熊的死亡中把青春的心抛出理想国，像狂野的众神般地死去，燃烧着炎热的火焰，为那些精神上尚未重生的人照耀逃亡的人生之路。

我们一辈子都在逃亡。妳说，哀伤来到面前，在我们撰写论文的时候，发现了自身是一只不知回头的蝶。

一只迷路的蝶，深深钻入书籍文本之间的花丛森林深处，跳起不可思议的孤蝶之舞，妳伸展四肢，赤身裸体深埋在金黄色的花蕊文字中觅食。

回旋。缥缈。狂舞。

以前张爱玲也曾留下谜一般的爱情寓言。妳和她都见证了这时代曾经盛行过的爱情信念，相信只有无条件的爱才是真爱，深信有目的的爱都不是爱。深信感情不应当有目的，也不一定要有结果，同时也深信婚姻只是一场合伙做生意的交易。神圣与庸俗，今天已经没有几个人愿意相信爱情，也不相信功名能带来荣华富贵。

妳没有料到妳日后大半生都在漂泊中走过来，妳和她的文字一样有着同样的遭遇，明白了人生是没有什么意义的一本大写的书。妳落在异乡的离散生活中，沉默到底，在伪生活与性友谊盛行的年代，妳简直可以自嘲地，让自己成为一种隐喻。

诗体内，一个知识分子的黑暗诗句

妳接受了她的自我，也做了
　　自己的替身。
你们不是彼此的他者，自然
　　也不是彼此的自我。

穿越商品丛林的心灵

鱼和兽倏忽游移
蓝色的灵魂
灰暗的漫游者
很快我们与爱人
与他人分离

黑暗在妳的心中，就像她是妳隐而不宣的诗体。妳们自喻为卡蜜尔与罗丹，游憩于田园里诗般的浪漫，犹如废园中被人遗忘的鬼魂。

妳给了她青春之美，她也给了妳欲望和情诗。

这样的故事，只有那些亲身经历过的人才会相信。妳们的关系，就像一首黑暗的情诗，像许多学府的秘密一样不可告人。

秘密，像妳人生里的许多经历一样，很多都是一种诗的表现。回到香江后，妳就和她一起生活，从此妳知道她以前和如今的各种痛苦，就像妳知道教育界变成服务业的现实后的苦恼。教育文化沦丧在她的年代。教育已慢慢变质为服务行业，不再是文化事业。服务已实实在在变成教育的本质，导致教育的危机。

这种大学教育演化的历史有种哀伤的面容，落在妳和她的身上。

在妳眼中，她始终是学术界的异乡者，一个在知识神殿破灭后的废墟上的漫游者，一个终极不变的异乡人。在她的脸庞上，妳看到了自身的沉默和妳晚年的刻痕与哀伤。

伤，是一处隐秘至极的洞穴，是欲望的洞穴是人世构筑欲望的图形。

妳们绕过夏天幽暗的小径，转向社会结构的死角，成为某种形式的逃犯。

妳知道历史充满黑暗的心，回忆也一样，妳一直都没有逃出童年的黑暗死角，以及逃难途中借宿过的破败庙宇。妳看出她记忆版图中一处蓝色琉璃花窗早已经破旧，而神殿墙上，简陋的神祇早已老去。

年代已经不可挽回地改变了，如今的大学教授就像许多学院外的文化人一样，独立的人格，已经丧失。

妳在她的后散文中看到她自身幽暗的脚步，对着油画般的质感，她感到飘忽，在人文体变的时代，她的飘忽散发出岁月的美感。

人文消亡的时代，丧失在知识传统的消亡中。

妳在她身上看到一代书生陌落的身影，也看到香港高等教育界中，教育市场化的大气候中一群沉默的知识分子隐然成形，文化建构的疾病成为东方之珠的内隐病症。

这是沉沦中的泰坦尼克号的旅程，也是大学崩溃的时代。她看出妳的不安，也看出现代高级知识分子以及其他各种专业人士，都开始了丧失完整人格的、所谓的专业生活. 扮演着没有了独立人格的社会角色。

这是一个民族另一种模式的尊严消化过程，创造与开发知识的学人早已失去了传统的身份与地位，不可挽留地被商业主导的活动取消了。

学院里，妳看到她的生活是一场透视自我的过程。

妳在她的身体语言中，看到商品化的侵蚀力量如何将她这一代人的精神支柱吞食掏空。她的写照也是妳这一代人的写照，妳的精神正像妳的肉体，已不是上帝创造的，而是商品活动的运作，知识之花变成商品之果。

商业，造就她的专业形象她的事业她的人格她的精神核心物体。妳说。

这恰恰印证了马克思的预言：所有的事物，最终都将成为可以买卖的商品。教育部变成了教育商品部。青春、知识、思想、学问，身份、人格、爱情、性爱和婚姻都已沦为商品，在妳们所经历的全球化学术之路上，到处兜售。

大学成为职业培训所，妳们声嘶力竭地在立法院前示威，然而资本主义的企业化思潮已经深入灾难性的百年树人的基地，妳们完全无法翻转教育商品化的体制结构。

当年妳们创造了知识的真相和美学，今日却被毁于商业化的当代学术机制，扮演行尸走肉。

妳在人性之中观看妳的人性，在美好中观看美好，也在黑暗中观看黑暗。

这是怎样的人生景观，怎样的学术生涯？

穿越黑暗的艺术

悲哀的时刻
太阳
沉默的面容

通过黑暗，我看见最美丽的色彩，妳说，多变而扭曲的世界是我如今面对的世界。

在妳的研究室里，挂着毕加索的玫瑰色与蓝色的画像。艺术画家的古典写实笔触，让妳体认到现实更深的本质，一种发生在妳现实生活中扭曲的本质。挂着的几幅大师的复制品，有少女肖像，人生，还有丑角与猴子的家庭。

妳必须用妳所懂的各种理论去认识画中的每一线条、结构与色彩的肌理，如此才能摆脱学术思维的围困。妳如此告诉她说。

她，曾经是个人物，有名望的雄狮王子。如今已被她的族群放逐在过去一度属于她的领地的边缘。一只老去就被流放边界的雄狮，妳从她的身上看到自己未来的人生。她是妳的诗，妳是她的诗体的结构。在诗中，妳们曾有的往事都成为苦涩的文字，在意象斑驳中体验绝望与空虚。

我已精疲力竭了，妳说，我的人生有如炼丹术士将自己投入熔炉之中，只为提炼一页学术的神话。

我现在感觉自己越来越像一个顶级的婊子，在学术界中过着一种应召的生活。我居住在一座名为香港的小岛上，隐秘地做了应召娼妓。这种感觉感染了岛上一座古老的学府，散发很难令我这一代人忘记的一种独有气息。妳说。

和她一样，妳也不想一辈子被关在历史的黑暗之中过着学术娼妓的生活。不管是才能还是美貌，我们开始了现代娼妓式的日常工作，再而三地想要高价出卖自己，获取功名和富贵。

历史中有很多黑暗物质与黑暗能量，艺术也是，充满和文化一样的黑暗史。许多国家的教育界暗藏着黑暗的心，然而黑暗的心能够囚禁心灵吗？

妳看出来了吧，她已经被囚禁在黑暗的知识界很久了，时间长得她已记不起是从哪一个朝代开始。和妳一样，她不想受囚于校园之中，不想受困于思想、学术、知识和各种理论的牢狱之中，却逃不出学院的生活。

这一座新兴的小海岛，被古老的大陆所包围。古老的学院传统生根于新兴的学府，有着我自身隐秘的黑暗诗句。妳说。

妳像达·芬奇，开始了妳在东方颠沛流离的散居生涯。

在教学和撰写论文之余，在妳走过的路上妳签下妳的名字，留下高傲的寂寞和崇高的孤独。这些年来的海岛生活，妳知道她仍然忘不了当年妳在西方世界的游学生活。妳仍然没能完全忘记妳的许多情诗般的年轻时的事迹。从台北回到香江后，妳感叹如今的学术界演化成技术马戏圈。妳目睹学术界的退化现象，学术文化退回到二十年，甚至三十年前的水平。教学环境和学术研究演化为种种技术表演，很得体地用漂亮的言谈表达各种意见和思想。

妳知道她还在寻找某种现代生活的核心意义。妳知道，学术界也在寻找自己的位置。在政治、经济、文化和语言之间，海岛的一个文娱艺术区的开发与建设成为注目的焦点，成为文化沙漠未来的文化地标。这些年来，妳知道妳的学术舞姿还不够精纯。妳从无人知晓的内心绕过夏的孤独回到妳的研究室。走她走过的人生路，绕过妳的青春妳的身体绕过夏天和门后的山河，共同想要更专业地游舞于学院之中，在学术中与死亡的经典对话。

空洞的死角，至今仍深锁在岁月门后。

教学研究之余，妳一心想要寻找再次开启童年的密码，妳知道妳早已遗失了通往童年心境的钥匙。许多千多天真而美好的往事被尘封于大都会的黑暗死角。没有玩具没有糖果的童年，只有牲畜难产的哀叫填补了死角的空虚，声声重复回应了远去的粤曲残音。

幽暗的天色，未曾从边界消失，就像学术界中黑暗的诗句。

这是怎样的学术之舞，怎样的商品人生？

荒野中知识分子的黑暗诗句

晚间，异乡人
在黑暗的十一月的摧毁中
自行沦丧
在腐烂的树枝间

　　妳多年来追寻萨义德的知识分子论，想从各种强大的压力中寻求独立的人格，并想做一个对权势只说真话的人。妳的原始纯真已被殖民主义一再蹂躏，妳反对抽象的神话式学问以及其中的虚假修辞。

　　妳眼看现代学者和艺术家一样，有时候扮演着社会的蟑螂大师，不管在任何恶劣的环境中都能生活，能够在困苦中寻求精神的出路。这可能是鲁迅笔下另一类阿Q的升级版异变品种。

　　这是过渡时期的丛林地带，复杂的学术流派构成商业社会中的丛林元素。学术丛林原则割裂妳的生活，砍伐内在心灵，许多和精神有关的感觉慢慢和日常生活的核心断绝了关系。

　　在学术以外在艺术以内，妳跟随大众的脚步往前赴。这是香港的特色，也是许多地区教育界和学术界的共性。经过许多年的磨炼之后，妳开始在教学中注重经典和典律的解读，并从人性心灵的视角为学生展示有关经典如何成为一种制度化的知识传统与文学典范。妳将断代与文类观念交叉建构讲授，以各个时期各个文类的经典乃至国家民族典章制度的构成文本，结合相关的文学理论加以引导讲解。从历史、文化、社会及人生本体的视角，立足话语和论述的水平教授文学与人生的各大主题。

有一天，妳和来自各地的文友去参观尖东科学馆的模型展览，在庞大的文艺发展空间中，唯独没有文学馆或类似的文学展览中心。有人说，在博物馆和艺术展览中心和艺术设计中心和电影研究中心之间，妳们看不到一间小小的文学馆。文学界中许多人感到愤慨不平，商业主导社会又进一步吞噬了文学的发展空间，有人因此发起了文学救亡运动。

岛上的生活，比以前更加变化不定。城市和她的居民比以前更加焦急地寻找自己的身份。身份之前，一切属性的认同都不足以引起人们的人文情愫。内心里许多早逝的爱情记忆，都来分享妳的晚年。妳以痛失年少时光的心情去置疑如今的处境。

妳的旅程也已经远了，像她的旅程结束前的诗句，感觉开始累了。而特拉克尔的诗句青春依旧。沧桑不变。孤独依旧的诗，在黑暗的月份伴妳们走过光明，穿越繁华与荒野。

妳和她依旧是学术荒野中的异乡人，是恋人是师生也是文化沙漠中的艺人，各自以自己的方式将自身变成商品。学术的再生像顶级的娼妓文化那样，为了追求最高的报酬为妳们的顾客填满生命的缺憾，自己却留下无法填补的空洞。

年轻时候曾经历险的荒野，在时间流程中变得空旷。空的力量，散布在如今仍是狂野的地方，凝聚在雄狮的眼中。你就是那只被族群驱逐的老雄狮，曾经叱咤荒野，如今却在干旱已久的旷野中等待雨水带来的消息。

门外裸体的石狮，当年常被妳们选为游戏的物件，如今已走进童年的死角，在记忆中陪妳们一同衰老。当年，妳们都经历过一段声嘶力竭的血色日子，逃过悲壮荒谬的战时岁月，等到稍有安定之感，已是老之将至。

等到也像妳一样的垂暮之年，或许将会摆脱双重的难堪，摆脱妓女与嫖客的精神人格，宣告商品生涯的逃离，像张爱玲那样隐居在大城市中，在不为人事所累的宅女生涯中，独自老去。

妳说。壮丽的花蝶之舞已丧失殆尽。妳想要退休不干了。妳说妳像蒙克自画像中笔影与颜料皆已支离斑驳的画本。在妳漫长的教学、研究和创作的生涯中，妳如今仍坚守自己的信念，有属于妳自己私人的成就感与快乐。但是现在妳不想再干下去了。

在妳撰写此文的过程中，妳透露了心底的秘密，与忧伤。妳为她揭示了情感尽处的隐秘洞穴，黑暗诗句的真相。心灵乌托邦的破灭中，妳想起了那个逃亡的年轻女子，在睡前醒后一再想起，早岁战时死去的亲友与陌生人的肿胀的弃尸长久浮在河中流向远方流向如今妳所在的城市街道，穿越生命的各种地平线，深入历史，贴近隐喻，嵌入黑暗。

无法命名的世代

生活在隐晦中的，爱情

见证时代的学府诗人

走在世界前沿的，少年

无声男版的女性主义发言者

灾难新世纪在，天蝎座，圣歌

藏骸地的倾诉仪式

所有的神灵、天堂与地狱都可以在这座城池中找到，卓贝地（Zobeide），我年少时候追寻梦想的一座城池，一座极其遥远而又极其梦幻的白色城池。

卓贝地深藏在我内心性灵的边界，叫我永不孤独。

在卓贝地，所有的神灵、天堂与地狱都深藏心中。在这地方可能有另一位和我一模一样的少年生活在那旦。在未知的深层潜意识之中催促我走上现实世界的前沿，走在时代的前方。

在另一个卓贝地之城的年少时光里，我很快走完了年少的时光，然后回到伊希多拉的广场上，再后来我又离开了一座半岛到了一座海岛又另一座小岛，从马来半岛到台湾岛到香港岛，我离开年少时候所追求的希望去到的古老大陆的边界，后来重新又回到海岛城市若无其事地散居。

华丽的现代城市生活带着命运的尘埃返回到我现实的场景，夏天，在黄昏中渐渐幽暗下来，天蝎座挂在故乡夜空中闪烁。那是年少时代的星座遗址，天蝎圣歌的主调从潜意识深层的银河宇宙中漂流到中年的日子。

春天晚来的那一年早晨我醒来，醒在，春色微寒的清早看到床头上昨夜抄下的文字：谁让我们相信，所有的一切，绝非偶然。然后我把她笔下的"酒"字换成"爱"以后，杜拉斯笔下的文字立刻变得更加生动起来：

爱之于我，不是肌肤之亲，不是一蔬一饭，而是一种不死的欲望，是疲惫生活中的英雄梦想。而我的梦想，就是希望爱情永远是不死的英雄梦。

一直到很多年后，我遇见妳以后我才相信这句话的可信度；又许多年后，我仍记得妳记得和妳相遇在一座，天生就适合恋爱的城市。而妳，天生就适合我的身体。我们是配套的。妳在耳边说。后来这天生的配套还是发生了无法预测的意外。也许我们只是记忆深层中自己的另一种化身。

在三万尺高空上，我感觉更加的接近天蝎座的云层。我从机舱的小窗望出去，黄昏已来到天边最远的云平线，紫红色的水平线分开下方的墨汁云和上方由浅蓝到深蓝的天空。一切那么平静一切仿佛永远不会改变。在天空裂缝的一角，时间仿佛永恒仿佛停止的那一刻，我想起妳，以及有关妳的复活节假期。想起许多年前的事来。

在我们认识十年以后，我开始了十年前我自己破坏了的承诺，我在耶稣受难的日子来到北京，度过我在北京的第一个复活节。这是十年前我承诺去北京看妳的一个约定。我走过十年才实现的一个承诺，这十年是属于我们的遮蔽性记忆的年代，和北京人分享张爱玲的爱／私语。

后来我从西苏的潜意识场景到自我的历史场景，以另一种反模拟模仿她的语言与叙事，在此所说的一切原本都是她想对我说的。二十一世纪战后无父的时代，当写作从一种对真理的探讨沦丧为商品的运作以后，我躲藏在西苏的历史场景之中，栖居在商品帝国的幕后黑手小心翼翼地建立自己小生活的安全岛，在经济风暴的暗潮中摸索前行。

在十八岁生日卡的童话里我故地重游，游历生命中的各年生日，以艺术的剪裁重组现实世界的复杂结构。在常态与变形的生活实践中，我走在通往人生各阶段的大道与角落，体验现实社会的奇异之门的穿越之旅。音乐，歌声，画像，野萱和神话，正是这样一扇奇异的历史门扉，并不刻意想要揭示现实或心灵的存在，而只是静静为我开启一个国度的语言，开启第五号庭院中发生的，初恋。

通过文学的门，我寻找新文学导师的灵魅。

通过生活的门，过去的自我通过文字的生命建构一再死亡的自我。在充满诗与梦境的语言中，我曾经存活，现身于美丽的回忆活体之中。

在现实的滩岸，我一再遭受自我死亡的冲撞，通过生日通过节日通过青春书简的家门通过玫瑰香颂通过午后阳光和夜晚湖水的茉莉花影，我们终于在天涯告别。

所有的神灵、天堂与地狱，在阳光普照的午后中充满了自身的记忆。大学时代，我或许没有能力去发现新事物甚至自己真正想要的，是什么。那年代有一种忧郁的姿态，预知了我十年二十年后的生活。我的手指愿意承受孤独的触摸，以充满记忆的指头摸触青春。

写作是为了粉碎一切重组一切文字。若不粉碎世界，也将取代世界。而当自我变成文本时，我只有永远是，而且也只能是一种对自我和他人的隐喻：

我的父亲，我的母亲，我的家园，已全然消逝得杳无踪迹。我的语言扮演着我失去的父亲、我海洋的母亲、我的父亲们，和我耳畔的语声。一切皆逝，唯余词语。词语是我们通向另外世界的大门。这是一种孩提时代便可了悟的体验。对于一个已然失去一切的人，不论他失去的是一个人还是一个国度，在某个特定瞬间，语言总会变成一个家园。然后，人住进词语的家园，那里，一切都被放逐，而又未曾放逐一切，一部构成了千万人的书简。

——西苏

十八岁，告别的爱

under the heavens we journey far
on road of life
we are the wancerers
let hope have a place
in the heart of the lovers [1]

勇者的爱

　　一个人在荒野里驰骋很长一段时间之后，他会渴望一座城市。终于，他来到伊希多拉，城中有镶饰了海螺壳的螺旋阶梯，出产上好的望远镜与小提琴。当他渴望一座城市时，总是想到这一切。因此，伊希多拉是他梦想中的城市，只有一点不同：在梦想的城市里，他正逢青春少年；抵达伊希多拉时却已经是个老人。

——卡尔维诺

　　离开卓贝地之后，少年星泉开始了漫长的青春岁月的驰骋，在取得博士学位以后终于来到传说中的伊希多拉之城。一如传说的那样，他告诉她，他要在老去之前找到一座美丽的城市，好像伊希多拉城一样的城市。

　　沿着镶饰海螺贝壳的螺旋阶梯，往上走，他回到了年少时代。在那些对社会文化现象还十分叛逆的年纪，少年看着她坐在落地长窗旁的长形阳台上，拆开班上同学共同签名送她的生日卡，阳台外的道路寂静无人，午后的阳光斜斜落下，这是典型的热带午后的景象，她对着卡片哭了起来。

　　勇者的爱，只会死一次
　　敢于爱人的人，在病中也会去爱
　　敢爱者

在爱过之前早已失恋许多次

但他不会只爱一次

也不会永远不敢恋爱

妳别再审判他了

别再那样看他

爱情，只是社会的一部分

保护我们脆弱的心

爱，从来没有准备好如何面对自己

第二天，少年在图书馆里温习功课的时候忽然想起她哭泣的样子。因为一张生日卡片因为一张班上来自各方的游子共同签名的卡片，卡片上留着不太熟悉的笔迹，一些甚至记不起容貌的姓名一些首次收到的祝福语，中文英文马来文交错纵横并列的一张生日卡，她哭了起来。

每一张生日卡里面都隐藏了另一个世界。这一年生日卡的故事，改变了一个少年的人生。

凑巧在那个午后，拉曼学院的相思树为所有离乡到来首都来求学的孩子吹起微风。没课的下午，两个十八九岁的少男少女在路上相遇，一起走过相思树下回到第五号宿舍。

他们几个同学合租了一座两层楼的房子，楼下有一个小花园，楼上有一个看得见远方山脉的阳台。他们坐在午后的阳台上，少年看到她兴高采烈地将刚刚在信箱里收到的信打开，然后，她却哭了起来。

午后的阳光让她的脸庞显得更加迷离，接近真实的单纯。当年，少年就是喜欢她那时候的感觉，那一天是她十八岁的生日。十八岁，有多少成年人想要重回十八岁的日子，化身炼丹术士对青春进行艺术的再创造再重生。

十八岁，她记起她去年初来首都求学说过的话：让我去从容地生活，让我忠于自我让我看清自己的人生让我好好地生活。我如今的生活，落在异质空间中，无法自拔。那是少年和她日后共同探险的异质空间，开始是有关学业前途然后转入文化和种族最后变成情爱异质空间的案发地。

一封信一张卡的案情事件，让两个原本没有交会的少年，在午后的阳台上，有了心灵的相遇。加拿大摄影师考伯特在他的作品中，以一封信为始，制作了唯美的心灵史纪录片，深具寓意的画面和图景，正是这两个少年内心的情境，表现得恰如其分：

那一天，我收到了一封信／它把我唤回到我生命里开始有大象的地方／让那些话语和图景／如浪花般洗刷你的身体／倾听伊甸园的歌声……沿鸟的徒途／飞翔／我看见了我内心／所有坍塌的伊甸园／那些伊甸园／曾就握在我手里，终却失去……

那时，青春如话语和图景般洗刷你们年少的身体，用来初尝禁果。

他的青春，到处是坍塌的伊甸园。

不需要通过毁灭或创造，他就可以体验人生的纷纭与丰富的烦恼。零乱中他相信破碎的青春会自行组合，为年少时光写下创新而复杂的多样统一的大写文本。

第二天少年在图书馆读书时想起她和她的生日卡，忽然决定要约会她。那是足以决定一个少年命运的，一个下午。同样的热带午后时光，少年回到第五号宿舍，她在少年所设想的地点出现，一个人在小书桌前读书。那时候少年不知道她是否也在怀念前一天相聚的时光。少年乘兴约了她。

那是传说中的告白，以光的方式奔向未来，少年乘兴约了她。

如果那天下午少年回到宿舍，发现她不在那里，少年想，他会不会在下一次见面时像那一天那样向她提出第一次的约会呢？而她的答案又会是什么呢？那一天的约会改变了少年的人生，包括今天他是否会走在香港的道路。情所归，是缘吧。年轻人的世界是短暂出租的公寓，人来人往，不知明天走向哪里又从哪里走来。

美，欢愉，青春，爱情，自由，构成了少年的精神建筑学。少年的心灵语言，一直到今天，可能也没有几个人听得懂。那是少年的卓贝地之城，他如今一切有关城市书写的起点。白色的月光依然在数百年后笼罩全城，街道依然宛若银白的沙延伸到日后中年的梦境之中。

第五号宿舍的庭院

once you had gold

once I had silver

then came the rains out of the blue

ever and always

time gave both darkness and dreams to you

but no one can promise

a dream to you [2]

在那种年龄，少年有点相信当年流行的情歌：为了爱，宁愿在人世间颠沛流离的文学词语。爱是年少时候的大事，很多时候比考试和学业更加重要。经过十余年后，情歌转变为一种毫无夸张的语言形式出现在生活之中变成中年的现实。即使这样，重听当年海洋季节的歌曲时仍有一种驻留往返的忧伤。

年月停留在那一天的傍晚。他们双双走出第五号宿舍的庭门，阳台上站着几个少男少女向他们欢呼叫好，夹杂着几声作弄的怪叫和祝福送他们出门。

那是爱情的年轻影像，半透明的，在间歇性雨季后形成的湖水中世世代代通过少男少女的追寻生存下来，如梦般降临在每一个初恋者的内心湖泊。

那是史前侏罗纪时代的原始初恋的记忆，在少年心中形成诸种心理和有关爱与非爱的想法。

初恋的人也许是史前世界第一个拿起彩岩在洞穴壁上画下图像的人。石壁上第一个人物画像，永远留在他们内心的永远是一个越过地平线上的过客。一个原始人，颀长而模糊，仿似贾珂梅悌的顷刻梦幻凝固在石膏上的雕像，在某个不知名的地点或城市广场长久注视他们，永恒地：

> 在时间的源头／天空满是飞翔的大象／自我的屋子被焚尽／我把月亮，看得更清／还有，我离弃的爱人／和没有实现的梦想／我看见了全部那些我没有接受的意愿／看见了全部那些我希望收到／却始终未来的信／我看见了全部那些本可以／却再也没有实现的……

在时间的源头少年把自我写入诗中给焚烧了以后，来到时间源头上的光谱，进入量子力学和相对论的神秘域境。初次碰撞恋爱的体验，将少年推入"弦理论"中更高维度的时空里，在他的"平行宇宙"里扩展往后数十年的心灵领域。

这是他大脑中的坐标，他所身处的知觉空间，投射为自我所创造的自恋指数形象。

那是在马来半岛中部一座古老小城里的、专属于少年的万有理论模型。许多年后，游客一年一年走在十五世纪的古城门前的土地上，这些游人再也看不到少年当年所看到的海和那棵古老的凤凰花木。少年来到女孩的家就在离古城门和古教堂不远的一角，和女孩待上整个暑假，陪她考大学。

那是青春的黄金时光。他从东海岸来到首都，而她从西海岸的古城来到首都，他们共同面对着前程和人生的选择。在那个年纪，少年已有点理解波德莱尔对于青春时光和爱情所做的隐喻，那是魔爪在少年身上留下爪印的青春质感：每一分每一次热吻，都是魔爪夺走青春与娇艳的结果。

青春时光的爱情是梦的一种展示场，而中年的爱情则是现实版的展示梦境，带她走过她的少女，年华。

少年记忆中的她，走过了她的少女时代。如今计算机与网络从无到有，从抗拒到不甘愿的接受与使用，如今占据了她的许多生活空间。她说，有时她感觉她还处在少女的时代里，心里有很多莫名其妙的感觉。或空洞，或迷茫，或感伤，或想念，或坦然，或执着，或简单，或蹉跎了时光，或揉干了记忆。

他躺在床上对着计算机，在朋友们的空间里瞎逛。他想起以前在信笺上满腔热血地写信倾诉，和今日敲打键盘想要掏空所有变了质的思绪的放逐之间没有太大的差异。那些曾经属于自己的文字已经变得如此地苍白无力，轻轻一触碰便可以灰飞烟灭。她说。

他沉浸在蓝玫瑰中的情感，不敢直视自己心中的真实。她害怕哪一天陷进去。尽管，她知道自己永远不会真的做到沉陷，不会。

永远不会。她说。

许多年后少年再次经历自我改革中关于爱情的升级版生活。经过爱的洗礼，在未来十年的人生路上扮演了小说家文本中经过变形处理的某种类型的巫师。男人需要经过很多年后才能在未来的现实中看清他如何看待爱看待婚姻和家庭。也许，男人最少需要等到三十五岁或四十岁才清楚知道自己真正想要的是什么。

那是奥维德的第一部诗集，《爱经》的创作是少年对罗马哀歌的跨时空注释，然后是无数世代的《变形记》的完成，最后才是《爱的艺术》的激发。自此他如被放逐在罗马以外的奥维德，在黑海边在青春遥远的边界在迈入二十岁之前，就体味到忧郁、凄苦与哀怨。在那一两年时间里她带给少年许多人生中重要的经历，在情感和情欲上互相把对方推入更成熟的境界。她带少年回家乡见她的父母见她的大姐和姐夫，以后又逐一见了她的两个姐姐和哥哥。她没有弟弟，少年没有妹妹，这就感觉是一家人了，但又掺杂着一种不太真实的不安。

许多年前，少年一心想知道初恋情人所提问的一个张爱玲式的问题。少年为初恋女友能提到这一疑问感到惊喜而困惑。她问，张爱玲的这一句是真的吗？你也是这样吗？哪句话，说吧。男人憧憬着一个女人身体的时候，就关心到她的灵魂，自己骗自己说是爱上了她的灵魂，唯有占领了她的身体之后，他才能够忘记她的灵魂。是真的吗？

那已是很久以前的往事，不管是否她还怀念他，情有所归即是缘。男女的爱已无所谓真与假。

天涯告别

leads me to woods of dreams and I follow

for hope has a place in the lover´s heart

a whispering world

you may dream

and if it should leave

then give it wings [3]

　　许多年以后，他在盛夏异乡的夜晚一个人游荡在自身的弦理论时空中。繁华过后，只想等待天亮。在香港的太平山山顶，风仅有的余温温暖不了清晨的冷冽。

　　在港岛的太平山上，初夏的温暖让他快要因思念而冰冷的心泛起一丝醉意，以及丝般的脆弱。那一年的生日，他面对将要失去的爱情，内心有一些彷徨也有一点释怀，但最大的恐惧是害怕孤单，她的离去，是永远回不去了，即使他不曾放弃。

　　天涯告别，他把写好的告别信和生日卡烧成了灰。

　　当所有的记忆烟灭灰飞之后，少年星泉才肯相信在他已经沉陷的心里一隅，他用尽少年所能有的微观维度的空间和形态、用足他所可使用的点状、薄膜状物体的决心，作出不同维度的决定。各自都不知晓，日后会到哪里闯天涯，又会如何以文学书写的方式在符号和意象中追寻。多年以后社会巨大的变化中，他们又将如何面对当代文化的召唤。

往后的岁月是少年开创他自身多元宇宙的日子。他追寻他的平行宇宙，他也寻求他的"人择原理"，他需要人同一个创造者去开创他的小宇宙。少年知道他若远行回程就必须放弃。他脚下的行程抱紧他，一站一站，有点伤心地一路走下去。路上的水露潮湿的景色，远树群山微雨晚风都很能勾起当年他们求学台北的记忆。

爱情，让青春越过年少的纯真，而纯真的死亡让生的追寻经历真实的冲撞与劈裂，放逐于，天之涯。

少年记起过去的一些日子里，他是如何沉浸在电影里无法自拔，影像缭绕，让人在倦怠中产生一种臆想，有如暴雨过后的空气，湿湿的。玻璃像被笼罩上一层薄薄的纱，神秘的，美丽着。少年如往常般睁着眼睛躺在床上，习惯了冰冷的空气习惯了刺骨的冷。

习惯了简单。那年夏天的微阳，偶尔有细雨或暴雨。那些年月，每当冬天的时候，记忆中有着比他们初来香港时候更多的雨。阴灰寂寞的天色，异乡都城，他们都曾以一种不熟悉的语言诉说着他们的悲喜。

夏，从八十到九十年代初的天空，常常还是非常的清晰明朗，像琉璃般的透明。这二十年间，他特别钟爱歌，经历了来自心灵与物质的各种音乐洗礼。

音乐与歌，诗与图景，都是少年青春时期的心灵狩猎者，牢牢捕捉住，这些供日后中晚年追忆回想的美丽情事：

　　这些图景／是写给我梦想的信／这些信／也是我，给你的信／我的心仿如一座老屋／窗户已多年没有开启／可现在我听见窗户打开了／我记起／鹤群在喜马拉雅的消雪上漂游／在海牛的尾鳍上休憩／我记起／有须海豹的歌唱……

年少时光有如木匠手中制作的实木窗口，有桃木的香氛，有神话人物的影像，有梦。从年少的梦跨越，从童年家乡湖水树林中成千上万的萤火虫美景，从少年野外黄昏天空中飞舞的上百万只蝙蝠的赤道飞图，从中欧洲的大教堂跨越到巴西古镇街头上的黑人玫瑰园教堂，再到西非丰族预言法师的、最后歌者的歌声，鼓，舞蹈和鲜花，——陪伴少年远眺海洋的落日。

非洲神灵与海的女儿雅曼佳以她独特的歌声，呼唤少年，和众神的降临。

这一少时盛华充沛的乐音是紧张的学院学习生活中的一块净土，在少年的荒芜地域中是少年的心灵私语，在少年的初恋年华中以无法用言语、母语或方言表达的内心情感触动着少年的日夜，如色彩艳丽的爱的影像掠过曾经失落的，海岸线。

如果要用一种自然界的物种去形容无形的音乐的话，少年会选取马达加斯加岛上巨大的猴面包树的自由姿态加以展示、形容、象征这一种美的终极姿影。

城市孤儿

a homeland moon

leads me to woods of dreams

and I follow

who can tell me if we have heaven

who can say

the way it should be [4]

另一年，九十年代的另一个寻常的午后，一个女学生独自在资料室里抄写，手边放着一本《西厢记》。少女从文本中走入凡间的复杂眼光之中，在图书馆，在斜坡路上，如今坐在他的眼前，翻阅书本的声响和邻桌上小金鱼吐泡的水声有点相似，在人们缺席的地方形成人与物之间的距离。

少年那时完全没法预料，年少时丰沂的爱情意象将会是中年以后颇为苍白而匮乏的主题，也没料到，他累了。多年后，在另一座学院，他感觉到这座城市里的女孩仿佛不再是《西厢记》中的女角色，毫无表情，像梦一样飘忽。他感到心慌。诗人节过后，除了资料室的工作外，研究生又必须到语言中心的自学部当值。有一天有一个人生日，不想来当值，有一个替身代友当值了，离去的人走开时留下一具印着红唇的磁杯和一幕褪色的山水。

那些在语言自学中心的日子，他常在一个少女，两个少妇和一个代替主人的杯子之间度过几个欢乐的下午。恩雅的歌从大学流行至今，不久，一个少女房里的两条小金鱼死了，鱼缸，一直空着，再装不进任何的梦想。

后来，那两个时常互替的少女，以笑脸替代了忧伤后很快又不见欢颜：一个是寻找身份的城市孤儿，一个为卧病的祖父和自身的第三者处境而悲哀。许多年后，这两个少女都成了这座城市的新世代作家。然而，到底人们应该为什么而悲伤才不会白白悲伤呢？什么是伤的本质呢？而物的本质人的本质又如何？

在这座城里，他们和许多到城中的寻梦者一样努力读书，写作，在内心里笑傲江湖。少年是文学的寻梦者，考伯特也是另一种寻梦者，来到卡纳克阿蒙神庙的尖碑底捉住历史，摄像，写诗：

> 恒河的流淌／尼罗河上的船航／我记起在哈特谢普苏特／女王神殿回廊上的徘徊／和很多女人的脸／无际的大海和绵延千里的河流／我记起父亲变成孩子／还有那些味道……我记起，所有／可我却不记得／我曾经，离去过／记住，你的梦想……

古老神庙内哈特谢普苏特女王的玫瑰花岗岩方尖碑上，曾经有过辉煌的梦想，一如他的少年时代。

台风天过去以后，香港的天空再次放晴，小鱼缸一直空置着，装得下一个雨季的雨水。上世纪最后一年的夏天，森姆台风带给香港一次最大雨量纪录的濡湿记忆。带来了最多的新闻和最多的风的重量。华航客机破纪录地在风雨中翻身飞舞，在香港九龙旧机场跑道上撞入海里，一如森姆的台风名字一样狼狈不堪。

在香港生活，生活的侧影在他心中留下了烙印。那几年张爱玲突然再次闯入他的生活，和大学时首次邂逅张爱玲一样，他在几座图书馆和几座城市里寻找有关张爱玲的一切资料和故事，甚至在梦中遇见了她。在香港大学陆祐堂二楼的一个转弯处，抬起头，就碰见了和照片中长得一模一样的张爱玲。画面突然切换到在宿舍里跳马来舞蹈的场景，有人——可能是张爱玲吧——在旁边唱着沙央沙央——梦中的舞姿一刹那间拟态在虚无中。可能太震动了也可能潜意识不知道下一步应该如何发展，不知所措地竟醒了。

那一年，读博的第二年春，在许多人的生活中大概也是风雨最凄迷的季节，这都源于暗地里发生在香港机场的童话故事。没有人愿意对谁说起，这样一个现代城市的童话。

在很久很久以前，有一座建在海边的机场，城市的发展很快就把机场逼到拥挤的小角落。每天，飞机日日夜夜地飞过城市的上空，飞过卡片上的各种节日，飞过，低低的房屋，低低的，低到可以用手去摸的那种飞翔，像摸童话中的大象那样，可以听到各种奇怪的叫声。在九龙的街道上，在破旧的天台上，他可以做梦，梦见飞机的梦，梦见蓝天中的飞机掉入他的梦中，梦见他自己早已经不认识的自己，梦见梦的飞翔，梦见飞机飞入他的梦中和他的各个自我游玩，幸谦L，幸谦C，幸谦N，或者幸谦1，幸谦2，幸谦好，幸谦坏……无止境地，在都市中漫游。

这是少年星泉的黑天鹅宿命。纷扰，混沌，反的流向，引发他生活中的蝴蝶效应。不是每个童话都有一个快乐的童年，有一些童话总会有悲剧的收场，快乐的童年也不保证会有个快乐的结局。

有一出戏，有一则童话，可能会令他从头哭到尾，这样的戏和童话，他会不会想看想不想继续听？

都市漫游者

启程，在六天七夜之后，你会抵达白色之城卓贝地，全城在月光笼罩之下，街道宛若一束沙，缠绕在一起。这个城市有这样的创建传说：不同国家的人，都做了一个相同的梦。他们见到一个女人，在夜里跑过一座不知名的城市……

——卡尔维诺

城市漫游者开始了网上的过客生涯。在无形无影的空间里，许许多多的城市漫游者在寻找他人。

跨过新世纪的午后，世界像年少时代泰戈尔诗中的那个世界，在他们的窗外，走过。带着过客所惯常的冷漠与温柔难辨的神色，向他们说声：嗨，午安。然后走过。

向过客问候的过客，心里想的是什么呢？把世界留在卓贝地街道的沙滩上吧，但不留下一丝痕迹，和气息。有时候，她会说，幸谦怎么也已经会变成网上的过客了？他曾经在无形无影的空间里寻找她，问候她，等候她。一个又一个午后，网络的世界像年少时代泰戈尔诗中的那一个迷离美丽的世界，每日匆匆地在她的窗外走过。

走过了，世界带着过客所惯常的语言，有如他记忆中的她的神色，向少年说声：嗨，早安。

早晨，他一个人游荡
盛夏异乡的夜晚

有点微温的微风吹过一座座繁华

如果说

再见是勇者唯一的最后选择

越往城市边界的远处走

勇者的心里越有爱意

勇者越在妳心里

在网络内外他也都只是一个过客，向另一种过客问候的另类过客，嗨，在线吗？

线上线下，他再也找不到她，在网络内外的世界中，她消失了。

在卓贝地，她应该早已不知道少年心里的思念。他知道她也会记得许多他们当年最疯狂的记忆。她仍然记得那些在高速公路旁那道小径上停靠在电动车车位上的性爱狂欢吗？记得首都那座繁华热闹购物商场角落最后一格试衣室内她那站立式的爱情姿势吗？记得那一晚趁她父母亲在客厅看电视时两人悄悄跑到楼下百叶窗前的偷情吗？或者，那一次夜晚在首都菁蒂旺莎公园湖畔长椅上的初吻吗？

多少年后，在天色阴灰的冬天和寂寞的学院生活中，那些日子，他和中文所的博士班同学撑伞下坡去用午餐，偶尔也和其他国家的研究生午餐。午后突来的风，把伞给吹反了。香港中文大学的小山坡上，潮湿的世界很有台北木栅的感觉，却不全然一样。政大指南山的岁月，虽说已经过去，却有久别的莫名滋味，一样的雨水，不一样的雨声。

春天午后，一场莫名的风雨微微地打湿他们的外衣，以及，他们盛年的脸：

我注视那些草原象越久／倾听那些草原象越久／我就变得越可汇纳／提醒我，我是谁／愿这些守护者听到我的祈望／我要以大象的眼睛去看／我想要成为这个舞蹈／我不能告诉你／你是在更接近，还是在更远离／那张我以为已经失去了的／我自己的脸

在例常与例外之间，少年长久地注视他内宇的生活。在例常与例外之间，对很多人而言，并没有太多伸展的空间。匆忙的日子里，那段大学和研究所的生活，匆匆地渡过。三个地域三种首都的风情，当时并没有太多珍惜的心情，如今越离越远越感到可贵，心情也移入记忆最深处，对自身自我伤害。

窗外的阳光渐渐温暖起来，又一年的春天将尽。那些年，阅读与书写耗去了他大部分的时光。

少年毫不心疼美好时光的逝去，在星泉心中有更美好的思想和情感移居到少年的各个自我里去，像这许多年来少年所收集的来自各方的，生日卡。

白色月光下的卓贝地，守候着城市创建者的梦境守候着少年的青春之梦。在少女消失的地方，他最终也离开了他初恋的城。一座初恋之城像一个国家的首都，而那座城正是爱情地图中的，首府之都。

而那一年十八岁的生日卡她还保留在身边吗？十八岁，在德里达的笔之舞蹈中，他的写作正是德里达所说的、彻头彻尾的酒神狂欢。十八岁，如青春的意义早已远远地，消失，离开。

one thousand nights and one night

earth´s last picture

the evening of evening

angel´s tears below a tree

a particular tree along the roadside

waiting for no answer [5]

青春，永不孤独的追寻者

午后阳光

　　想象在一个午后，偌大的夜，自然的躺椅，上游之上金黄的阳光，心情灿烂而多变，这样午后的阳光，灿烂、芬芳、金黄、充满欢乐的色彩，你或许，会因此想起某一个人……

　　青春，是蓝天里不同方向的纸鸢。

　　纸鸢抱着不同的心态，各有不同的飞姿和朝向的目的各自寻找的故事也不尽相同。

　　在一间优雅的咖啡厅，少年怀着各自的心事喝着各自的饮品。餐桌上放了几页下午茶的心语广告，他抄下那些心语那几种心情，但只有一个故事。

　　这是少年永远无法同时知道的故事，他在卡尔维诺的城市里长期跋涉，在命运交叉的城堡中像冬季里的旅人一般漫游。在阿吉亚在安那塔西亚在齐拉在白色卓贝地，许多城市都像是牧神的迷宫，隐藏着各种连城市自身都无法知悉的秘密、梦和欲望。

　　每一座城市的内心都有一块未经磨炼的原石，而他就是那个寻找原石的旅人。

　　他想要成为找到原石的那种人，然后将自己内心好好打磨让自体发光。随时光的流逝，一年又一年的端午节到了又过去，无声无息。那一年，又一次旅行又一次穿越一座座繁华的现代城市，少年像许多旅行者一样期待旅行永不停止。

　　在异域的城中，舞者的欢乐舞步和女人的疲累眼神，落叶般飘游在这一条旅行路线上。

那年代的节日仿似少年的身体般充满记忆。他小心地把泡沫用汤匙挖掉，一颗泡沫也不留。

少年不喜带泡沫的奶茶或咖啡，只喜欢三滑如镜子的一杯港式奶茶，或欧式咖啡。那是少年心口的一口井，一口湖，缩小了似的摆在少年眼前。

加了姜片的咖啡香味有着童年的记忆。记忆不只是属于少年，也属于咖啡，咖啡也有自己的记忆，就像品尝咖啡的口也有自身不灭的记忆。小时候，他常常在黑色的咖啡上索寻自己的眼，鼻，嘴和牙齿，努力地想把自己装进一口井，或一口湖中。

咖啡，井和湖，都是有记忆的活体，寄兰在少年的身体中如真菌般吸食他的记忆。

小时候的井小时候的湖如今仍然没有变戈海洋。成年人的世界里，他的前半部红楼之梦即将结束，后半部的红楼之梦还在他的舞台上演绎着。年轻时候的红楼之梦早已不再，红色的心情逝去了，红楼也没了，年轻时的红色的梦也早已被各种更加原始之色取代，而原来的自我消失了。

日常生活中，偶尔有僧道说梦，人非物换，万境归空。那些年，端午节前后走在上学的路上，在火车上在岸边在湖泊在都市，在家乡或在他乡，他都会特别想念各方的朋友。在少年所有曾经推心置腹的朋友中，其中有几个喜爱漂泊的男女，划下了遥远漫长的迁移线后，有人回到家乡有人移居到别的城市。

只有他，他是一种随水的漂鸟也是随风的飘禽，一种四处迁移的游人，划下居无定所的迁移线后再没有人知道他的去处。

反正，青春紧紧贴牢他的胸口，他不必在乎。

走下港大
中山阶六十级的山水

漂流的企求贴近影人
消失在中山广场
无法诉求的爱
对爱来说
是一种亵渎

玫瑰香颂

我曾这样对你说：一直期待，有一天打开大门，迎面而来的会是一束美的馨香的玫瑰，对我说，你要我的花香与气息，你要把我永远记在永不死亡的记忆之海。

他们是永不孤独的追寻者，永远走在现实世界的前沿，走在时代之前。

他们的足迹永远超越同时代的探险者，永远在颠沛流离中追寻。

那一年的端午节，少年坐在河畔一间露天的咖啡座里。陈旧的木偶娃娃，残破的圆顶回廊，空无人迹的街头流露出情不自禁的悲伤。他说，离开家乡的人最后只会成为两种人，一种是不再回乡的人，另一种是一再回乡的人。而他们是哪一种人呢？

离开城市的人最后都要回到当初离开的地方。早在他想要正式结婚以前，他已经偕同他的初恋情人回到家乡度蜜月，他说。在马来西亚北方的古老殖民小镇里游憩，像魂魄那样。

乔治亚市，在他的心中不是一般人眼中的槟城。槟城是世俗的，乔治亚才是他魂魄的栖息之所。

和她不同。在婚前的蜜月旅行中，少年好几次都在古城里流连。许多年后他仍然常常回到古城寻找年轻时候的影子。

在他们的精神领域里，青铜雕像的青春季身让身在异乡的他们感到陌生，然而他们蒙昧无知地照常生活．为他们所拥有与没法拥有的心灵铜雕而骄傲。在巨大的心灵雕像之前他们不再迷失，心灵的雕像成为精神地图中的地标。

> 给远方的海岛祝福吧
>
> 中山阶前的孤影
>
> 海岛给了我第一个端午的夜晚
>
> 守护心中一片离散的人间
>
> 教我迷失在，情感底层的荒野

在港岛的街道小店里喝咖啡，他们找到了一种熟悉的亲人回到了身边的感觉，就像当年少年在中环街头离去的时候，她立在街头的巴士站注视他，目送他的到来，目送他的离去。

在黄昏中的小路上，这座城市的贵族已经四处离散，但他们仍在寻找他们所追求的梦土。

寻找中的乡园是一种梦土景致。然后是无止境的流离，他开始走进世界各地的雨林中考察自然生态，收集动植物标本。

从热带雨林到温带雨林，从印尼的婆罗洲各大海岛到马达加斯加岛再到新西兰的菲欧兰温带林，从巴西雨林到刚果的雨林盆地，他走入幽暗的原始森林探险，在夜幕降临的密林深处搭起简陋的临时帐篷，有时候他独自在雨林度过森林之夜，千百种昆虫的声音回荡在林木之间，向他展示大自然的强大生命力量。

这是他对原乡追寻的一种形式。

很多年以后，他常到爪哇岛上的高原雨城去度假，在茂物古镇的林中独坐在二百米高的树冠层考察色彩斑斓的奇异蟋蟀。在那热带雨林中曾经生活着五千余种蟋蟀品种，随城市与人口的发展如今已所剩不多，找到更多的品种也只能去隔岛的苏门答腊岛。

高空树冠层的观察小站就建在动物的空中通道之间，那一天，暴雨突然落下，他独处在暴雨中，在匆忙往下降落的途中他看到对面树上一只红毛猩猩抱着小儿坐在树叶围成的叶伞下躲雨。她忧郁的神情他至今仍时常想起，特别是在他失落的时刻，他仿似回到那天的高树冠小站上，陪一对猩猩母女度过一个暴雨的午后。

他此时并不知道，他日后会逃到雨林深处的神秘生态之中去观看天地自然。此时他还不知道以后会喜爱自然生态的原始森林，在梦幻似的大自然里生活。

那是大自然的天堂，他在世界各地录下很多特异的自然生物的森林之歌。大多数时候他像一只稀有的毛毛虫在无人知晓的树叶底下过着隐秘的独居生活，常常面对着九死一生的危难时刻，几近受到毒物的攻击，几次从鬼门关走回人间。

此后他在大自然中寻找梦土的景致，寻找美丽而复杂的生态景观。

他们共同的兴趣让彼此看到世界偏远地带与各自心中的山水乡园。他们梦土中的山水源头的生态最为丰沛，有如最辽阔的原始热带雨林最辽阔的千里沼泽，最壮观而悲凄的半环形瀑布，还有流域面向最广大的河域以及最长最高的山脉。找寻中的山河穿越时空的梦想，带他们返回年少返回悲喜不定的旅程返回年轻的，时光。

都市的烟尘把初恋的人带到不能重来不能回头的生活之中，脂粉香尘纠缠不断的故事逐年地被淡忘了。漫游者是那些像他们一样曾经前往神话边界寻找过神性的艺术奉献者，一一坐在张爱玲的时代列车中轰轰地悲壮前去。像美杜莎一样的梦想，在沉重的大时代中没有任何的启示，在现实的断瓦颓垣里过着平淡的，生活。

在逝去的时光中思念爱过的人和爱过的地方，以及那些偶尔想起的往事。

晚安湖水

没有恼人的事情，你们刚刚才互相轻轻说晚安，月亮静静地挂在夜空，平静的心绪一如春日的湖水，今晚，且让我带着你的笑容入睡。

一个人的生活并非简单、却也还是复杂地展示场景。

他们一起在家乡的城市和异国的都会中追寻自我，在自我的可能替身中寻找到他者。

两人过着各自相对自由的生活，几次的经济萧条都在心情起伏中过去了，他的日子好像在原地踏步，匆匆数年他已经感觉老去。沉默的面容一直是日后生活中的常景，直到他在语言中找到自我的形式，直到心灵终于复归的许多年后的晚年，直到他心灵的亡魂重返今生的现实，他都在对抗日常生活的世俗化诱惑。

他的世俗化与祛魅在他的写作中断断续续地进行，毫无终止的迹象。这种既简单又神秘如西苏的自我处于各种他者之中的写作方式，让他深感重复性生活的压抑。

如今他是青春的他者活体，处于内心的符号之中，在他所寄身的文本的坟地。

他更多地投入野外民族志生态考察，生态考察的笔记寓生在他的生活之中，在物种之间在生态之间在主题之间在语言之间在象征之间，在他和他凌乱的素材之间，某种密不可分的关系之间构成他的民族志笔记，日后他的主体现形的地点，再没有童话。

他带她到广西新发现的史前活化石植物种植地考察；在偏远的海拔一千多米的高山区观察站木屋，考察一度被认为已经灭绝的古老珍稀杉木，在原始杉林中会滑翔的飞鼠，以及依靠飞鼠粪便生长的金钗石斛兰花。在他带来的音乐声中，他们放慢脚步观看史前大灭绝中生存下来的绝美物种，然后把山林的影像带回城市中继续假性快乐的现代生活。

现代城市曾令他开心快乐过。那时候，许多年以前，少年记起她播放刚刚新买的陈淑桦的卡带，告诉幸谦说，她喜欢那首歌。这是他如今还带在身边的几首歌曲，用于品味她当年的少女时代的梦，那个已经消失的追寻新生活的创造者，以及消失的新时代的生活。

那是前喻领域中的心灵边缘地带，他们戴起各式人格面具生活的新时代，内心深处仍然想要追寻纯粹的生活方式。在节假日中特别想要过离经叛道的一种生活，直到某一年端午节的来临，醒来的时候窗外的天布满雨云，不久就下起雨来。一觉醒来已十一点多，节日已来到二十世纪最后的一个诗人节。

图书馆在端午的傍晚关上

诗人死后的人间

为学院保留文本最后一片的净土

我独自坐着

而你走遍校园

找寻自己的消瘦

下午的时候他到书房写信给台湾的朋友，客厅传来当年她喜爱播放的那一首陈淑桦的歌。很平常的家居生活很典型的日常日子，他对远方的朋友说，他想起以前年少初恋的日子。很多记忆变得很美，很多事发生时的不快，经过时间的酿制后变得美好起来。不料，他的朋友日后来到他家里借宿时，竟把那封信夹在书本中让他妻子看见了，她大大地发脾气闹了一场，他想起他这些年来的生活竟在朋友面前崩塌了，他有点歇斯底里，痛哭了一场。

家居生活化作年年端午的雨水。夏天的雨落在窗外的三只青铜马上，仿古的飞奔姿态和色彩在细雨中伴少年再一次一起听歌，看水池的喷泉在铜雕马的身旁飞吐。花园中的小柏树，白兰，花季之后的杜鹃和大片的白鹤花，在青铜马的飞驰中驻足观望他们的生活。

对着沙田的跑马场，细雨在飞吐中深入景色。少年发现陈淑桦的歌曲在许多年后还是很能打动少年的耳膜。远离年少的日子，快乐的人也有权利悲伤。贴在胸口的午后时光，有过去年少岁月的不真实感，一种直接和禁不住的界面间，少年捕捉到驻留不去的点点记忆。

反正秋天还早，夏天才刚刚开始。反正有整整一个暑假的时光贴在胸口，少年至今仍听得到陈淑桦歌唱时她的心跳。

当年拉曼学院的岁月，少年告诉他的朋友他首次听到陈淑桦的歌的时候，也正是他刚刚初恋的时候。

那一年的端午节，他把两粒母亲包裹的粽子和陈淑桦的一个华语专辑都送给朋友。他当时并不知道那是否也是她所听到的陈淑桦的专辑，却仍感觉到她的歌声里有她，和她一样，奇妙地，感觉到非常美妙的一种找回失去心灵的一种感动。

无法诉诸

诗人的节日

诗人已死

死者必然有方向有什么流程

我像是绣在胸口等待的扣子

无法收集岛上所有来自海外的想念

毫不知悉

妳已给我写下试炼爱情的诗句

乡村茉莉

微风吹拂着茉莉花，无瑕的茉莉像个羞涩却又丰高甜美的乡村少女，甘甜中带着清秀，洁白中动着嫩绿。有一种欲言又止的羞怯，以及，无法抑制的青春气息。

青春，不是语言简单的展示体，而是他以血肉签下自己名字的生活坐标。

第一次恋爱有如第三类的接触。在烛光中，印在墙上的黑影，到天亮的时候还未曾消失。消失的，是日后人生的人文主义精神。

反正，青春贴在胸口贴在陈淑桦的海洋之歌的旋律中，贴上悸动波浪中少男少女的情愁。

远离海岸的海风吹动心头的忧伤，铿锵有力。

反正青春贴在胸口。那种感觉驻留不去。不想不想不想，就真的要忘了吗？不看不看不看，就真的消失了吗？十多年的茉莉花之香，逝者如斯不舍昼夜，转眼那已是许多年前的事了。

当时少年在想象中把青春岁月称为海洋季节。海洋季节中的各种各色的风华，雨季过去了又重来。青春年华方似达利的超现实主义的画像，在画家对他伴侣的画像中，永远恋爱下去，加拉这个女子成为这个男人永远的恋人，他的守护神他的缪斯他的模特他的知音他的妻子，而当这女子死后，他再也无法创作。少年曾经向往这样的爱情。

青春正盛的海洋季节，青春和年少已经到了中年，可以独坐在一起歌唱谈天，靠在阳台的落地长窗旁消磨整个下午，时光再次回到十八岁的那一天，唤起未曾溢于言表的往事。

在一页特制的端午节卡片上的一角，写着，当年他们买不回的青春，今天竟然没有变老。当年的少女少男今天领略了情歌的节奏和古老的词语。那些藏在歌中的年少岁月，和他们一样先后都经历了各种情爱的试题。

她在太阳系的中心注视她自己，光线爬行在枯木与腐叶层上的亚马孙巨蚁，爬过砍伐殆尽了的雨林爬过无风的海洋爬满她的全身，像虱子一样钻入神经系统，在她的皮肤底下爬行诉说风经过海水干涸以后的愿望。

那时他看到别人无法看见的年轻身影在卧房的天空升腾，幻化出他们居住过的度假圣地。风景在回忆中形成迷宫的幻影，是令人神往的伊甸园。中年时候所追寻的上古黄金时代，中晚岁月不敢碰撞的青春之泉，神界的真实世界与人间的天启及救赎，一刹那都被证实了，同时也被取消。

在他们初次的恋爱中，各自先后粉碎了他们对于初恋的神话和禁忌。他们像过客一般在香港的各个角落旅游，白色的海鸟在海面上群飞，小提琴的声音自古老的街道响起，飘过教堂，随飞鸟飘浮在蓝色的水面，说出他们的故事。那是一个二十世纪末的现代婚礼，在有三百年历史的古老礼堂中举行，然后呢？

不说不说不说，就真的有人懂了吗？这一切无法触摸无从再次体验的时光，以各种文字的形式再现，那种顽强，就像卡罗十八岁那年经受的车祸一般，身体被电车的扶手刺穿骨盆，腰椎经受三处断裂，右脚被压得碎烂，右腿十一处骨折，锁骨和两根肋骨断裂，左肩脱臼，骨盆也有三处破裂，他却奇迹般地活了下来。这就是青春的力量，在少年的诗中，年复一年在他日后的写作中如活体重现。

多少年后，他们从文学的潜意识场景来到心灵的潜意识场景，从自我的小国度来到生活的大历史场景。他醒来，发现躺在医院的病床上。病床是他日后的历史场景。当历史场景移置在医院中，他满眼看见四处躺在病床上的病患，连走廊都塞满流动的病床。满室被推来推去的做各种检查的病人有如流窜的吉卜赛人。

这些有关自我和病患行者的片言只语，是他们永远无法同时听到的故事，是一种平静的青春。到底是青春动人，还是风情迷人，有人一直忘了发问——妳说，不想重复，却又不得不重复，一个诗人笔下的异色恋情，以细微的差距进入诗体的青春。

无法命名的世代

　　生活在隐喻中的，爱情
见证时代的学府诗人
　　走在世界前沿的，少年

无声男版的女性主义发言者

灾难新世纪的天蝎座，圣歌
藏骸地的倾诉仪式

我是从另一个性别的视角去认识三十岁以后的世界。

我是没有声音的发言者是没有性别的男人与女人也是一个男人隐身在女人的文本之中，这位置处于寂寞长廊伸向各种流程的总站。大约有十年的时间，我感觉就像重走了一次男性版本的美国女性主义者里奇的道路，以一个男性研究者走入女性主义理论的深渊，开始我的博士与博士后的生活开始研究张爱玲和女性文学。这种感觉是一个从黑洞走出来的家庭主妇，像里奇一样在易卜生的舞台上演绎了女性版本的《当我们死而复醒时》。

　　　　爱情需要女人自我放弃。当她沉浸在被动的懒散中，闭着眼睛，无以名之地迷失时，她感觉到被波浪掀起，被黑暗包围，是子宫墓穴的黑夜，她被毁灭。当男人离开她身体时，她又发觉自己堕落尘世，躺在一张床上，再度有了名字和面孔。

　　　　　　　　　　　　　　　　　　——波伏瓦

当我清醒时，发现我的剧目却不是男性文学家的那种觉醒而是里奇那般属于千万家庭主妇的一种微弱至极的觉醒意识，但不只是对里奇来说已经足够对我来说也是，够了。

上世纪的最后三十年发生很多令人振奋的意识觉醒事件。在我三十岁之前，漫长的沉睡无语的意识深埋在内心黑暗的角落，一旦觉醒早已年过四十，转眼又将来到知天命之年。

这位置并不缺乏美而是缺乏发现爱的能力，也并不是生活缺乏艺术而是缺乏促使艺术形成的梦想的能源。在以后的十多年岁月中我迷失在神奇的洞穴，传说中的一千零一夜之地。

除了里奇，波伏瓦是另一个令我改变世界观的女人，另一个她。在离婚后的生活中继续学习去爱，在大学讲堂里开设爱情教授文学与电影的爱情主题，借助波伏瓦的爱情观，去做一个女人或一个男人应该做的那样去取悦所爱的人而不践踏自己不贬低自己也不物化自己而是全心全意去爱，然而我没有找到爱也没有找到文学或者文学的爱，甚至爱的文学。

这一个她，是上世纪三四十年代写下女性主义理论的奠基之作《第二性》的女人。她不会料到，在上世纪最后的三四十年里，她的观点影响了多少男人与女人。我是其中一个被影响的离婚族人。她让许多女人更加了解女人。她说出女人所不愿说或根本不懂的名言：对女人而言，肉体的爱是一种堕落，因此女人的性必须有爱，只有爱上男人以后才能消除女人对于肉体的堕落感。

这其实是中国传统说法上的性爱，性在先而爱在后。爱，曾经是女人的宗教，但已成为过去式。如人想要安全感，但在爱中，最缺少的恰恰是安全感。真实的爱，往往就在冒险式的体验中构成。在波伏瓦看来，以前那些屈膝下跪的圣女把肉体献给上帝，而现代床上做爱的女人则让自己像贡品一样等待上帝的到来。这些事，也许是波伏瓦才能体会而不是男人所能了解的了。

对于我而言，上世纪最后的三十年发生了很多令人振奋的意识觉醒事件。然而我无法像波伏瓦那样，要求自己像女人那样想要完全拥有男人又要求男人去超越一切。女人的爱远比男人更加矛盾，虽然大部分时间比男人超越却也较男人更加内圈——想做好恋人又想要做贤妻良母。

在某处深深幽微光线的地点里，波伏瓦远去了，苍老爬上杜拉斯的脸庞，那也是一处完全虚构的岁月场所。日后中晚年的某一个黄昏，那个内心曾经充满各种幻想与追求的少年的我，一直悬置在青春废墟中的故居，一个有关自我形构的舞台，思念如后院的盛花凋零。

当我意识到可能觉醒的时候，内心的美杜莎终于也苏醒了并说出我的微末的故事我的无着无落零散的心绪。美杜莎的微笑仍然绝代无双，把我推向自我消亡的人潮，我仿似无名的世代飘移在心界地图上，充满巨大而惊人的美杜莎的欲望与梦想。

梦想有如我的写作诞生于马来半岛的路上，在一个有着亡故的父亲和异国土生母亲的新生国度里，我以他族的身份以及他人的语言诞生在这片热带土地上。这是我和凯鲁亚克和鲁迅和里奇和西苏等许多人直奔自由的文本国度。路上，他和她，他们俩，衣裳飘飘，在七月的木窗与石阶前，走向内宇陌生而广漠的旷野：

我就是你要我变成的我，在你注视我的那一刻你想要我成为那样，而你在任何时刻都用一种过去从未见过我的方式注视我。当我写作时，从我身上写出的是我们不知道自己会变成的一切，不加排斥，没有契约。

————西苏

时间溶解，一朵死亡的漂流

Terkapar kapar ku kelemasan

Sakit dilambung ombak kerinduan

Ku menyusuri jalan berliku

Membiarkan hari hari berlalu

Namun wajahmu bermain cimataku

Tiap waktu [6]

酒　店

　　七月追随一个青年的时空迈入回返家乡的行程，家乡在高速公路上切割视野和他的心情。

　　每年他一再回家，重复了二十余年从不间断，但他从大学始就已经知道他永远回不到同一时空，在同一地点不同的时空瞬间他无法回头，再也回不去的宿命，消逝在相同的地点。

　　大道年复一年穿过雨林的故土，从消失已久的原始森林的内部伸展，被现代工程摧毁的大地在归乡人的眼里展示森林内在自我的原始面貌。故土从此永远消失在丛林。

　　天边，阳刚的柔性地平线上布满赤道傍晚赤红的晚霞，映照着年少戏潮的沙滩。暮色中，突然一阵暴雨降下，声浪巨大，仿佛要穿透车厢。青年这一次只身回国，竟在飞机上遇见出国开会的大学老师，老师热情地招呼青年坐上接他回家的轿车，才刚开入大道不久，天空突然下起暴雨。

　　首都的黄昏竟以对比如此强烈的晚云和暴雨迎接他。

　　这种身在海外多年而未曾目睹的景象，使这片土地成为独有的地方。

　　在这里，赤道的天性喜爱质朴的星空，喜爱奉献自己。整座城市，都随青年住进首都边远小镇的一家酒店。第一夜，窗外的长街就急不可待地横切过接下去的一个又一个失眠的夜色。第二天早上，窗外一片柔蓝的地平线献出自己，抵达遥远的童年。酒店的早餐桌上，落地玻璃窗外射入的朝阳明白了自己的遭遇。

隔着一张餐桌，两个日本中年男人在喝咖啡，年纪比他大至少十年，不久另外一对男女加入用餐，享受着当年他们侵略过的土地的款待。青年则想着，他要如何度过他在家乡第二度重回单身的日子。

餐厅里传来已故同窗学长的情歌，苏迪曼的歌喉习惯以中性的声调撩拨起离乡人内心的荒原。一个俏丽的印度女郎，以一口极为白洁的牙齿展露笑容，在接下去的三个星期里每天早上为他准备咖啡和两粒半熟蛋。

回到家乡的首都，青年的皮肤敏感症竟又开始恶化起来。他怀疑自己患上的正是张爱玲晚年所苦的皮扶痕痒症，那种痛苦有如无数的蚤子寄居在身上。自从分居后，他看过四位普通科医生和四位皮肤专科医生，至今仍旧没有完全地治愈。最后一位皮肤专科医生从他身上割下一块皮肉化验，他才开始看到自身的血肉所要对主人讲述的故事。这是一种现代医学上至今仍无法找到合理解释的皮肤微血管发炎与免疫系统失调的病症，简称PLC。这种十分罕见的病症，如果年内不好，便可能成为长期病症。

后来他在北京大学演讲时一位传记学专家告诉他，这情况在传记学里很常见，许多研究传主太过深入的人，写完传记后发现他们都患了传主生前的病症。这在我们的专业领域很正常，可以说是一种职业病。

原来学术研究里，也像蓝领阶级一样有自己难言的职业病。

嗯，放轻松些，不要喝酒，每天充分的睡眠，这样我才能够帮你克服人体身上这片最大器官的病痛。医生说。这器官是无穷尽的野蛮丛林，他必须十分小心注意自己的情绪和精神状态。他沉默着，从墨色的太阳镜片中盯着医生的眼神。那天他走出中环连卡佛大厦，街道阳光灿烂，他感到皇后大道中的心底一片荒凉的冰冷。青年想起古代小说里，一些无端患上皮肤敏感病而身体溃烂的人的故事，他们有些遇上神医或神仙人物，但他呢？

在漫无秩序的凌厉中沉溺，痛苦随海潮飘荡，大海茫茫……

别后的鸢尾花

    青年没对她说过，他喜欢本杰明在流放生涯中所记下的世界印象：认识一个人的唯一方式就是不抱任何希望去爱那一个人。

    本杰明对花卉的钟爱远远超出世人的凡俗。相爱的男女最依恋的，最终是他们自己的名字，深爱的人最爱的，往往是自己。这是天竺葵的绝恋。至于那些爱与被爱的人，其实都像是谢绝凋敝的康乃馨：看起来总是有些孤独。

    在他有关鸢尾花的想象中，他首先想到马可·波罗在寻访中原帝国路上所经过的一座城镇，像美拉尼亚（Melania）那样充满了奇花异草的国家。就像当年马可·波罗一样，每次他走进广场，同样发现自己置身于各种花木与花木以及人与森林的对话之中。他想让他依恋的生活随他进驻每一座他所喜爱的城镇，在满是花卉的街道上散步，引导他，走入更深的城堡的中心广场，以及远离云雾的雨林。

    在这座由鲜花建筑起来的城里，一种花卉被另一种花卉取代，死去，诞生。城里这些对话的参与者一个接一个地死去，同时接替他们的人也一个又一个地诞生，男男女女，每个人选择的角色都各有不同，都是世俗的展示与繁衍。

    在这里，历史与神话在他的写作中变得空洞，变得难以捉摸。他不断记录如今让他可以摆脱哀悼的文本。他的人生就是他的文本。落日，分裂的落日，都是他叙述生活的文字和修辞。他透过令他痛苦的欲望去观察他的世界，最终使他成为大虚无，成为过去和未来。

一切启蒙的语言，他都觉得可笑，而且难以理解。

记忆就像种子，亡者和未亡人的历程通过记忆的中轴线把两个世界贯穿起来。在他掏空了的骷髅中回到生者生活的土地上，他的生活渴望开出灿烂的花丛，想要重回年少时代。那些深埋在他内心的青春事迹，在解禁的体制里放纵，自甘堕落，却又如此不甘。

离开美拉尼亚以后，在他的家人和几个生平好友的生前死后，他满心匮乏，这无可回避的内在忧伤从年少时候就已开始。

情与欲的洗礼很早就已到来。他开始时以书信的方式去征服女性，把她收编在他的情人队伍中。他的文字塑造出连他自己都无法知晓的一个奇妙叙事者，代替他向异性表白内心的风华。

他成为为所欲为的叙事者，奇妙地，让他感受到万物向他回归，变化丰富而自由，如红色的葡萄酒渴望穿透时间的束缚，这个叙事者代表了作者而且以更加真实的方式出现在收信人的手中，接受女孩手指的轻抚。

后来，形式不断地转换，电邮和手机也成为现代人最流行的交往与攫取异性的方式。生活在城市景观中幻形异变，在科技的创新中转变为身体与生活的一部分。他对形式的转换感到痛苦。他告诉她，这变化多端的城市是一种允许任何自嘲形式的皇宫场所，一旦走入，就无法再走出去。

每次离开一座城市，他都会留住一份有关花的记忆，献给美拉尼亚。当记忆来到勿忘我的面前，总是看到被爱的人越来越渺小；而在常春花的背后，影子变得越来越巨大，那些被爱的人的身后，情欲的深渊就像家庭的深渊那样封闭着。所谓仙人掌花，是能使真正深情的人以找到心爱的人为依归，并永远相爱。而喜欢辩论的人则以找到错误为乐。青年不是喜欢辩论的人，但也可能今后再也找不到仙人掌之花，或是最终能够依恋的天竺葵之花。

青年害怕他最终将失去自己的名字，终将面对天竺葵的绝恋。

至今，他仍保留着去年七月她遗下的那束鸢尾花的告别语：

一早醒来
知道你已远去
就让鸢尾花飘在空中
遥寄，唯此刻
终成绝响

小山坡上的木屋

"木柯"是花朵，"玛帝"是死亡，"林土"是思念。

这些马来文的中译词，都是别后鸢尾花凋敝的悼词，被他流放在故土荒废的家园。

终于在这么一天的午后，青年决定去找寻他们童年的旧居，或者说，去寻找他在异乡的冬夜里对她说起的那一座城市。他在一间分不清是不是他们经历了初恋的小学的门前，想象当初他们尚未漂流异乡的童年，如何在半岛首都边界的残破新村里长大。孕育出，当代社会中最富有精神文明的新生活。

青年捕捉到他们当年清丽的稚影，和保持至今的笑容与眼神。他从学校的门口，远远望见一间破木屋。那是开启她生命情感视野的老木屋吗？被废弃的木屋，活在四周华美的建筑群中，在午后的阳光中展开她的寓言，充满哲理，像一朵残凋的莲花层层包裹着史前祖先记忆的童谣和不为人知的故事。看起来，那地方远得很。

这是在青年所追寻过的城市中，最遥远也最接近的一次天启录。

从来没有像阿达玛（Adelma）那样的难于找寻那么的遥远，奢华。阿达玛，阿达玛城就在山坡上。上岸时他正逢年少，回程路上他已经老去。青年庆幸他曾来到过这座阳光澄澈的城市，不过很不幸，这座城市并没有在世界上任何一张地图之上出现过。

在这座城市，当一个人认出另一个人时，那个被认出的人就会消失；只有当他被任何人想起时，他才会再次现身。不过当他再次现身时，那个人已经老去。

　　站在十字路口上，青年尽量地装扮成不同于自己的另一个人，以免被任何人认出。他不想在别人的记忆中老去。

　　后来，青年想前往他最钟情的城市伊希多拉，然而那是一座更加遥远更难寻访的城市。他四处寻找了许多年，一路上他没有被任何人认出来。当他身边的人都老去时，青年还在享受他的青春。就这样在长久的迂回的漂泊之后，他终究会身处何方他自己也完全没有想法，可能会是在布满花卉的广场，也可能是一座有着另一个和他一模一样的青年的城市。青年必须往前走下去，前往下一个城市，在那里也许会有另一个他等着他的到来，或者，有如卡尔维诺所说的，是某种原本可能是他的未来，等着他。

　　夜晚，年少的异乡男女在灯下夜读，带着忘了青春的梦迎向另一天色未明的早晨。在童年的木屋内外，谁知道谁曾坐在那里哭泣过呢？哪一个角落曾一再收集过他们天真的泪水，哪一个角落又曾在泪水落地的一刹那，召唤他们日渐苍老的心境？

　　他踏过童年和少年踏过的门槛，如钥匙般解开故乡与异乡的谜，开启通往海外的地图，日后成为理想澎湃汹涌的自由主义者。

　　天刚刚微亮的时候，他看见异乡人在离乡前的少年岁月中走下门前的斜坡路，坐上了中学的校车。那是离乡路程的首站。

　　少年开始了他离家在外的日子。从求学生活到为事业而忙，他没有太多空间可以安放所谓的自我。在空无与存有之间，他的自我从来没有容身之处。他讨厌起所谓的追寻和一切所谓的幸福与安逸。从不想追寻却从来没有停止过追寻。

　　他像人类学家一般地痛恨探险和野地考察，更加厌倦了内心世界中一切有关心灵的活动与事物，厌恶至极。

　　离开阿达玛城很多年以后，这座城市的雨季还没到来，他的生活慢慢变得平静。平淡的日子，身体逐年在彼此间失去魔力，生活在事业的追求中受挫而把男女带向雨林的沼泽地带。荒漠地带让她回不到起点，把生活仅有的位置被婚姻侵蚀得一干二净。

他把个人的小我融入大生态的大我宇宙中。他有时感觉他的生活像极了这一座热带海岛上独有的尸香魔芋花，感受得到来自他身心深处的腐烂的芋花味。这种以散发腐臭味来吸引昆虫散播花粉的尸香魔芋花，拥有金色的花粉，花期有时可长达一百五十年。这是他一生的寓意。这一百五十年的时光，也是他从小自我走入大自我的时间。

每当尸香魔芋花盛开的时候就是他更深走入童年小屋的时刻，就在一座无名的小山坡上，曼陀罗星像使者般以一种道家的形式降临，檀香绕柔，他陷入无为哲学的理念中无法自拔。

木　窗

　　窗口有了命名的能力，那是睡床前方一处语言来去的出口。窗扉最本质的特征，不但懂得雨林最终的声音，也知道童话世界中孩子最真实的需要。

　　那一扇木窗后面深锁着早已被主人遗忘的美梦？那一扇窗扉至今仍记得她温柔的手掌？经历许多年以后，他们又是否还记得那些季候风雨过的午后曾用怎样的心情关起木窗？

　　在他心中只有这木窗知道他的大学时代不是他美好的青春。他美好的青春发生在有她在场的战场上，存在于逃亡的路上。有她独有的炼金术的时光中。从少年时代起，他就再没有能力挣脱她用四肢环抱他的姿势。他至今仍毫无力量抵抗她趁着四野荒芜的黑夜伸过四肢拥抱的初夜，给了他家人与爱人一样的温暖。

　　他感知到无数次在她的拥抱中睡去，直到再次被惊蛰般的拥吻弄醒，为没有明天的夜晚再爱一次，为死亡的战火随时到来之前的黎明再爱一次，那样的狂野，极致。

　　许多年后，他去到香港中大新亚教书，在国内外都打听不到她的任何消息。雨水在窗外找到自己身份的归宿，心甘情愿，是等在窗前的日夜。

　　窗扉一年年地开关，他们逐年远去，似乎忘了早年窗子内外流荡的心情，或岁月。故事年年被框架着，涂抹令人喜悦或心酸的色彩，自己也变成了一扇计算机视窗，一扇立在城市中心教堂楼上正中的视窗。

时间落入源头之地，他落入萨特《没有出口》的舞台场景上。他生活在视窗内无法从永昼和永夜的密室中逃离。他的人生陷入无窗无门的境地，无法从自己和他人的目光中逃离，有如失落的碑文和语言，在没有出口之室没有出口之国度，他一度以为他再也无法从生活的缝隙中逃离。

　　告白，或者倾诉，难免都会略带一丝自嘲的意味。他为盲者观赏为哑者歌唱，却无法为他的自我求欢，经过多年的苦修禅坐，他渐渐有能力再次感知到童年时的心旷神怡，就在他回到小屋前的庭园里的时候，他看着年年花开花谢的杜鹃花、胡姬、勿忘我、迎春花、百合花，轮流交替。

　　在归于完整之前，或在趋向分化之后，他像女人一样在强势霸气的男性资本社会前面面对将要腐化的自我，在他被内化于功利关系的象征秩序之前，他已没有自信将会保有完整的主体性。

　　自我在他的心灵领地只是混乱主体的一扇窗，望得到丰盛的场景。他后来也曾经名望显赫，功名事业如日中天，婚姻美满。然而一个巨大的疑问突然入侵他内心的大陆，陌生的风帆来到无风的地带，进入现实的另一端，生活的追求，全都出现了矛盾。

　　穿过生活的视窗，他发现他失去悲伤的能力。城市化一直深入他心灵的奥秘之地，深入深不可测的古老大陆，痴人说梦般在违反人性的商品物欲和名利中来到新时代。

　　他的新时代中永远有黑暗的力量。永远有超然的现实与梦境的无限释放。在黑暗中他看得见白鸽群飞。在没有月色的花园里，他一人走在黑暗中间，在晶莹剔透的黑夜，他是一个纯粹的漫游者。

　　这扇青春的窗，就像一座会做梦的城市那样，是由许许多多的欲望和恐惧所构成，有的隐秘有的荒谬，隐藏了所有有关梦的一切事物。这是属于他的，看不见的城市。就像所有的梦一样，一切可以想象的城市，都可以入梦；而一切可以做梦的，也都可以建筑为一座座壮丽的城市。

最意想不到的梦，创建了最神秘的城。这一生走过的路程，所有路过的城镇，就在开开关关之间漂移在遥远梦中的雨林，留下渴望倾心的拥抱，等待下一次推开视窗的蓝天。

　　在那些倾心的时刻，他们将是哪一扉伸向何处的窗口？

荒　径

　　一道通往外公厅堂的小径，荒废在草木的窃窃私语中。她长大了，母亲的女儿变得比当年的母亲更为美丽，而外祖父的女儿却在小径的尽头老去。首都的夜色降临在破落的遗忘之中，响起远古的童音（时间碾磨着／缓缓，像成熟的太阳，回转归来的行程）。然后他们离去。

　　远离童年曾经庇护他们的家园，像爱情，从不管对方是否已是一无所有（的离去）。石阶总是忘了自身的低微，目送他们来他们去，自己留守在风雨浪迹的飘摇。她的林氏外公走了，而他的陈氏外公去得更早。

　　有些事，总是来去得不迟不早，直到本杰明在漂流异国的生涯中以作者的身份告诉他：当你赌输了一切的时候就不要再故作清白了。她的回应竟是，当一个人赌赢之后，一切都不再存在了。

　　他情愿让她赌赢。一如他们相信真情（理）和忠诚比什么都重要，但在情感不可背叛的门槛内，他们都一再背叛自己和欺骗对方。

　　最初，他们的诗篇以一奇异的词开始了它的人生旅途，在第一行里就急于表达破碎的自我，任狂风暴雨的早晨到来。第二天，他发现自己醒在詹诺比亚（Zenobia）城内的酒店里。从视窗望出去，看得到山坡上最绝妙的风景，街上许多阳台彼此交错，欲望之城，人行道由东方华夏诸神的传说连接而成，悬吊的梯子通往不同的诸神或魔鬼的住所。这座城市没有区分人类居住的凡尘或天神居住的仙界，然而却有更多的小宇宙：欲界，色界，无色界，迷界，此外还有四梵天，三清境。

说起来，创建詹诺比亚城的人已没有人记得起是谁了，一座快乐的城，应该有快乐的创建者，以及零忧伤的居民。在这里讨生活的平民百姓没有一个人会说出痛苦或哀伤的语言。欲望经历了许多岁月以后，还原为城市的梦境，让他最终可以在另一种城市里，遇见他的未来。或者，他的过去。

那是一个由多元种族组成的城市。时不时，有宗教的冲击与种族的矛盾，最终将他送入牢狱。他从此开始了另一段精神荒原的拓荒岁月。在破旧肮脏污秽拥挤的牢房中，他时不时回忆起那个女人。他的囚禁生活，没有曲调没有词的歌，也没有人吟唱。他出狱后，他写下的诗，已没有意象没有死神，什么都没有的一无所有，只有恐惧的孤独。

荒径带引他，来到一处故事发生的所在，一幕发生于海边的悲剧。而他的故事，只能发生在他失去自由和得到痛苦之间的地域。

如今他害怕再去看大海。他恐惧海浪拍岸的潮声，声声不断，年复一年地，似有直到老死的那一天。每到夏天，重生的凤凰花在路旁静静怒放，催促时光回流，去势匆匆。经过整个冬天的等待，相思花再次染黄了后园的山坡。紫蓝色的蓝花楹在黄昏中迎风飘摇，鱼木树的灿烂花丛，各自以不同的神姿走入现代生活的神话情境。

欢乐的结局比痛苦的开始好，就好像悲剧的戏码比没有戏码的悲剧好。曾经，他以为自己可以飘浮于体制之外，全心投身在文学之中。这是一点不为外人道的寂寞。他记起那个女人当年所说的故事。永远地，记得她年轻的眼睛里充满了星光般的泪光，迷蒙中，原始纯净的蓝色的夜里的，一张神幻的、甜美的脸庞。

他想起某一年某一座城里来了十号台风的一个早晨，城府深沉，郁金香过早地凋萎了。台风过后，另一年的春天不过只是一个蓝色的瞬间，眼里耳里到处都是异乡人的足音，寄居在蓝色半岛的夜空下。

他感觉他像一只蓝色的独角兽怀念起她走过的故乡的小路。

石 阶

时间溶解，流向自身的元素。在那里，他成为流水的子女。

天涯共此时。她是否和他一样曾在放学后或假日无聊的傍晚坐在阶上等谁？

七月的阳光陪他坐着，在石阶级上。在他们独坐的时候，总会有别人的身影在主人不知不觉的时刻、在远离他们的远方陪他们坐着。他们都不知道彼此将如何陪伴彼此。

走上石阶，往往会走到新的生活，看到新的事物和未知的故事，唤醒心中沉睡的心灵，静观宇宙，想念万物万象。那些年，她特别想念她失散多年的母亲。她母亲的家族和鲁迅的原配夫人的家族居住在同一个地方，是同乡人。那个年代，同乡的女孩很多都拥有同样飘渺无名的青春，同样的无忧无虑，然而一旦失去男人没有丈夫以后，无一例外都老死在寂寞孤独中。

除了家族史，他的师母没有留给他更多她的个人故事。她的形象只是铭刻在他身上的痕印。他在她眼中看到他自己，她看到的是她早已逝去的时光。那是鲁迅原配夫人逝去的青春，抖落在他们身上。暗中的无名花，猫头鹰的不祥之言，僵坠的蝴蝶。

他知道，同样的景物她都曾在异乡一一见过，只是心情略有不同。一如鲁迅和他母亲在家乡看过的地平线，当年她母亲的家族也在家乡同样领略过同样地平线的起起伏伏。

很多话要对她说。他突然想要买一只她长大后所喜爱的香脆乳鸽给童年时候的她享用，一定要刚烧烤好的。很多话，想要对她说，但不是此时的她，是童年的她，是少女的她，对留着长发的小女孩说，对穿着校服走回家门的她说。她可能会比较乖，比较像他想象中的女子，就像一棵树，发誓等他路经的时候开满夺目的花的一棵树。

他经历了深渊般的挣扎，最后感召于一棵等了五百年的盛花碧树的感动，走出内心的荒原。世间所有美丽的树木都只是一种隐秘的意象，修饰了他们期待的心情。然而，他们的内心世界是外人禁止的疆界，即使回到家乡的土地，即使踏上旧时残破老家的庭院，那棵少年时候形构的盛花树木，意象终于还是凋敝了。即使在最美丽的时刻，即使在最哀伤的诗里。他把那棵被佛陀点化为树的花木，幻化成时光倒流中回到十多年前他在马大中文系毕业刊上所留下的一句诗。

眼神是一株盛花的碧树。他心中一直生长着这样一棵盛花的碧树，一棵寂寞的雨树。但他们彼此无法想象自身以外的过客是怎样的一种过客。他们来自各国各种族，汲取山林的力量而拥有自己的故乡，或者最终放弃了情感荒原中的故园。

眼前只剩下残破的短阶，陪他如一株小草坐在老屋的石阶上，忘了尘世的万丈痴缠。故园的乡土，像回故乡的过客一般不惜代价地孤身独处，享受孤独和伤怀，然后再向自己表白，在一个美好的午后。

其实真正懂得那个午后的词，是词中的秘密。

寂寞长廊

这是他们童年生长的故土吗？

乡土，在马来文里的意思是"乡水"，其实译为"水乡"更贴切，但他喜欢乡水的意象，也就让乡水成为华夏的乡土，一土一水，都是原乡的元素。在马来诗人沙勒的笔下，乡水被写在西边海岸的裂缝里：

> mereka menyeberangi / dari jalur jalur pantai pulau timur / diusung angin yang dikenali / oleh layar perahu moyang / kelapa kering dan getah bergiling / pengungsian sejarah / dan kegelidah-an pelayar / telah mengampungi mereka—Muhammad Salleh: Kampung Air [7]

先人越过西边海岛之岸，在海岸的裂缝中，航海手的忧伤和历史共生，这些源自米兰加保的木屋从他们身边延向大海的尽处。

远离海边的长廊一度是长满红树林的孤岛，岸外岛内都有他们各自演绎的世界。赤道上，年年到来的季候风，预示着漫长的雨季又要开始了。

在他三十岁刚满的时候，他才开始真正地书写有关他的心灵史与生活史。初春的风吹起，他站在高楼上，春天从厨房的窗外吹进高楼，最后的一列火车驰过车站，不停站，直奔边界，带来一年又一年的雨季。

那些年的雨，简直就是他前半生的、马孔多雨季的复写，复写心灵帝国的伤痛。

马孔多的雨季，马奎斯笔下的漫长雨季下足四年十一个月又几天的一场雨，那场侵蚀了居民骨骼的雨打动了所有听闻过的路人与读者。而在他的记忆中，有另一场更为漫长的雨季见证了地球的史前景观。那是地球地表最初形成时期的史前雨，一场连续下了两千年的豪雨，形成现今的海洋和所有河川湖泊的最初形态。这是人类祖先对雨和洪水最初的生命记忆。

这一场漫长而黑暗的千年大雨，在他心中构成了世界的景观万象，他的童年他的少年，爱，理想和事业。在马孔多这一场漫长的雨季中，他内心深处隐藏了他家族的、最初的黑暗记忆。有关他们祖辈的、非文本的诗生活。

他们的外祖父，本来就是不用文字写诗的诗人。他的外祖父走得早，留下他外婆独自生活；而她的外祖母也走得早，留下她外公独自生活。两个孤苦的老人半辈子守着伴侣生前共同生活的木屋。他们并不相识，但他们的儿孙把他们联系在一起。祖屋外的小走廊，是外公刻意留下的供他女儿和孙女走动的廊道。

长大后，他们走了，或者确切地说，她走了之后，遗下的寂寞说出了空间的容量，寂寞至今，安置了今日他到访的影子。

黄昏照常在这里成为过客，在他们逐年长大的身影中拉长，伸向天涯。他回到半岛寻找别人童年的土地，在旧时家园的后院，她是否能够毫无怨言地沉默着，在凝视中更新自己，说出许多年后他们人在天涯最后的一吻。

后　院

　　青年如今走在情感后院的荒野里，接受荒野的洗礼。面对他们内心的后院，他们是否像他们的外祖父那样早已忘记建造家园时所许诺的愿望。木构建筑坚定地用自己的方式生活着。后院的空地，新一代的芭蕉种植在远方的彼岸，这仿似是在梦土森林度过的流浪岁月，芭蕉通过童年的脸，收集赤道阳光的神采，丝毫不知道有人经历了深渊般的历程。终于站在这五百年一开的碧树上，感动为他回乡的前夕添置了变量。他的心理防设几乎一下全部崩溃。

　　她让他感受到爱者心中只看到爱，而恨者心中只看到恨的哀伤。

　　整座城市居住在他的酒店房中，整个从异乡带回的情感深锁在这座荒落的故土家园里。说到底，这是他者的故园，不属于自己，属于自己的，却不在自己的掌握之中。但可幸的是生活还在他们的手中，而不是在别人的手中。只是在越走越远的回程中，他们几乎忘了来时的路，像一条两头燃烧的信子，再不受点燃者的控制。

　　词语在沉默中沉没，顺着蓝色的河流思索着那些早被忘却的节日庆典，痛苦早在内在的门槛内把哀伤化为石头。一束鸢尾花，充满他们分手之后的恩惠，愈合了一再创伤的伤口，却也有不能再度愈合的喻隐。

思念犹如盛花的词语

在深处苍老

在清晨离别之际留下各自的信物

任由你们离开

　　终究在走完应该走完的历程之后，将一张贴在生日卡片上的童稚的笑脸彻底荒废于旧日故园的后院。在这七月，黄金芭蕉盛长在后院里，去年的一场七月雨早已落尽。七月雨的去年今日，他们无法预期今年雨水的流向。

　　雨水，把他们带回十八岁离家的那一年，从此再也找不到回家的路。青年抄下一种她看不明白语言的诗篇，漂流着一朵死亡，毫无痕迹。

　　一切梦幻化作烈火的文句，暴烈地燃烧自己，在飘雪的七月。

kegelisahan didalam kedinginan

meniti sepi keseorangan

sebuah kematian yang tiada bernesan

sendu mengiringi perpisahan

namun keupayaan ku terbatas

segala mimpi menjadi api

terik membakar diri [8]

　　PS：上面的马来文词句是文中所提及的已故马来著名歌手苏迪曼（Sudirman）所唱的两首歌曲，马来文词句中提及的木柯、玛帝、林土，是马来语"花朵""死亡""思念"的音译。

人潮来袭，漂是一座没有石碑的城

在流亡的路上爱我，妳说。
自由，这一种族已经灭亡。

人潮飘移

告别的行程，就像变化是人生的主题永远在变化。

城里的行者无处不在，全球性的飘移人潮有时会使青年微微恐惧，像他一样的尤利西斯世代的漂泊者，今天仍在四海散居，过着永无止境的流离生活，永恒的异乡者，永远的他者，永远的远行人。

白先勇自喻他的世代为永世漂泊的尤利西斯，张错进一步自喻为中国的尤利西斯，常年流散在世界各地。遇有聂华苓、於梨华、陈若曦、余光中、张系国、刘大任。这些人成为他在海外阅读文学的离散文本，一种无家语境的生活方式，游走在当代全球化的文化环境中，在精神位置和地理位置的自我放逐空间中追寻心灵的原乡。

青年对妳说起，他们是他生活中位置十分奇妙的一群文化人，剧作家，还有革命者、企业家、素食者、旅行家、神甫、司祭、教主、神学家。他们之中有些像远方的亲人有些像师长有些像忘年交的朋友，时不时因为各种聚会见面吃饭，交往下来，发现他们那一代直到今天仍然是被神话放逐的现代人。

在轴心时代消失许久以后，这些作家和诗人的神话在放逐者的身上再次体现，流放的血液流浪在他们的身体，像现代城市中的吉卜赛人般过着自我放逐的生活，从部落到城市从家园到乌托邦一直追寻到底。

作家永远不死，他们可以像埃及帝王一样，在古埃及《死亡之书》中向世人宣告：我再次恢复了青春，我是奥西里斯，永恒之王。

这一天可能来得更快，那时候，他随时都准备着要浪迹天涯，远方，美好的远方，所有美好的，都在远方；远方，永远在远方等待，他青春正盛，这是人生中风华最盛的一种快乐。

他如今的生活变得有些苍白，像许多环保主义者那样几乎没有选择余地地回到国际大都会的荒野地带，一回又一回，他被现代文明所放逐的自我再次被二度逐放。

我的大半生，经历了几次时代的大变动后，我始终是坚定不移的自我放逐者，青年告诉妳说，一种属于经历战乱之人所独有的流放心态，宣告了我的时代的罪孽，而我只能在追求的选择中，在追寻中，宣告自己的解脱，青年对妳说道。

人潮的全球性飘移，使我感伤。

我所到过的每一座城市，都没有对我表现出真正的内在世界，触目所及，都只是镜花水月的美丽幻影。

遗世而独立的大城市，像复活荒岛上的孤独石雕映照出时代的独身现象，孤独的社会已经到来，我们都是群体中的孤立的个人，体验着新世纪所带来的悲壮的孤绝。青年说。

那年的初雪来得早，整座古城在雪中成为客人，我形同主人一般，在异乡体会到扮演主人与宾客的角色，一场铭刻沉重的大雪，千里飞雪的寂寞连绵整个冬季，把一切覆盖，把最后一季的金黄时光隐匿在雪中的内宇，连同这个时代的人文死角，都深锁在我的心门之后，然后离我越来越远，然后把我们覆盖，在我们分手以前。

青年说，那年苏联还未解体，克里姆林宫围墙下的古旧大道，园林内花叶早已凋零，灯火辉煌的白色教堂，矗立着镀金的拱顶，在游学访问期间他和妳漫步在封闭国度里的三放广场，天空飘荡如雪的花，萧瑟的古老园子，河上的倒影，映出游人所无法知晓的某种波动。

在雪花飘落之前，雨雪之间，满地的枝叶，在城中的角落里把解体的人生打散在幽暗的水底，在旧林道上，在克里姆林宫城南方的墙下，在他心城的北方，在他们的记忆中某一点的岔道上，在秘密和梦幻的位置里保留在为他而设的心界上，这是一种，他难以捉摸的男性图界，散布在流放路上。

我会回来，聂鲁达这样告诉过他，会回来的，他。"我将在这里迷失，也将在这里被找到，在这里我也许将变成沉默的岩石"。聂鲁达所说的这里，其实是那里，是他自己的离散国度，那并非是他们一代人共有的心灵原乡。

在他共有的心界原乡图上，他曾用墨水刻画过的地方，那里有白色的教堂，矗立着镀金的拱顶，梦幻似的，在萧瑟的古老花园里独处，不让他接近。

在冬雪落下前，那一年，或者随便哪一年都好，他准备为新儒学著作写下结论，学术的意义给他带来无法言表的无法比喻的无力感和虚无感，他是感受到了，感到学术研究有时候只是精英分子共同建构的智力游戏，钻研越深，越感到人生如浮云。

荒野中，心的原乡图

时光是一种流亡，我们能够在这样的时代中对自己忠贞吗？

妳说，无神论的流亡者，神灵的死亡，宣告了他人而非自我的沦灭。

那年冬雪落下之前，一个永远的远行人准备为他最新的离散著作写完最后的章节。

远行的，永恒的远行人，未必一定要远离家乡故土，有一些人身在家园心在流离；当年出狱后的陈映真化名午南村，正是自我灵魂追索空间中的远行人，独树一帜的人道主义者；他的儒者精神在他访问的那一年仍然热情散发，台湾仅有的唯物主义者今天去了北京养病，他那深邃的左眼长久地注视着两岸。

在陈映真之后，他追寻几位知名作家继续深度的访问，此外还有白先勇、刘再复、李欧梵、痖弦、贾平凹、马悦然、李锐、张大朋。他追问他们有关文学和政治、民族、文化，以及和生命本体的意义，人生的追求与修养，完整的人和心灵的思考，他在和这些作家的交谈中感受到丰盛的感动。

他对妳说，在文学和学术的路上笑傲江湖是他少年时的想象，那时他要过一种闲云野鹤的生活，然而那是离现实非常遥远的生活方式想望，以前没有太多高科技和计算机的年代，很多人生活得更开心，就像访问马悦然时他所感慨的那样：以前学术界和文学界都有许多大师，那时没有像今天这种计算机科技辅助研究和写作，然而今天却很少有大师级的巨人了。

没有巨人的年代里，初雪来得早，整座古城成了雪中的客人，他才真正体会到一个宾客扮演主人的滋味，树上晶莹的雪景，为他的重生之旅平添一幕时代景象，飞雪的寂寞，殁亡。

夏天的雨水，和去年夏天一样的雨，滴落在不同人的心原，隐隐撩动他们，走在这一座名叫作香港的地下铁城堡，黑暗装饰了无数充满灯火的地下车站，给了这座城市可供他们想象的空间。

地下铁的每一站，都是历史的脚注，各有各自的梦典，各有自己的神话和符号；许多人坐地铁从上环起站，到中环。然后金钟、湾仔、铜锣湾、天后、砲台山、北角、太古、筲箕湾、杏花村、柴湾。每一站大概都住着妳们调教过的大学生。

这些被调教过的学生时不时会来电邮或其他各种联系，就像那个不喜欢别人称他为哈佛大学教授的李欧梵说过的，他们的一生都有义务为这些学生尽一点力，让他们的人生更加美满；而他们也和这些学生一样，一生都在建造属于自己的城堡，无论学院内外，至今他们仍常回到年少时急于摆脱的历史时光中试炼自己，深深钻入香港内宇所包裹的他们彼此的内宇，舞蝶般钻入繁华的底层，在岛的体内逆驰，一路上，经过镶嵌着的雕花丝绸，还有曼陀罗、金玉、钻石、戒指、王冠、纪念章。政治或谎言的车站也不在话下。

这座全球人口最密集的城市像一个渴望不受规范的作家，为他布下他的叙事迷宫，让他无法看清自己，也摸不清这一座城市，特别是在上班路上的地铁，车厢的开动，也带动了铁体的梦幻时刻，一站一站贴近他，把他带入当年纽约地铁的驿站印刻。

在另一座城的地铁，纽约，城市底下那一座传说中的散布的车站群，迷宫般复杂的路线连接起留学生在海外最初的生命行程。来自东方的留学生来到纽约、曼哈顿，留学、学位、专家、事业、升等、教授。那一年，他还记得第一次到纽约地铁的中央车站，宫殿般金碧奢华的地下空间，行程从中央车站向四方漂流而出，带动他的旅程，如流星般穿过地下迷宫，坚毅与忧伤之光，在仿佛天宇的穹形天顶下，一站一站地向外抚恤着他漂流身体的内宇。

地下铁的空间，构成一座城市通往梦幻的通道，是一座城市所能创造的最实用的时间废墟，带动他通往黑暗的隧道前方，而香江百年的孤独，正宛如变体的巨蛇蛰伏在海岛的边缘，沿着海岸快速爬行，在黑暗的百年血脉中，地铁带他和香江的群众堆挤在一起，任黑暗的隧道穿透。

流浪卖艺者

流亡让流亡者变成时间，变得真实，你说。

自由，是一朵破败的玫瑰，从来不曾被爱及所爱者真正拥有过。

九七年的元旦午夜一时，青年在尖沙咀柏丽广场前走着，一个老乞丐坐在亮丽的霓虹广告牌下，在行人道旁拉起胡琴，声音从破旧的扬声器散发出来，音准极佳的沙哑胡琴声，飘扬在九龙公园的树丛深处，幽怨琴声中，行人匆匆，老人衣着邋遢，神情神秘，分不清是什么心情，在幽明的夜灯中演奏某一种人生的故事。

他驻足聆听一位流浪卖艺者的忘情演奏，在九七年开端的第一个小时，零点后的一小时时光，也许就是流浪艺人一生中的最后的时光，在新年元旦的欢腾人群中尽情演奏他生命的乐章，用弦音奏出香港人对于前途的期盼，一重又一重地，充满在一个街头演艺者的眼神里，他突然看到城市中独有的孤单。

在心灵领域中，也许每个人都只是另一种卖艺者，只是卖的内容和形式有所不同，如今出卖知识的教育伦理的变化毁灭了他们的内心信仰，师生关系也像其他市场商品一样被逼迫到顾客消费关系之中。

往后的许多年，他在这座几百万人的住址中，和这一个街头卖艺者共同经历了共存的各种，试炼。

隐喻总是喜爱完美，喜爱戏游人间。他力求过着隐居而与世无争的生活，一种和人世的现实毫无关系的生活。他游走过名山华林，也到过最古老繁华的城市。森林中有树木的城，城中有建筑的森林。表面上，森林和城市都有亘古常新的建筑体，实际上，城市人的生活本质却几乎是没有经过文明洗礼就从野蛮的森林时代进入颓废的历史。

在留学生涯中，香港是他的最后一站，而他的众多友人分别去了世界各地留学；当年亚里士多德十八岁离开马其顿家乡到雅典，在柏拉图门下听课，学成后，像他老师柏拉图一样授课收生，并在阿波罗神庙近郊创办自己的学堂；第一帝国的浮雕与尖拱墙壁上的装饰雕刻，给了他不朽的感受，感受到建筑体上的石头有着脆弱的历史。

柏拉图的学堂流传至今，以不同的形式传到他这一世代，阳光，透过大堂两侧的彩色玻璃，光灿迷人。蓝、紫、红、黄，色彩穿过华丽宝石镶嵌的窗棂，撩人心魄。

多年前，他以为只要有爱两个相爱的男女就可以组成美满的家，然而婚姻似乎比爱有更多的要求，而且有时是近于苛刻的要求。

离婚后数万个见证爱与梦想的日子，是生活幻境里最真实也最幻象的生活，不深不浅，仅仅影响了心性，时而升华时而下陷时而迷失。

如果能开悟麻木已久的心性，也许可以开悟爱的秘密。离婚后，这些年的爱与欲的追击，从追索追捕追剿到追悼，从花样年华到样板岁月，慢慢发现爱是一种安居的状态，是一处供我暂时寄居的地方。

生活于此，这座城市正是从男女不同的角度观察，看到一个女人形象与精神的变化，也看到这个女人身上所发生的一切故事；虽然，只是一个下午茶杯里的涟漪回荡，在国际氛围中有时候也会感觉有点凌厉。

城市的妖魅大概偶尔也会像他那样产生一种堕入时光隧道之感，那一年，香港回归了，他也来到这里生活，商业化的人文世界，让这个回到娘家的小媳妇不再流放于世界版图上，一心一意，只想做一个有国际野心的商家。

流程总站

流亡中的自由比自由的流放更加令人动容，妳说。

回顾学术丛林的漂泊生涯，有时候也有无穷的乐趣。

许多年后，年轻时候被他埋葬在不知名地图中的心情又再突然地破体而出，仿佛，他又回到神秘的古堡，绽开莲花的心情，走在克里姆林宫宫墙外的林道上，或者纽约的午夜街头，街道两旁的老树把春天所收集到的叶子都丢尽了，扭曲的枝丫仿佛有着雨天的能量，受尽无名心情的投射，将他的外在形体的表象移置为一种感伤，在他离去后的窗前表演充满象征意味的肢体艺术。

书写一本书，那是很久以前他年少时的梦想。他是许多作家的追寻者，英国的勃朗特、奥斯丁和那位被誉为英国文学史上最有才华的女诗人罗瑟蒂；法国第一位女性动物画家拜贺，法国浪漫主义代表作家斯达尔夫人，以及被波伏瓦称赞为法兰西真正伟大女作家的科莱特；智利诺贝尔文学奖女诗人米斯特拉尔，超现实主义先驱女作家拜巴尔和魔幻现实主义流亡女作家阿莲德。

《绝望之诗》《死亡的十四行诗》《穿裹尸衣的女人》《流亡家书中幽露之家》《爱情与阴影》，都是一些绝好的诗与小说。

如今他还记得那年的初雪来得有点早，满树晶莹的雪花散发出一种令他吃惊的破败之感，为作客莫斯科的旅人增添了一份世纪交替的时代景象，仿佛，一刹那就过尽一生。

异乡色泽中，从大学时代起，他就一次次在谈话中自喻为宇宙中漂泊的流星，不断自我燃烧，所谓漂流，自此给了他无尽的幻象。

他深知人格的发展决定了书写和爱的能力。然而，爱的人格却可能是当代都市生活中最欠缺的要素。在现代通讯科技高度发达的都市生活中，物欲的享乐追求剽窃了他的性灵内心。

我们是，另一代在垮掉世代中走过来的路上行者，常在一瞬间，消失于网络与现实交界的生活里，容不下，迂回曲折的幸福。

毫无异议可言，他的写作借此更加深入生活文本中寻找尚未被读出的主题。

许多仍然没有被作家收取和盗取的文字与词语，像无名一代、迷失一代、垮掉一代的先辈们、同辈们、晚辈们那样居住在文字最初源头的符号荒原上，等待真实生活的到来，等待被他被无数的作者所书写。也等待，爱情的绝望的，再度来访。他喜欢等待，就有如我喜欢各种未知的文字，在符号的荒野中极富灵性地活蹦乱跳、情迷意乱令人昏眩的样子。

追寻的本能是一种内在外化的集体潜意识力量，一种象征化的心灵活动：他在青春时期所面临的生命轨道的困境，推动他努力地由边陲往中心力溯，在人生宇宙中寻求自己的位置，成为彗星。或者行星。或恒星。或流星。或卫星。或黑洞。或暗物质。这些有关宇宙大爆炸遗留下来的物质，都是他这一生中的隐喻，被年少的他，一语中的。

可能这大半生他都是一颗流星，拖着缤纷灿烂的星尘，和其他流星们羁旅宇宙，一颗颗的青春火流星，带着远比太阳更强烈的光亮在宇宙流浪，荒漠或繁华，伴他穿越心灵的天堂与地狱，最终他落入她失眠夜里观星的心界图中，用宇宙中最短促的光芒告诉了他，她今生的故事。

在漂流的旅途中爱我，她说。她成了他漂流路上的一个路标，也成为现代社会中争议性极强的指向。

漂流的爱，成为所有现代都市人的隐喻，他透过无形的幻象，以强大的知识理论系统去追索他的漂流行程；而他，从少年时代开始就驻足在冥王星的隐喻中，体验极度冰冷的一种心灵流程，她的到来，为他贮藏故事的时空黑洞推压出一个银河系的往事群，同时也是他往后日常生活中的一个路标。一个储存库。一个收藏室。一个博物馆。一个歌剧院。一个帕提侬神庙。一个不弃不离的守护神。时不时，钻入他的深层潜意识中将他往外涌现，挖掘自我，挖掘出的，是星体共有的内在黑暗与哀伤。

他少年时的逃亡成为他下半生的创伤，他的伊国开始了无限度的破裂。通过她，他看到新的世界，通过相约之地他来到告别之所。

这些荒蛮部落人的身体铭文，是他的人生代喻，是他日后精神世界的烙印，这逃亡的行程，在他的伊甸匿中有如膨胀的宇宙在黑暗内宇的太空爆炸；而黑暗，正是他今后所必须面对的、内心宇宙爆炸之后的结果。

他曾经为了家庭放弃了自己向往的生活，放弃自己的梦，很不容易，他的下半生，流离在膨胀的历史中继续燃烧，没完没了，像过早偏离轨道的星体，努力想要逃离现代政治和商品社会的追逐，在物欲文化的引力下渴望逃离却无力造方绿色心灵的总站，他的特立独行，百年中华民族的战乱岁月，现代城市人的华丽囚犯生涯，最终让他成为隐性的精神病患。

只有他知道她的苦痛，也只有他，无法再忍受她的苦难人生，在漂流的路上，他并不想做一个知名人士，他向往古典时代的光阴，现代人的心灵只能属于未来的自我所有，不属于他的时代，她说。

这一回的聚会，在另一个除夕之夜，他毫无拘束地谈话，老电影的一首主题曲，飘飘渺渺的，漂流路上，他都在寻找一个可以终身相爱的人，这种寻找解脱孤独的承诺，始终没法由一个爱他以及他爱的人去实现，他仍旧生活在两难之中，仍在时光的甬道追寻自己的路标，*Somewhere in time*，一剧老戏，扑朔迷离，到处是相见的地方也是告别之地，最终的发生也是最初的，告别。

无法命名的世代

生活在隐喻中的、爱情

见证时代的学府诗人

走在世界前沿的、少年

无声男版的女生主义发言者

灾难新世纪的天蝎座，圣歌

藏骸地的倾诉仪式

十年岁月，我走上里奇从一个养育着几个孩子的家庭主妇变成女性主义批评家的道路。当我彻底觉醒的时候我像里奇那样狼吞虎咽地阅读，在笔记本上胡乱地涂抹，写这离破碎的有关婚姻和自由的诗篇，感受到里奇对自己人生无望的哀伤。

我们不约而同不得不承认，我们都是拼着命寻觅内心的怪物的那一类人。

这十年来的诗生活有点像里奇在她那传奇般年代中的自我开创的生活，一面照顾孩子一面在家庭繁杂事务之间的零星时间，在人们休息的时候在城市零碎的生活时间草草落笔成章，匆匆定笔成诗。

上一代人似乎仍然相信现代婚姻而下一代人似乎已看到婚姻制度的崩溃感召，只有我这一世代对于爱或婚姻都还处在进行式的犹豫与怀疑之间，彷徨。如今以婚姻为目的的爱情已是一种不道德的理想，少女说，如果有人说她是为了婚姻而去爱一个男人，那太小看她了，要爱，就不要小看爱。

婚姻也许也是没有意义的符号，只是两人内在想象的世俗景观。在婚姻里，两个人最需要的是毫无条件地去接受一个和自己不同的另一个人，有谁能做到就可以走向婚姻的幸福殿堂。

虽然离婚潮曾像病毒般四处肆虐虽然许多国家的离婚率已超过婚姻总数的一半，然而仍有夫妻在婚姻生活口为了孩子而在一起生活，也有为了当年所爱的人而死守失血的誓约，还有人为了虚假的假面人生为了如今已然失去了自我的生活而残存，而更多的人好像我一样是失去了自我的一代，在网络上以假名符号在虚拟空间中过着类似中世纪人的精神流浪，生活。

精神流浪一族是现代吉卜赛人，这是最令里奇深深恐惧的一种漂泊感也是许多中年女人所害怕的一种生活状态，而我也是。

黑格尔美学把爱情最高的原则主体视为一种能够把自己抛舍给另一个不同的性别个体，放弃自我的独立意识也放弃个别孤立的自为存在感，从而让自己在对方的意识里认识自己，这古典式的爱情观显得有点高有点超然：

> 我应该把这主体性所包含的一切，把我这一个体的过去、现在和未来，全部渗透到另一个人的意识里去，成为他或她所追求和占有的对象。在这种情况下，对方就只在我身上生活着，我也就只在对方身上生活着；双方在这个充实的统一体里才实现各自的自为存在，双方都把各自的整个灵魂和世界纳入这种同一里。
>
> ——黑格尔

奇妙的爱情美学神奇的爱情主体原是通过放弃自己的主体才能获得更高的另一种统合主体。

在爱欲丛中在姻缘丛中，我们可以成为诗人的载体也可成为一只画眉鸟召唤的寻爱者召唤的异乡者，也可把自己的意识消失在另一人身上，这正是现代无名一代可能想要实践的一种忘我忘私的精神状态。

我从黑格尔的爱情综合主体中重新发现自己重新实现自我：由于忘我，爱情的主体不是为自己而存在，生活不是为自己而操心，而是在另一个人身上找到自己存在的根源，同时也只有在这另一个身上才能完全享受自己，自由的生活。

无限的心灵世界无限高的爱情状态可以创造新的世界，爱之名，让一切得以获得价值，这是我在里奇生活中所寻找到的一种感情观，也许也是弗洛伊德所相信的苍白而巨大的水样的一种欲的升华：既存在于肉体的爱中，也存在于非肉体的爱中。

很多时候，时间被各种看似有用实而空洞的故事所割裂，这是天蝎座圣歌的主调，支撑起里奇和我这些年来支离破碎的诗句，同时发展后散文与后诗歌书写的空间，也在后文学时代中开拓叙事性的小说化散文同时尝试开创新诗的新式写作，在美杜莎的笑声中等待另一种文学江山。

阅读与写作惊醒了我内在的陌生人格也惊醒爱的人格催促我走向天涯驿站，在诗与写作的前夜，我和一些友人各自躲藏在隐秘的避难所，仿佛还能够在远方观看灾难新世纪的舞步。

在各种灾难的路上我通常只是生活中的某种媒介工具供他人使用，这些媒介工具和生活，只有很少的时候是属于自己的时候。

只有在星期天，这一天永远是西苏无边无际的日与夜，黑洞般吸纳了无际无边的青春，孕生了一生中所有的星期天，路上的行人永远特立独行，想把日常的生活场景变成文字牧场，用书写自我修行，寻找一些可能终身都无法被寻获的什么东西和理念，当然还有文字。

在新世纪灾难的面前许多人只有淡薄的爱的力量，并未能抵御悲痛侵袭，那些秋色优雅的枯林前方，文字已经搬到高楼上的森林寄居在城市中，在里奇和西苏和德里达和张爱玲和鲁迅的文本之间，文字是自足而独立的有机体，将我排除在外也把我纳入于内，在需要说明的地方不说明，在不需要说明的地方却细致地解剖自我。

到头来，我的文本在相互交融中深陷在文字的恋情理论之中：写作，不是一种原始意愿的后发性情感，我重新唤醒内宇沉睡之诗，成为文本互涉中那个写与被写的人。

我很早就看到凡夫的生活，看到波德莱尔身体中天生的兴奋剂，不断自我更新，从生到死，许多幸福的时光转瞬即逝，我仍在学习着波德莱尔那种憧憬中的写作，构思一处被人称作乐土的富饶国度，与最心爱的情人一起到那里旅行，在那独特的地方忘却巴黎的忧郁。

然而我要忘记的，却是我自己。在写作的前夜我跨向天涯踏上无止境的轨道，向自己的童年、家乡和自我，一一地迎新，送旧：

　　异类混杂的作家是性感的，她是性感的混合体。她可以消散，巨大惊人，充满欲望。她有能力成为其他人，化为其他女人，成为与她不同的其他女人，成为他，成为你。是昨天的，也是明天的。她进来了，进入她自己，我和你之间，进入另一个我之间，在那里，人总是无限地超越自己，超越我，从不惧怕达到极限。

——西苏

辗过，城市的大荒地带

他的亿身跟随着他
胡子眼睛脊背手杖破衣
没有任何一个特征可以区别
都买自司一地狱
以同样的步伐
迈向未知的目的

灾难新世纪的舞步

如果此刻我们坐在车里在雨湿的回家路上滑行，夜雨打在金属上的声音传入车厢，和收音机的声响融为一种独特的音效。

那天，回家路上听广播里香港新任特首在记者招待会上讲话，转眼已经换了两位香港特首了。

一条暗夜雨湿的道路。这不是个人的噩梦，而是地球的噩梦。地球，有一个噩梦，正在发生。

这是星球的生物暗物质和暗能量爆发的年代，作为我们现代生命的标志。我们以最新的科技发现了血液中的微生物群落，以最新的基因深度测序工具深入我们的深层基因之中，窥伺我们的身体和环境。

城市仿佛回到没有彩色电视机的时代，整个世界只有黑灰和微明的光点，如雨水般一滴一滴渗入中外记者的提问和回应声中，化为科技的一种声浪，在雨夜的大道上带我们驶入前方的世界。

许多记忆在心里回流。这座城市在十多年前有了一个新的名字，叫回归。回归之城。

一种过渡

历史的声音，降下

欢庆与哀悼的一种典故

独具一格，一种幻觉

命运的文本

在掌中摊展

回归的路比任何人的猜想更加地艰辛。有的民族可回归却不想，远远的，带家人父母老小逃亡。有的民族渴望回归却找不到回祖国的路。

上世纪末的金融风暴的力量，至今仍影响着城市的居民。金融风暴后，是禽流感瘟疫的新病毒时期，紧接着是更致命的"杀士"集团造访人间。灾难的脚步，延续了上世纪的疯牛症和猪口蹄症的瘟疫阴影，把人间的苦难演变成动物界的巨大灾难。

一幕幕，史无前例的动物界的灾难图卷。

动物大屠杀的世纪来临了，人类惨绝人寰对待动物后的物种大反击，各种病毒通过动物袭击全球各地的人们，然后是大的物种大屠杀。家猪大屠杀之后，禽流感瘟疫带来了更大规模的屠杀工程，一场又一场禽类的灾难。前所未有的大屠杀在人类对于新病毒的恐慌中展开，迅速向周边区域扩散，一切都是如此的理所当然。

一场禽流感病毒，揭示出，病毒的先驱者如何自我改良基因，从不同物种到另一物种的宿寄进化，刻画在家禽之上。

亚细亚的鸟殇，向全世界发声：我们，来了。

亚细亚的鸟殇从香港这一座城市，首次展开了。病毒的先驱者，以此展开它们的新世界，病毒的新的、自由。

这是生物界反扑人类作恶的年代，黑暗时代的重来只是时间的问题。

然后，然后就是圣诞节过后的南亚海啸巨灾。新世纪灾难的脚步近了，在冬季圣诞的时刻到来，预示了新世纪将会是灾难连连的一场梦魇。如果日子也有生物的情绪与心理，该知道我们的世界如今已是一座沉睡的火山，一座修道院，应该知道颠倒的世界是一种怎样的错乱情绪。那一夜，新任特首的记者招待会的夜晚，一个仿似冬天雨夜的晚上，而其实，春天的脚步早已到来的夜晚。只是夜的色调如此的冬季。

我们记得，天色在寒流中很早就已经暗了下来，行人匆匆在路上走着，如鬼魂一般没有身影。古老大陆的繁华湿地，内心里有一处大荒地带的荒城情结，一处现代语境的世俗化城市景象，企踵于中国海的角落。那些远去的迦太基沦亡的古代战场，壮丽的原野风光无法哀悼自身消亡的壮丽。而新世纪的世俗城市，只能祈求世俗神灵的怜悯，怕只怕连神灵也失去了回顾和反思的能力。

二〇一五年美国禽流感侵袭中有四千八百万只鸡丧命于所谓的人道安乐死。想象美好的新世纪吧。埃博拉疫情。塞卡病毒。米米巨型病毒。美好新世纪的前景远在前方。想象完美的理想社会遥不可及。想象所有彳亍者所希望的诸种幸福都可望不可即。

想象彳亍者自身就是一种不可回避的毁灭——想象，这座城市逐渐丧失了所有的能力和优势以后，许多人还在渴望新的生活。全然不知悉生的巨梦源自海水干涸后的大荒盘地，在孽摇群羝的山巅，在商业极度自由的荒野地带，那只是曾经有过的美好老日子。

迈向未知的一种英姿，或许是香江城居人所追求的人间仙境之幻境，在极度世俗化的国际大都会里，继续英姿焕发。

枯枝优雅的秋色

孤独感从幼年便开始

虽有家人

身处同学之中

尤其如此

——宿命中永远的孤独

这正是这个时代的绝望影像，最后的审判日。

灾难世纪末，从荷马的七座故乡跨越现代大都会来到我们眼前。雅典，阿弋斯，希俄斯，科洛丰，罗德斯，萨拉米斯，士麦那，不知哪一座城市才是盲眼诗人真正的家乡，哪里才是我们寻找中的家园。

这是生态的灾难时代到来的日子。剩下的，只是时间的问题罢了。

房龙在他的巨著里如此写下他的序言：

在宁静的无知山谷里，人们过着幸福的生活，永恒的山脉向东西南北各个方向蜿蜒绵亘。这美丽家园的景象，埋藏在现代人的天性中，一层非常单薄的礼义与文化底下。早晚要爆破。

我们相信，世界毁灭的喻寓，不是隐藏在丛林荒山的深处，而是深藏在一座体质单薄、纤细而极度世俗又愤世的岛屿。

那些寒意渐浓的黄昏，窗框成为秋的演绎舞台，阅读着老树梦中所构思的肢体语言。枯枝优雅，赫然有如海中巨大的珊瑚伸展而出，用复杂的肢体展示海水干涸以后的巨梦。

秋天。火车在轨道上辗过秋色金光，穿透而过，通往记忆功能良好的街道，越过遗忘能力很强的各种广场。那是一道从中央神州入境香港的轨道。不久前，刚刚把行驶的领域延伸到尖沙咀东部的中心地带。那是新的方向，让轨道能够更深地进入特区。那是一条记忆能力很好的轨道，也是非常善忘的一种城市道路，指引许多人前往不知名的地点任其迷失。

世俗化城市的铁道成双成对地到来，然后成双成对地离去。所经之地，留下男女彳亍，彳亍，彳亍，漫无目的的一种穿越姿态。走向各自的目的，一种漫无目的的走向。

秋天，伴着病毒的先驱者，一再地反复进化的病毒，如今已有战胜超级抗生素的纪录。从生物进化的视角来说，我们看到了物种自救的神奇力量。我们也许应该把一颗纪念章放在病毒先驱者进化的尽头，并刻上这些病毒的名字，它们把我们的生存史和疾病史推向新的里程碑。

一年潮湿闷热的季节又过去了，不久冬天也过去了，铁轨照样沉沉压过世俗荒野的城市。我们感冒我们咳嗽。在城中心和城市边缘之间的花园楼房，许多互不相识的居民在花园和城市中心地带之间走动。我们咳嗽我们感冒。荒城的世俗景象仿佛有一种原始力量的光环，每一栋高楼都是现代虚拟城市中的巨树，巨木的枝丫幻化为各式的视窗，灯火就是这座森林的叶冠。男人咳嗽了，女人感冒了。

我们逐渐失去了回顾的心情，一如往常地走出高楼上的家门，在地铁的人潮中，在接近中午的时刻，发出一阵阵令人沉默的声响。阳光，被弃于隧道之外，许多行人也病了。

一个又一个的冬天，一次又一次的黄昏，一场又一场的雨，从扶桑树上降世，落入我们的内心。我们在心海的深处放眼云海，在三百万里的扶桑巨树下，沐浴着太阳的温泉源谷。一切梦典的重生处。在我们沉默的时候，重生的梦典重复地阅读我们，一再地分析我们，理解我们，书写我们，一个时代的绝望符码。这代价，正是这绝望的时代。

高楼上的森林

当阳光以双倍残酷的线条打在

城市，农田，屋顶和麦粒

我孤单一人

练我的神幻剑术

我们所喜欢的一位罗马皇帝，定下这样的原则：宗教是人与上帝之间的事，上帝觉得自己尊严受到损害的时候，自己会照顾好自己的。

人们依然在谈论新的社会新的时代，有如新的天国一般，我们谈论了数千年。像漫游中的波德莱尔，我们也把我们的社会当作处世的招牌，在漫游中孤单一人演练我们的神幻剑术。每一条城市的轨道，都是一处修炼孤独剑术的所在，也是修缮爱心的堡垒。

生态病毒反扑的年代，也许也隐喻了我们灵性世界的病毒。

这是爱的灾难的时代，是无名灾变的时代，是无名的愤世女神降临的时代。

爱情会是人性最后的堡垒吗？然而，我们需要自己寻找爱与婚姻的黄金年纪已经过去，许多人剩下的只是工作和养儿育女的任务。

没有爱情，人类最后的救赎也将永远消亡吗？最大的挑战也最为脆弱，我们的时代也许正处于爱情消亡前最后的余晖光环之中，拐弯抹角地，拼命在寻找不被消亡的可能：然而如果没有毁灭的命运，还会有爱吗？爱情的另一个地址真的是毁灭吗？

而毁灭的另一个地址，真的是爱吗？我们常在他人的故事中追寻爱的主题。从少年时期起，把言情小说一章一章地阅读，把电影一年一年地追看。文字中，作家并没有对读者清楚说出他自身的传奇。我们是如何被作家过去曾经的爱欲迷宫，建构了我们今日的内心世界。那是一片生长在青春广场上的古老丛林，有一丝年华流逝的伤，是我们摆脱不了的迷宫般的爱欲纠缠。

在我们中年以后的安全岛上，偶尔仍然有情感乱流的巨大力量碰撞我们的航程。爱情也许只是激情的另一个原址。婚姻也不是爱情的必然结果，更不只是简单的商品化的一种现象。

这一点我们也许和张爱玲一样，也和五四时代很多文人作家一样相信，爱不应该有目的，也不定必须要有结果才是完美的爱体验。爱不应该成为当代社会文化中一项交易中的商品。可今天这已被很多现代人视为保守的爱情观。

朝圣式的爱，仍然是现代人所追求的感情模式。

那是弗罗姆的爱欲体验。我们比较难不去认同他的爱欲见解。成熟的爱是在保存自己的完整性，以及保存自己的个人性之前提下的爱情。只有保留了自我的完整性，如此，爱才能成为生命中积极的力量，突破自我，突破人际关系的隔离墙垣，把我们的自我与他人的自我完美结合起来。

这个国际都市中，这一座城，日日夜夜被一列火车和一列地铁横贯穿越，留下咔嗒咔嗒的空洞声音，急驰而过，在高楼与高楼之间，高楼之下，从楼前屋后，从四周的玻璃窗口声浪泄入厅堂，连绵动听。

我们周围响起音乐的声响，在清早的曙光中漂浮，永远的彳亍者，永无停息地漂泊在城市与虚拟的森林之间。每天，我们在高楼上醒来，清脆的鸟鸣声自窗外传来，从对山的树林里随风传来。来自森林的风和其他声音令人产生森林的幻想。我们想起我们跟随朋友到巴西雨林站在数十层高的树冠层间观看浓郁烟雨迷雾起伏的森林景观。

那年秋后的岁暮，冬日的微阳充满了新儒学的意味。在一个都是男性学者的研讨会里，这些孔儒的后裔，虽人到中年却仍个个充满活力，一种男性荷尔蒙活跃的催发现象，使整个会场充满了诱惑与妖魅的气息。

灯光有点浪漫，有人不断摇脚，有人进入梦乡，云游四海。道德的价值，儒家理论学的重建，良知坎陷的辩论，儒学政治的开拓，中西哲学体系的陈述，以至情欲与价值，知命与立命，自由与自律，内圣与外王的解构与重建，都有了新的商榷。

大荒地带的城市

老人破烂发黄的衣衫
模仿着这阴沉的天空的颜色
出现在我面前

旅行家二号飞船飞越海王星的那一年秋天，我们到了年少时传说中的那个海岛展开我们新生活的转角。旅行家二号飞船从太阳系边缘回头拍到了地球的身影，只是一点非常微小的微蓝小不点，漂浮在遥远星尘的微红光带上。我们微蓝星球，悬浮着，我们的一生，和我们的故事。

如果日子也有心情，应该是日夜颠倒一般的心情。

香江十年的学术生涯，已足够教我们看清学术界和文学界的内野。许多无名知名的彳亍者，仍旧努力地做着肢解知识和人生的工程。到底，我们要在一生中追求什么，生命中最重要的核心元素又是什么？我们努力地想要洞悉自己，想要寻找到现代城居生活的价值所在。到了最后，发现彳亍者都在为他人作嫁衣裳。

那些年的秋天，我们偶尔喜欢坐上开往郊区的小巴，在上水和粉岭一带的旧区闲逛，沿着绿意盎然的道路游走，景色有点像是家乡吉隆坡的卫星市八打灵。每隔一段时日，我们会和那时候还是妻子或先生的伴侣特意坐的士或小巴到联和墟的老店吃晚餐。

我们最常到有新界最古老酒吧之称的餐厅喝酒用餐，喝啤酒，在一座长方形的单独小房子里。晚饭后在旧墟的街道上彳亍，欣赏古老破旧的小镇风情。这是另一种荒原之地的破落地域，演绎着荒城被彻底世俗化前的旧时样貌，一种风华消逝以前的歌剧，金粉散尽，所有圣城的美好想象，很快就破落了，景色在夏日里偶尔被早来的台风雨水安抚着，玩弄着。

千禧年后，我们经历了离婚之痛，打开乔维拉·娃格斯的黑鸽子之歌，喜爱这一个墨西哥老女歌手特有的沙哑的腔调，歌唱人与飞禽走兽的伤痛。

我已欲哭无泪／而黎明尚未到来／我不知道是诅咒还是为你祈祷／我害怕因寻找你而发现你／你拿走了我狂欢的支票／黑色的鸽子／黑鸽子／别再玩弄我的尊严／黑色的鸽子／你是痛苦的规则

从年少起我们就一直进行着这种耗费光阴的感情追逐战，以及文字书写工作。对于文字的癖好，始于我们年轻时候的逃亡生活。逃亡中我们重新建构了自我的主体，找到了认识世界的语言，从逃亡的人生中读出许多以前看不见的文字。

事实上，我们读出的，不只是那些已失去的初恋情感，也读懂了自己内心深处的奥秘，以我们所能表达的语言将深藏于内在的原始的力量释放出来。

写作，在我们往后的学者生涯中占据了重要的位置，也经历过文学的辉煌时期。文学曾经是我们生活的重心。我们写作，我们编书，我们发行期刊推广文学风气，乐在其中。九十年代以后，我们在亚洲的经济灾难中沉默下来。

文学的辉煌时代已然事过境迁，盛况不再。

一夜之间，文学突然从社会大众的日常生活中消失，网络时代好像就要取而代之，这特别有种重返荒凉峰峦的意味，十足像当年凯鲁亚克在一个春天用了三个星期一口气写完《在路上》一书后的挫败感受。跳过垮掉的一代，当代人的精神生活变得越来越多元，也越来越表象化影像化。

文字，或者说，文学的语言已变成微不足道的小摆饰，陈旧，无用，冰冷黯淡。

荒城的记忆中有着世俗难堪的阴影，而物质生活的轨道也有另一道记忆之路，引领着彳亍者的追寻。香港地区的彳亍者，一如往常地追寻、盼望着另一番风华的景象。

记忆，对这座城的彳亍者来说只是一种生物性的欲求，缺乏安全感。在世俗荒城的想象中，记忆是一种缺乏安全感的欲求。在商业的竞技游戏中，在文字艺术的想象中，或在各种理论的应用上，香江彳亍者陷入自己所追寻的盲区之中。转眼数年间，彳亍者还在回忆美好的旧日时光，以记忆和想象的特殊功能，活了下来。

彳亍者的许多记忆，有些生怕被弃置，有些却不愿被再次记起。昨夜的梦，许多人已然失去。今后的梦，仍然在记忆女神的引导中主宰了我们的生活质量，物质都被转化到生活之中，形成现代城居的生活形态，而且扮演着重要的角色，影响着这一座世俗荒城的价值观，引领着，所有还有梦想的人的追寻。

隐秘的避难所

古老郊野的陋屋上

挂着，百叶窗

秘密色欲的避难所

通过波德莱尔的百叶窗，我们也在寻找避难所，尽量地，避开色欲的场所。

在一座道教的观前，第一班火车照例按时驰过清晨的露水。

在道观的金碧辉煌之中寻思人生的轨道，两旁充满世俗的影像。清晨的秋色中，铁轨穿越城市的高楼之间，一次又一次想要通往神圣的中心地带，而一再地迷失，重返，再迷失。

在高楼上，我们和彳亍者在各自的学院和起居室之间生活。

触目所及，世俗化的荒城一年一年的更加通俗了，充满着华而不实的幻象，布满各种供人解读玩乐的符号。阳光如花，在夜晚凋零的星光中，彳亍者走在雨季过后的海岛，看见了岛屿被城市化之前的原始面貌。那时候，彳亍者还没有技术去解读现代大城市身体所隐含的黑暗和光明。

那是彳亍者们真正快乐的黑暗死角，城市如今已不再有哀伤的心情，留下来的只有疲累的身心，落在荒野的大海的边陲。

逐渐，我们失去了回顾和反思的心情。

老子对人生这方面的领悟有着无为无知的道理："为学日益，为道日损，损之又损，以至于无为，无为而无不为。"这种无为之为和无知之知的观念，在我们的生活中产生诸多的吊诡，既是一种理想，却又是一种危机。

我们讨厌自己到了这一把年纪还没有摆脱对人推心置腹的心理，相信社会的美好内涵。我们知道，对于某些人来说，天真大概是永无止境的一种人生追求。芸芸众生，我们跟随着《红楼梦》里少女少男的步伐，还有《浮士德》中的正反主角，嘲讽现世的人生。

在异城破落的角落中，我们在树冠的高空通道里孤零零地爬行在树冠与树冠之间。

我们居住在完全虚拟的生活空间，有着全然虚构又真实无比的存活方式。

我们总是有点孤独，长久与主流社会隔绝，不理世事，活在自行建构的现实之中。

我们感受到这座城市令人迷失的力量，走在令心灵死亡的奇异之旅，再没有任何的记忆以让我们坦白说谎。

我们以为我们会继续活到下一个更为奇异的世代，在楼影幢幢的城市，在这座有待破解魔方的地方，我们想要成为极其简单的人，想要成为极其纯真的人，想要有极其美好的心思。然而在社会领袖的脸上，在父亲的人格中，在男女性别在各种身份之间，我们看到人们极其复杂的心理迹象。八方都有隐性的分裂情绪，把文明带到现今这种地步，任历史与生命的双重场景不断被人重提，整合，或消音。

火车按班照例从远方驰来，一列列，夜夜把我们送回睡觉的地方。静夜里，花园里的游戏哗叫声寂静后，孩子回家了。未来的彳亍者，从幸谦的眼前走过，孩子脸上流窜着忧伤的神色，慢慢走出花园，在彳与亍之间，等死，或者，梦降临，如果。

走过，开创自我的歧途

这是波德莱尔笔下的巴黎，也是爱伦·坡、雨果、巴尔扎克、恩格斯笔下的巴黎。第二帝国的巴黎，人群、橱窗、赌场，一切在跳动而混乱的煤气灯下，被绘出点彩派般光怪陆离的平面效果，错综的身份和标签，不同文本间的相互交错和撞击，拼贴出一个立体的、超现实主义的、奇特而又矛盾的巴黎。

——本雅明

诗的前夜，观望命运的耳语

小小车站探触到一片荒渺的废墟
我的故事要从城市的小说说起

站牌把我驻留在故事的出口
涂改所有的行程
在轨道扩建的第三阶段
随着列车的更新
变形，扭曲，错置
把车站驻留在异乡的巷尾

　　思想之路往往是我们的生命之路。际遇因缘中，与自我对话的结果，是诗。

　　诗作，是诗人自我翻译出来的内在情思。我们是能够不断将自我情思译出诗篇的作家，我们的诗体语言不乏原始性和个人本质。

　　在回顾我们的交往时，发现了许多看似不重要的人生交叉点到了后来竟是生命中发生巨大变化的前夜。诗，可能就是这样的前夜。写作本身也是。

　　我们其实都在改写我们自己以及我们的诗篇。当年我们到台湾读书前，在马华文坛他已享有相当的声望。那时期，他以半岛诗人的名字为大家所熟知。文学这一词汇对初出茅庐的诗人而言并非是空洞的名词，然而他的文学之路却远比许多初中生来得曲折迂回。

　　人生的复杂性与机遇维度需要时间才能进入我们内心，我们才能倾听清楚某些无可回避而又需时思考观望的命运耳语，然后成为真实成为存在成为诗，然后，成为流逝，观望的一种声音。

　　在社会工作了七八年后，他在人生道上绕了一个圈子，才在九十年代初到南台湾的成功大学读中文系。那时我在政大读研究所已快毕业。那年他常为了听演讲而从台南连夜坐火车赶来台北参与某些盛会。在一次的同学聚会中我们在台北的一间餐馆见了面。在这之前，八九年前我离马时买了他的处女作《江山有待》，好像和他也曾在吉隆坡的某个场合见过面。但记忆中的第一次见面却在台北。聚在一起的还有祝家华和林建国等人，转眼已经十五余年过去了，各人心中的酒神也有了狄俄尼索斯的沧桑。

　　岁月有声，诗文无语。

　　印象中，他总是温文儒雅一派书生气质，这形象日后跟随我到了香港。我在香港中文大学读博士的第一个暑期，他到香港找上了我。在求学的人生道上，他没料到他会在成大认识了一个香港留学生女朋友。他女友比他早毕业，毕业后回到香港。这缘分让他此后几年常往香港跑，有几次住在我家。香江成为我们友情发展的港岸，诗人这个名字慢慢也就变成了现实生活中的他。

　　此后几年他常在香江的航道上遇见这位恋爱中的诗人。除了香港，以前在我回到台南时也和他见面，这样有来有往的，从求学生活中逃遁出来的两个来自南洋的游子，依据各自的心情与心灵探寻着隐含在敞开状态中的命运之诗。

　　诗的写作向我们展开本质的时空让我们思索让我们游憩与闲逛，各种迷思的轨道一路开展闯入我们闯入海德格尔的时空与存在之思。

　　在思中发问诗的可能的境域。

　　存在的发问起自于一个少年的觉醒，我们看到一个远比家乡更大更深邃的世界。我们首先踏出家乡，走向我们未曾想过会在那里居住的城市：童年的时候，我们没想过会到或为何要到首都吉隆坡去生活；少年时代也没想过有一天会到台湾求学。香港在这意义上也是我们另一个人生的前夜。我们在文学的追寻中向更远的国度迁徙。

然而他至今还没有学会定居，可能也还没有学会爱情。他是从他的香港恋情开始走进我的现实世界中。这段恋情日后证实只是人生中的一次恋爱经验。在他多次来港小住时期，我曾聆听他对这一段情感的喜悦与矛盾。那是他的初恋，可称为异国情缘吧。我就是从他的初恋故事开始对他有了更多的认识。

暮色袭身

月台上一对疲累的异地情侣
顺轨道的方向寻找相爱的胡同

排除在列车之外
隔绝于伤逝的追捕
跳轨前，遗下姓名
许多年后被人遗忘的一个站牌
远在横澜灯塔的光线之外
香港依旧
真情是生活下一站的等待

　　天色暗得快，书房没有开灯，暮色袭身，很快就感到有点倦怠。窗的一方，沙田跑马场中的彭福花园暮色渐浓，赛马场的跑道将这一座花园围绕起来，形成独特的花园景观。连续几天，同样的傍晚，那年我的窗外常有数十只白鹭每晚在同样的地方栖息。在两棵仿似热带常见的雨树的伞形树冠上，白鹭的身影在暮色中有如落在花园里的白色星影，为园中的水池洒落点点白色丽影。

　　常常，鹭鸶就在树和池的四周飞舞，以怪异的姿态划过，远方的湖面。越过沙田的护城河，越过九龙半岛，越过维多利亚港。

　　她的文字让我重新追忆起许多已经淡忘了的往事。最难过的莫过于往日的某些忧伤重新侵袭着我。当我看到她记述我和前妻的往事时，心中突然有针一般地刺了一下。我记得我们谈到日本首相小泉对于离婚的感想。他说离婚的决定，要比结婚的决定更加困难几十倍。我想，这是一种只有认真对待婚姻的人才能体会的痛苦吧。

那一个星期天的午后和夜晚，在寒流来袭的风云中，在十度以下的气流里，在没有开灯火的书房里，我的日子仿佛更加地冷意森森了些。

年轻的花雨季中有过美丽的少女梦，透明莹亮，成串成串的黄花在路经的地方开放过，景致如画的巴厘夏季之旅，香江马鞍山山麓前的灯火，以及中文大学吐露港的苍茫海景，当然还有属于大马独有的各种生活记述。仿佛我也看到了荒漠的景色，仿佛，一片片沉落的苍茫和荒凉的原野就在有山色和有江水的远方，招摇。

等待江山

现实的碑文刻在处女地上裸身示众
隐喻将自我借给弱肉强食的荒原
生活自我掏空
我们航向狂迷的旅程
用想象的柔情摧毁迷宫
青春将符码解构
沉浮浪迹，在清晨的床上

我们有过多次的相处交往，深夜深谈。半夜里，他懂得如何从旺角车站搭乘香港特有的午夜小巴到我粉岭的住处。

这是一种只许坐不许站的小巴士，只要没有座位巴士司机就不会允许客人上车，这对于我们是一种很特别的巴士规矩。通常公共交通巴士都想方设法多载几个人好赚更多的钱，这种为了顾客安全的反思维经营方式有点异类感。当然我们很乐于享受这种可以坐在车中的感觉。

巴士在夜色里行驶的速度简直可以用风驰电掣来形容。

夏夜，车窗大开，巴士从灯红酒绿的市区穿过山区道路直奔新界。一路上像敢死队般大有风声鹤唳之势，我们在呼呼的风声中用南洋腔的普通话大声说话，声震全车，无视车上昏昏欲睡的乘客。

我大概就是在类似这样的各种异国情调的场合中慢慢认识了

这一位在我马大毕业闯文坛前已有名望的同辈作家。从写作"出道"时间这一点而言，我自然是他的后辈，虽然我们同年出生。

八十年代中，他即以诗人的笔名在马华文坛崛起。那时的马来半岛，正处在一个茅草政治风雨飘摇的时刻，因此凡是具有历史意识的华裔子弟，无不在内心中深怀着忧患情结。他自然是其中一个，这从他所出版的两本散文集和一本诗集里，就常可窥见其生命底层的抑郁和骚动的心迹。他以笔为文为诗，跨出的，正是马华那一代人的命运和焦虑。不论是政治、经济、教育还是文化，在马来种族主体意识下，处处箝制着其他的族群，让许多年轻人感觉找不到前途和出路。他即是在这种国家体制偏差下众多的牺牲者之一。

那时，他在大学先修班修读理科，原以为可以顺利考上心目中理想的本地大学，结果在不公的大学固打制度下，大学的门槛立成了一面高墙，尤其念理科的，我身边同学中不乏考得好成绩却被排拒于大学之外的例子。然而很多马来同学的成绩远远比华人学生的更低，却能拿到全额奖学金到国外公费留学。同样的成绩，华人学生可能连经济学院都进不了，而马来同学却能进入医学院；进法学院的马来学生的成绩，华人以同样的成绩却可能连文学院也进不了；而在文学院的马来学生的成绩，则低到令华人学生愤慨不已。不公、不平、行政偏差和处在马来主义保护伞下的大马教育史，让多少华裔子弟的人生理想壮志被平庸的马来同胞所取代，更确实地说，被国家盗取了，并转赠给其他平庸的马来同学。

东海岸风雨飘飞的季节，一个有心向学而成绩一向名列前茅的少年进不了大学，他的心纠结成理想破灭后一股抑郁的情结。这让只受过六年华小中文教育的他，最终以中文写作而走上创作。"我写作，无非就是为给苦闷的灵魂寻找出路。当时那份苦闷，只有通过写作才能发泄。"他说。

忧患的年代，只有以笔代口，狂歌当哭，才能在铿锵之声中将自己摇醒。而诗文，无疑也就成了一种洗涤心灵创伤的最好药方。

早年，他曾在东海岸一个偏远而颇为传奇的叫"狐狸洞"（Gua Musang）的地方生活，那里有我中学年少时候一位交往最深的、最后却没见过面的少女笔友。在那个梦幻般洞穴似的乡村住着一群最早来到马来半岛生活的南中国父辈。

这是让我留下深深记忆的另一个西苏似的历史魔幻场景。

我们的想象盛会曾经驻足在这样一个几乎与世隔绝的乡村之地。

在狐狸洞镇上，四面的居民都是异族人，只有一个海外华人集聚的小部落之地，颇有传奇色彩，给了我们诗前夜中生命最初想象的源泉。

八十年代末，他在创作上已经锋芒显露，并与一些文友们联袂在马华文坛上各领风骚。其间，如与傅承得、游川等一起办《动地吟》及《肝胆行》诗朗会，也与陈蝶策划《蝶吟》等活动。可以见出其优游于文学创作和活动之间的那一分热情。然而，那时期他的文学信仰，并非是作为一种技艺的展现，而是作为某一时空下抒发郁闷心情的书写；诗的表现模式较为直显，诗语言痛快而淋漓。从当时他的诗文窥探，可以预见，他迟早是会转入政界的。

人生的转折和机遇，其实是早已有脉络可寻。每一种投掷的存在姿态，也在跨步前进的那一刻早已定好。辞去临教的教职后，他转入雪州马华担任执行秘书，那是他向理想实践靠近的一小步；是探索，也是一种自我的考验，是困顿和飞扬的相互辩诘。他实际上明了，批判的简易和务实的艰难，不了解，无以言，无以思，无以行的实际状况。我后来曾问他，在马华那两年，最大的收获是什么？他沉默了一阵后回复：种族政治主义的无法翻转，协商成了一种施舍，历史的幽灵将会以嘲弄的语调，不断重述着这块土地上不公不平的故事。

天涯驿站

我们陷在亚热带的暴雨季节之前
旧约神话照旧有追寻神话的神话故事
情爱照旧有祭祀情爱的情爱旧约
说辞永志不渝
惩罚我，对于爱情的忠诚

记得她在中大读博的时候曾说过，她最不喜欢漂泊，觉得漂泊的人很可怜。我并不赞同她的看法，然而她那时是十分坚定地如是想，不同意国际人，也不认可过客、城市漫游人等等的人生形态。

阅读她大学时代的文字，我们常有仿似回到了马来亚大学中文系的岁月，也勾起我们在香港的生活片段。很多时候，她所记载的生活细节十分细腻，处处表现出她对生活、对人生、对生命、对社会文化的观点。为她那个年代的女性留下不少可观的生活志，以及极富时代价值的社会侧影。

她追忆中文大学的那一段留学日子，她也交代了她回马的一些前因后果。当年，她三思后卖了心爱的家来到香港读书。孤身到了香港以后，竟然意想不到、很不幸的她和博导意见不合，最终决定放弃学位半途归家。那种挫败想必外人难于理解。

然而，第二年的某一天香港《苹果日报》刊出她博导家暴的半裸照片，轰动了学术界。

我原已收集了一些相关的资料，计划以女性主义视角写一篇以她为原型的女留学生的后散文。然而至今没有写成，只在诗的形式上将一些相关的留学和学院的主题交织在一起，草草写了几首诗，然而没有专题散文，有点可惜。由于这些年来学院的工作繁忙，遗憾的不只是她的这一故事留了空白，还有这些年来我的许多写作计划都没有完成。直到去年夏天始，我才重新提笔写了几篇，希望有一天我还会为类似的友人写一些后散文。从我研究女性文学和女性主义的专业角度来说，这样的主题足以把女性此一性别本身，推向寓意深远的文学审美与哲学忌维的高度。

那一年，她返马后不久，我也回马探亲，在吉隆坡遇到家华，他对我说起在台北龙山寺看到读大学时那个喜欢我的女同学，一头光秃秃的，站在寺前的香火缭绕中。后来，我为这一位大学时美丽而善良的女孩写了一首诗，名曰《原诗》。日后成为我在香港的第一本诗集之名。这是承接我台北出版的处女诗集《诗体的仪式》之命题——以"诗"为书名，立志至少出版"诗的三部曲"。而第三部诗集，在台港两地出版，名曰《五四诗刻》。

横扫大乘般若经

一幅坐禅图

一阕男女断绝的诗章

万境归空

出家成为绝尘的符码

震动禅院正壁的空偈

过分超凡

领略各种苟活的方式

引渡声色都城之寺

剃度黑发　一根根

哀悼年轻时期的旅程

在我们曾经青莲带雨的城市

落发为尼

　　农历新年很快过去了，很快又要开学上课了。那年当和我朋友坐在窗前喝酒聊天的时候，午后或夜晚的时光很快就过尽了。有时在傍晚，我们看到窗外灰暗的暮色中有数十只白鹭沿沙田护城河的上空飞舞。湖畔的雨树上，有几十只白鹭围在其中一棵树冠上挤在一起，形成小白圈子，周围是暗绿的叶群，对照十分分明。外面十度以下的温度里，白鹭们原来是挤在一起保暖身子。写着写着，渐渐地湖畔上另一棵更壮大的树冠上，也停栖着越来越多的长着白羽的鸟群。

人生歧路

大雄殿展示妳幻梦的根深蒂固

构图形容枯槁

把我变成废佛

踏上草庵的眉宇

赤血三舣置于殿前

寺外清酒双舫

仿佛见妳点亮烛火

为众生送别

关上门

让涅槃

无明顿悟

到台湾的第一年里，他体验到的是：真的后悔到要死。

大学讲堂上面对老师唱独角戏照本宣科的上课方式，他感到十分的失望。无聊下于是不断逃学，很多课就此全被翘掉了。有些老师惜才，睁只眼闭只眼地让他过关；但乜有些老师觉得他太过恃才傲物，特别是在课堂上曾因学术课题冎激辩过的教授，则磨刀霍霍等着当掉他，甚至在课堂上对全班孨生言明他不必期望该科会及格了。

南台湾的大学四年，对他来说简直是个漫长的学习生涯，让这位在社会打拼过七八年的人，沉不住心内的苦闷。一直到甄试上了研究所后，他才算舒坦下来。

初抵台湾，除了学业的问题外，他似乎遇到了创作上的瓶颈，并停顿甚久。他说校园的生活，水波不兴，许多事物无法产生太大的感觉，更没有那种触发生命感或可让他感动之事。在异乡，失落了自己成长的土地，他的诗笔和散文创作也几乎停止静默下来。一直等到博三时，他才开始大量创作与发表诗歌。

如今来台十余年了，他在中文系走了这许多路，终于在三年多前他突然觉得，他似乎有点误入歧路之慨。他的博士学位，就是被他自己耽搁下了。这种情况让我想起祝家华当年读博士学位时，不知为何也同样一拖再拖直到最后期限才毕业——那时候只希望他快马加鞭摘下博士帽。

诗人裸身的前世，为他的今生留下诗句引文。在光的导引下，生命中的转折常在毫无意识的情况下成为生命变动的前夜。变动的出现与静止的缺席决定了我们的写作与我们的生活。他告诉我，赴台后一连串的命运，如今再回首，总不免有些嘘唏。他说，许多记忆久已烟消，记得也好，遗忘也好，似乎都不太重要。

而有时候，回忆只是另一种岁月的调侃和讽刺而已。他说。

早年他就曾说，自己的天下自己闯，来去全在自己身上。如今他的天下已在他的脚下，只是有时不免也会问自己，如果当年留在老家，或还留在马华，会成什么样子呢？他有一次写信对我提起这个问题。

当年若顺着人意在马华去搞政治，买车买房然后娶妻生子，再然后到了某个年龄，觉得自己这一生无望了，于是所能够做的，就是把所有的希望寄托在下一代的身上。他说，这无疑是生命的无限停滞，或另一种死亡。但说不定，也会像以前的旧同志一般，一不小心捞到了一个"拿督"的爵位来玩玩？其实，这些都是皇家向有钱人要奉献金过更豪华生活的方式之一而已。这些受封人士每一年都固定在这些马来国王的各种纪念日和诞辰时候"进贡"

大量钱财以维持他们和皇家的良好关系。

不过，我知道吟松就是喜欢这种难料的情境。他曾说，人生若照着规划一步一步来，那是多么无趣啊。颠沛流离又有什么不好呢？永远不知明天将会是什么样子，因此，我们将永远活在期待之中。

生命原本就充满着这样的无限可能：一步跨出，即是天涯。人生总是会有许多错失，错失就错失吧，残缺里必然有它残缺的道理和意义。生命的安然和安顿，还是要回归到自己的内心来。

不过或许有时候，我们需要的是更强大的自我，以及更坚定的信念，而不仅只是生命语言和文学技巧的探索与创新。

写作与文学，将是他的另一身份，就像学术建构一样，只有发挥他内在意识中更大的坚定的信念，或许才能找到他生命中的核心隐喻。这是我们对彼此的期待，期望他如酒神般高举诗之火焰开创属于他的语言和文体，以及他的美满人生。但愿我们不用再有如过去那般在浅滩在深渊或在内陆地带的人生道上，搁置下来；以我们的凤凰花跨向生命的另一个驿站另一个天涯，烈火熊熊，燃烧属于我们的传说我们的诗我们的思想。

（青春是青春的谎言吗）
是独角兽回来觅梦的足迹吗
成年后我路经街道放纵的城市
躺在妳少女睡过的木床
日渐从忠诚的忧伤解脱
忘却年少所有的伤恸
躺在那里
青春是不死的语言

无法命名的世代

生活在隐喻中的，爱情

见证时代的学府诗人

走在世界前沿的，少年

无声男版的女性主义发言者

灾难新世纪的天蝎座，圣歌

藏骸地，一种倾诉的仪式

伊甸国路上的追寻者，也是世俗国度里的布道者。这一个自我色彩十足的追寻者，同时又是十足的超我也有十足的原我本色：幸谦重新借助现代医学对于大脑扫描的新技术研究，重新定位了弗洛伊德的心理学理论，看到了自我确实隐藏在前额皮质层之中，也捕捉到前额脑区底部皮质中无处不在的超我，同时感受到脑伏核中的本我，本色。

离婚的多年以后幸谦再次来到圣地鹿野苑，伊甸园的尽头应该曾经就在这里。而在相反之处，是一片现代东方吉卜赛族人的藏骸地，遍布在世界各地以各种不同的名义出现。

再次来到瓦拉纳西的近郊的鹿野苑有如来到卡尔维诺版图里一座名为遥远的城市，艾雷尼。鹿野苑，幸谦的伊城，也许就是这样的国度，遥远而又邻近的一座城市。走进城里，城市就会随着行丁者的视线变化而身处在不定的历史场景。那些从城外经过却没有进城的人，伊甸国这座城市对于城外人永远只有一个样子一个固定的模样。而当我第一次离开这座城市而后再次进入伊甸国时，我眼中的城市又将以一个我不曾见过又未曾想过的新名字出现。

伊国不只是伊甸园的世俗化的现代版城市，也是佛陀对眷属门徒的万法开示图，是一种以香气为食的寻香神灵的追寻，追寻祂的香城，也是我的寻香城的终极体现：美的体现，诗的体现，爱的体现。

当我离开，永不再归时，我的伊甸国和寻香城又已是另一个城市的化身。

这是幸谦追寻潘多拉星球之旅的中转站，是当代生活理论所组成的奇妙世界的复杂与隐蔽之处。幸谦离开马来半岛离开台湾然后再回到工作的香港，和各地城市人经历人格的增值和贬值，自得其乐自由自在无可奈何无所适从也无动于衷。

伊国中的自我成为现实唯一最受人们所渴望追寻的王国。

作为追寻者的追问，可能有如当年鸠摩罗什年少时决意前往中原国度的追问：那个遥远而深邃博大的王朝将会以宽容还是苛刻的方式对待他的到来？在他的人生追寻中他踏上陌生的中原寻道的道路，在漫长的孤单中在无限的隐喻中过他自身安乐的小日子。

星泉回想起小学的某一个老师，在星泉长大结婚成家时亡故了，幸谦中学的老师也有少数在幸谦读研究所时在意外中身亡了，而大学的老师和研究所里的老师不少都身经百战身怀绝识开创新学、拓展学问前沿空间，也有默默无闻暗自在个人的小天地中品味人生。其中有几个老师和同学在盛年时不幸身患绝症与世长辞。

如世界，如水月，如幻品，如梦品，如红楼，如果。

这是师生两代人，一代又一代日常生活中的历史场景。在教育问题上，每一代人都在反对他们前代的教育制度，每一代新的教育体制又被后来者给取代了。每一代人都不满自身所经历过的学习模式，但越是精细周密的教育体制所教育出来的，却越出产专业人才而没有大师级人才。

门徒们，追寻的集体记忆正是师长所遗留下来的历史碎片，我们所批判的也正是我们自己正如他们反抗的也是属于他们的时代。

在他与她、你与妳的文本圣乡中，我曾经渴望在凡俗之间体验禅机的灵性和迷乱。时代在永无静止永不间断中寻找安息之所长途跋涉。

这一条无名之路，有着无名一代的无名路标。那就是红楼梦醒之处。这也是一个关于卡尔维诺的故事，也许不是；是卡夫卡的故事，其实也不是。这故事永远不会是马奎斯的小说，也不会是托尔斯泰或者曹雪芹的故事。

或者也不是幸谦的故事，或者，只是幸谦的故事，或者不是幸谦的也不是非幸谦的文字。

一切故事最初都源始于自我，一切自我都始于想象，在名叫伊甸国的地点，或名叫藏骸地的花园，伊凡，以言谦的名字写作。

伊凡，始于伊国内在的原始力量也始于长久与之搏斗的藏骸地。我立足于伊国长大成人走上藏骸地的舞台。不论这是一页虚拟或真实存在的国度抑或仅仅是心灵或潜意识中的世界尽头，我们都将在暴雨和阳光中体验亡灵最后的时光。

香港的鱼木花每到春天都在召唤伊凡召唤星泉，瘦姿花影，年年依然。幸谦走过青春的晚年期之后，是中年的青春期，与晚年的身影咫尺天涯，在有色彩的梦境中探望手术后的各色人生的景观。

这些题辞其实都是她和他很久以前被缪斯放逐的言辞，在文字的笔画中四方游牧，最终来到幸谦的心头上，在鸠摩罗什的卷宗上，是一处早已并不存在的历史场景。

假如幸谦不是幸谦，不是真正的幸谦也不是非我的幸谦，你或妳的幸谦，或许，他，会是谁呢。

谁会跟随神话中的美杜莎勇于隐名埋姓而又不会自我毁灭超我印证本我涅槃。

我（们）只要属于我（们）自己就够了。

今天的作者在时代的潮流中和日渐世俗化的社会抗衡中写作，明天的作者的意志，必须更加坚定不移才行了。

幸谦最早在暴雷的马来半岛上成长，在雷雨天超过三百天降雨量丰沛的茂物中度过他三十六岁的生日，在南非贫瘠小国莱索托一天之内经历了冬夏秋春四季的日子，在挪威北部有北极之门之称的特罗姆瑟港口观看整夜的极光，在海湾前的朗城小镇经历过半年白昼半年黑夜的非凡生活。作家的日子都是无止境的修行。

天体沉默中写作成为自我拯救的方式，打从伊国的深处，幸谦在寻香城域中书写，驻守太阳：

　　对我而言，这毋宁是作家所面临的问题。这是一种似是而非的富有，既必不可少又十分危险的富有。因为富有使我们丧失了贫穷的财富。这些实际上一无所有的人们的财富唯有穷人才会拥有，这财富便是我们一旦富有便不复具备的那种奇异的、悲剧性的欲望之源。我们曾经了解这份贫穷，尽管不知道那是否真称得上贫穷。

——西苏

亡灵倾诉：乡关何处

一个词语一个句子
从密码中升起
熟悉的生命
突兀的意义
太阳驻守
天体沉默
万物向着词聚拢

亡 灵

倾诉，是我对父亲亡灵的怀想。

那段日子，一座非常古老的圣乡召唤我。有一天，我突然就成为某个圣乡古镇上的游客。那是可以让我焚烧生命往事的圣乡之岸。

我来到兴都教徒的圣乡。在古老而苍白的色彩中，我不由自主地也成为摇撼古典行列中的街上游人。生活在古城里，我体验着当年马克·吐温对这座古典所设想的形容词：这是一座怎样的古城，老过历史，老过传统，甚至老过传说，老过世界全部的总和。

亡灵的爱，也许才是真正绝后的爱情。也许，才能真正的无目的和无条件，一如恒河岸边上，满脸白色长须的苦行僧面向河岸静坐时的一种姿影。

我跟随新识的阿格瑞长老，他有一头到腰间的粗犷的长发，脸上满是死者骨灰的色泽，天天，他沿古老恒河岸边看他们悄悄地寻找火化不彻底的死尸的残肉。

在瓦拉纳西的河岸，许多穷人不够钱买柴木火葬亲人，草草把没烧完的尸身推入河中漂流。阿格瑞长老吞食火化后残余的尸肉，是这些古老修行人的宗教仪式，是修行最高的神圣仪式。

这是亡灵的倾诉，一种离经叛道者的祈祷。资本主义中重生的无名句子，在商业社会中被挤压的一个词语，在死神的密码中浮现。

一条十分古远的河流淌过那一年的秋天。那年，林教授正好踏入四十不惑之年。在这年龄，我们还需要精神的家乡吗？性灵还能复活吗？失去山林国度的天堂鸟，早已无法回到世代追求的天堂。

中年的生活并非一种标记，而是永远在自我创新的一种符号。

八月最后的星期五，我在文学院十楼与十一楼之间的梯级上拾起一只蝴蝶。在往后无数的日子，又几次发现几只死在梯级上的蝴蝶和粉蛾。这些美丽的尸首，有着学生时代的青春的翅，凄艳地躺在地上，我不忍这些美丽尸首被不经意的脚步糟蹋，毫不犹豫地把她们带到研究室，放在窗前。

那年的八月，四十岁的哀伤从容地降临在狮子山下的角落，在肖邦《降E大调第二号夜曲》的琴声中，八月从十万八千里的天涯深处随风吹来，徘徊在窗前一排茂密的相思木的细叶之间，纷乱飞舞。

那只死于过境台风的蝶，如今已从我的研究室里消失不见，后来，我换上另一只粉蛾用身体见证写成诗篇的另一段日子。好漫长，似乎今后所有的日子都在等待明天后天再后天的哀伤再次降临在离异者的人生路程上。

那一年春天，一群数量在五百万以上的雪雁从墨西哥飞越数千里到达北极阿拉斯加的雪原冻地，只为寻找终身的伴侣，在冰霜的异地筑巢养育孩子。这正是现代人走上离异道路的启示。对于爱和婚姻，就像对待艺术那般，已失去了信念。在感情的道路上，从零开始。

四十岁以后，林教授生活在艺术与生活之间，两者之间的距离等于人与爱之间的空间。愈来，愈窄小，愈脆弱。林教授知道他所需要的，是一个忘忧的生活空间，在艺术与文学之间，较为自在地存活下来。

许多年后，我们再次前往古老的火葬小坛。恒河古老的岸边，我们不约而同地，旧地重游。然而，这一次，我们已经是分居离异的，两个熟悉而又陌生的男女。

也许，我们是在赴约，赴往一座供人相逢也供人分离的城市。一处生离死别的古老场所，是许多游客们所追寻的，古老的火葬小城。这些从四方而来，刻意想要老死在这里的死者，他们的信徒梦，都有相同的基因相同的一个梦境，流过恒河的转弯处。

像圣城以外许多人一样，我们一直想要逃离基因循环的噩梦，寻找可以开启也可以关闭梦境的宗教式甬道。因此我来到这一座传说是湿婆神创建的古城。在耶稣和佛陀之间，在佛陀与众神之间，在凡人与圣人之间，我坐在古老的红岩石坛上，冥思。

寻找光明的甬道是我此生的另一个梦想，或者说，另一种假性梦想的生活方式。恒河古老的岸边，瓦拉纳西等着生者和死者的到来，等着我们。

我很难相信离婚后，我们会不约而同地，旧地重游。或者说，妳真的也来赴约。

这是一座供人赴约的古城。一座供人生也供人死的河岸，生离死别的古老圣城，竟有着我所不知的一处空间，有如走入史前生物鹦鹉螺内在的旋轮沟涡中，带我往空无黑暗游荡，在无尽头的旋梯螺内部睡眠、工作与饮食。

夏天，中国情人节的黄昏中传来妳的声音，还有妳带来的中国情人节的喜悦和想象。我说，已经很久没有这样的心情了。离婚后的男人，对爱情有一种异化作用。离婚使女孩变成女人，使男人变成男孩。

爱可能源自肉体而非心灵更不是多巴胺。无论是婚姻内还是婚姻外谈恋爱，现代男女很少人知道我们的下丘脑中隐藏着神秘的爱源，以诗的神经递质侵袭恋人。这情爱的中心只是我们脑海中一个隐秘的岛屿，隐藏着恋人所期待的丘比特之箭，在我踏入中年之时，感觉遥不可及而又咫尺天涯。

太阳驻守，词语在四十岁的地平线上，浮现出伯恩的诗。

这词语，是硕大无朋的暗冥，把我们陷在虚空之中，是我们从未完结的诗句，有如一个结局还未构思完毕的故事塞在我们的生活之中，有掏不完的话，和无数后设的生活情节。

暴　雨

熟悉的生命
突兀的
意义
太阳驻守着

瓦拉纳西古镇的烧尸台景象随着我回到学院。我一次又一次
回到，属于自己的伊国园地里生活。惊觉我已是伊国中人，一个
活在瓦拉纳西的河岸焚尸台前的苦行僧。从快乐原则超越到现实
原则，从原我到超我，伊国总是最脆弱的密宗心灵地。

我所无法回避的伊国之寻，带我来到卢舍那佛的身影中伏礼
倾诉。我的自我，就像卢舍那佛般倾听所有自我的倾诉，倾听世
间每一个人内心深处的倾诉，心声若暴雨若亡灵若般若，长久进
驻在我们的伊国内心。

夜深人静时，我有时会梦回鹿野苑。在我之前，东晋法显历
经苦难来到鹿野苑游历学佛，而后另一个中土高僧玄奘也来到这
里取经，鹿野苑给玄奘留下的印象，就好像我梦中的景色，红岩
的梦，具体而翔实：

　　三藏法师至鹿野伽蓝。台观连云长廊四合。僧徒一千五
百人。学小乘正量部。大院内有精舍。高百余尺。石阶砖龛

层级百数。皆隐起黄金佛像。室中有鍮石佛像。量等如来身作转法轮状。精舍东南有石窣堵波。无忧王所建。高百余尺。前有石柱。高七十余尺。是佛初讲法处。

当年我去到恒河北部的古镇圣城瓦拉纳西时已经历了十年的雨季。第一次去我还没离婚，再度去时已然是个精神领域中的吉卜赛人。

我短暂的游憩于人世间这片最后的藏骸地，感受深刻，差点也跟随阿格瑞教徒那样，差点从他们湿婆辅庄里捡起碗形的颅骨，随修行者那般手拿人头颅骨做成的碗具过起终身乞讨的生活，差点也在自己身上穿着从恒河边死尸身上除下的寿衣。

这一处，是我内心性灵苦行打坐的修行场所，古老得像家族所留传下来的传说。

这一处，是我初转法轮之地。

我跟随梦境的指示来到鹿野苑，走入她的传说。这一座被大地封印上千年的圣地，如所有的传说一样，故事发生在很久很久以前：

彼时有一国王喜猎鹿，鹿王为将种群之损失降到最低，命众鹿抽签，每日皆有一鹿须献出自己，供国王射杀。如此，国王日猎一鹿，便可心满意足，欣然回宫。一日，正当他弯弓搭箭，却见那姗姗来迟的公鹿气质高华，双目含泪，非同寻常。国王一时怔住，不由收箭，纽细打量那鹿。那鹿竟口吐人语，自言己实为鹿王，只因今日轮到一母鹿须被射杀，而母鹿已然怀孕，若允其前来，必一尸两命。鹿王不忍，然若重新抽签，于众鹿不公。遂决定代替母鹿，亲自前来，以命为献。国王闻之，大为感动，命此地永不可猎鹿，成了野鹿的天堂。

在鹿的天堂苑囿，我与大比丘僧三万二千人，众菩萨摩诃萨七万二千人，以及三千大千世界所有释梵护世天王们，一起生活。

圣地寺院遗址内，有极少数阿育王古时期建筑的遗作答枚克佛高塔，遍地是古老的红砂石砖砌成的大小讲坛，想当初这里佛光普照，而当我到来的时候，一切已完全变了样变了味。

校园里一场暴雨，一路从千里的远方落到常年干旱的旷野。在地下冬眠了数十年的牛蛙破土而出，在雨中交配，欢迎雨水的降临。学院里季节性的风雨是一种压抑性的语言。这种雨，不是令群众沉默，就是令人无法言所欲言。

我在季节性的大气候中写作，处处受到制度的束缚甚至宰割。然而，在教学生涯中看着学院中的学子们逐渐懂得文学和文字书写的形构，慢慢懂得表现另一种生命的形式，我的欣慰也是无法言喻的。

回到香港后，我重复简单的生活。在片断的叙事者中构成自身错综关联的世界。无数的梦丛生于海岛，无数的梦死于这里。

年轻时期专门收编崇高理想的梦，死在飘缈动荡的现实之中。我的世界没有晚祷钟声，没有恩惠之树的金色闪光，只有伯恩的诗句伴我度过几年没有诗意没有文学心情的生活。非常熟悉的一种生活，却有着非常突兀的意义。不足寻常，也不足非凡，然而熟悉依然，如太阳驻守，如诗笔刺穿我的记忆。

在夜阑空静中阅读记忆的一种时空，一道影像繁复缤纷的回溯之壁在夜里展开，回溯中的幻觉饱满，原野充满幼年的忧伤。

墙壁之内我面向窗外的苍天，深邃的空间传来深邃的声响。

我恍然还走在恒河的右岸上，和陌生的人潮一起走在火葬场上一种独有的烟雾与气息之中。忙碌的人群，哀伤的悼亡者，在一场又一场的火堆仪式之间走着动着。

我感觉到天国诸神的光环闪亮，也感觉到天使的翅膀被恒河的流水湿淋了。古老的火葬之城，消解了人的生命和大千世界的生命历程。

烧尸台上的灯火不灭，照亮了恒河的夜空。文学院的蝶体仿若飘飞，火焰迷人。在历史中，我就像行走在火化场上的葬台上。

神圣的火苗点燃了我的重生之路。

一座城，城边的河边，无数的河岸祭坛边。我们不约而同到来，看着烟火送别死者，通向永生的天堂。

太阳，永远为我们驻守。

圣 乡

天体沉默

万物

向着词

聚拢

据说，小圣城中有一把把点燃火葬仪式的火种，乃经历无数代的薪传保管圣火的家族今天仍然日夜不歇地保留火种。那也是世上许多人内心的欲望之火，在每一个家族的圣火坛中被保管着，永不熄灭地传送到一代又一代死者的身上。

然而我们又将是哪一世代的死者？

从不曾熄灭过的古老火种，能够让死者升天。

秋天到来的时候，我和一个即将在圣诞节和未婚夫回马来西亚办婚礼的新娘子吃午餐。她带了今年夏天在台北拍的婚纱照和我分享她的快乐，说了许多美好的人生的憧憬。我留下一句话给她，健康的婚姻观就是不怕婚后可能要面对离异的结局。

我们的学院和她的居民们，像海明威晚年时候一样索买索价高昂的命运，也像梵谷低价出售自己的命运一般，都是无价的命运，无价的慈悲。丧失慈悲之心的人，才知道慈悲丧失后的意义。

面对未知命运和命运的主宰，谁主宰谁，也许大慈悲的佛祖也不知道吧。回到日常生活中的城市，我又回到校园教书。我的言行充满社会性的铭文，铭刻着世世代代的爱欲功名。那是刘勰《文心雕龙》墓碑的一种修辞，爱欲功名之文是铭，社会言行是叙述，是传。

盛德，能见清风之华。那是我的铭文之碑，藏骸地。

藏骸地的佛首雕像，在鹿野苑就是自我展示的一种殇痛，自我，从来不是天国的产物。

在我想要洗礼成为基督教徒前，我从瓦拉纳西往西北徒步走了十余公里，这是我第二次来到鹿野苑，想要好好地亲近这一处当年佛教发源初转之地。公元前五世纪，释迦牟尼来到这里初次讲学布道。圣地容纳了我。我像法显和玄奘那般生活在重新出土的佛国故地，在一座相传是六千年前由婆罗门教和印度教主神之一的湿婆神所兴建的神秘古迹里，过短暂有如己家般的生活。

那几天的时光，心境努力追寻当年七世纪时玄奘来到鹿野苑的情景。考古学家根据玄奘所著《大唐西域记》的资料，在一百多年前把这片历史淹没中的荒野圣城，挖掘出土，连带也把鹿野苑最初的美丽传说也带回人世间。

然后在印度北方古镇的河岸上，遇见妳和妳家人。妳没有看见我。那女人也可能不是妳，只是像妳的一个东方女人而已，同样有着及腰的长发。

那天午后，我和友人一起见到了湿婆神灵宗教长老，一个阿格瑞信徒。我远远地看见了妳。古老的镇就像古老宗教的信徒一样，脸上的神色和装饰有着非常后现代的壮观而又悲壮的景象，令人迷失。我穿过喧嚣杂乱的巷弄，窄长曲折，迷宫般将我吸纳进入瓦拉纳西古老的体内，我跟随着朋友所引见的老人，一个崇拜古老湿婆神灵宗教的长老，法号兽主。

兽主长老跳起他的仪式化天舞，据说是湿婆神早年留传下来的，创造和毁灭世界的天舞。我仿佛在他身上看到印度教三大神之一的毁灭之神的身影。这一位俗世化身的湿婆神，就是神话中前身是印度河文明时代的生殖之神"兽主"和吠陀风暴之神鲁陀罗的结合体。在他的仪式化天舞姿影中，舞出生殖与毁灭、创造与破坏的双重影像，赤身露体，巨大无比的生殖器，就像古圣城里大大小小无数的林伽雕像一般，象征了湿婆的根本主体，无比的神奇。

阿格瑞兽主，手持另一个无名死者的半边头颅骨，在恒河边一具死者的灵体前，跳天舞。舞后，阿格瑞长老伏身亲吻死者灵体那已经腐坏了大半的生殖器，然后开始他的食尸膳餐。这些恒河漂来的尸首，被教派信徒视为神的礼物。

瓦拉纳西，天体沉默万物聚拢。我看到史前我们祖先同类相食的历史场景。在那古远的年代`，没有东西可以浪费，即使是已经腐烂的肉体。

那时候，我们还是食腐动物。烧化不全的残尸，在阿格瑞长老的怜悯中化为灰黑物质，炭木，鲜花。这些漂流而过的浮尸，一日日见证了这座古老城镇的生死存毁的火化仪式。

夕阳，在过早衰老的西天成形。我知道仪式化的宗教体会后我将依旧回到日常生活中，孤光如梦，我有如一片云掠过季节的天空。

本来，我选择到古城是纯属偶然的机缘；就好像我选择生活在这座城市，也纯属偶然。

在我的现实生活中，花园左侧的马路上急驰而过两辆救伤车，拉着彻天的警报声。孩群的欢叫声在秋暮中的花园里响起，仿佛也仪式化了，那几声孩童的欢笑语，伴随着花园里另外几个老年男女的脚步，渐渐地走远，消逝。

香港九龙一角傍晚时分黯淡的花园，在苍白的灯光中归复清静，繁英寥坠，风格遒劲。

这是一座完全没有热带丛林气息的城。

完全不值得任何人这样奉献一生的城。我跟随着大家漫无使命地集在一起，生活很快就没有了沉重的民族激情。

在伯恩的诗句中，生命的意义变得突兀起来，从密码中升起。我的学院生涯包含了天体的沉默和万物的恩宠，向着词，聚拢。

鱼 木

然后又是硕大无朋的

暗冥

在虚空中

环绕世界，和我

年轻的时候，日日夜夜都有雨滴在我心田上的鱼木森林，金色之花，在春的雨中滋润我。

我聆听窗外的雨声，放眼雨色扰乱的青春影像。多雨的大荒岛国，浪潮凶险，海岛留给世人遗忘不了的记忆。飞鸟，潮浪，和充满世俗欲望的噩梦，充满欲望的自我和自我的欲望。

深夜中，无法言表的雨夜有一种年轻的情调，朦胧的青春心影。这是内在想象的人世景观，给了我神奇的魔法，有如杜灵的现代魔法，让我在世俗文化的魔法力量中，开始精神魔法之旅。

这座大荒海岛上的城市，对于我来说有点像优萨匹亚（Eusapia）城中的生活，总是为了追求享受总是躲避生之忧伤。唯一不同的，是大荒岛上的居民没有建造完全一样的翻版地下城，让所有居民生活在地下王国之中，而是往天空建造高楼建筑生活。

我的身影慢慢在优萨匹亚的夜色中扩大。我的心情和优萨匹亚的居民一样，过着平淡的生活，怀着秋天中春色的心情。

第一次和妳共同游圣城，就是在秋天里怀有春天气息的日子，也许，说是季节更适合吧。我们相约在十年以后的那一周，要再次重游圣城。而我真的赴约了。而妳也许真的也赴约了，那个女人的身影，也许真的是妳。

回想起我们在古老的火葬之城以外，生活也有许多形式的火葬场。在日常的生活场景中不露声色地燃烧。

我们都是伊国的追寻者。日常生活中仍有无数的尸首在古城河畔岸上的木材堆上焚烧。那是我们精神生活中的大手印，为我们顶礼。那也是学院内在的旷野，干旱已久。

我们在恒河的某一段河岸上，第一次共同观看真实的火葬仪式。印度教的净化祭典在我们离去后照旧每天举行，为一个又一个的死者歌唱动人而哀伤的诗篇。

那年，我们想亲自看看神秘的阿格瑞教徒的生活，想看看他们如何仪式化地坐在尸首上冥想，如何住在墓地里，独自过着禁欲的苦行僧生涯。

当我再次重回瓦拉纳西的时候，终于在贝拿勒斯印度大学大学友人的安排下，认识了阿格瑞信徒兽主长老。初见时，如果妳也在场，一定会被他的气场、发饰和衣装所震慑。他手托一只人骨头做成的碗，以信徒乞讨的方式过了大半生的苦修者生活。古老印度这一派残留的神祇的忠勇信徒，从尸体上脱下寿衣，在恒河流域的小镇寻找火舞中烧不完的人体残尸，吃死人烤肉，是他们日常的仪式化生活和餐饮。那是神圣的肉，配神酒——喝人尿成为独特的精神转化的生活形式。

吞噬人体尸肉成为日常饮食仪式，这是另一种极端的人生，一种生的宗教生活，过着一种被人视为罪恶的人生。然而，这就是史前人类文明在未开化前的生活写照。我们的祖先史前的生活史。

那是生者的藏骸地，也是我们的，伊国圣城，我们精神地图上的吉卜赛标签。

在阳光阴沉的季节里，我也试着过一种较为精神文明化的生活，把自我囚禁在诗的意念之中。暗冥，虚空中，太阳驻守。城市的孤光回荡着硕大无朋的暗冥，每道暗冥的光线都是一种启示。

群众的心中，或许充满不为人知的隐忧。第二年的夏天，历史的内在危机浮现在城市中心的街道，数十万人游行在烈日下，为那一年的夏天点起火葬的祭典。生活的诗乃然硕大无朋，却一再贬值了，而且不能再次保证任何人可以得到任何的慰藉或价值。

在我决意想要继续书写的意念中，我的生活被学院所包围在最内里的机制肌理之中，有一种只有我看得见的花木，盛放的花猛绽如寂寞的烟花，向寂寞如人心的银河的中心伸展。

我的病痛的手指，伸向花样的纸张和笔，交汇在我的身体与文本之间。

我们的花季，闪耀的鱼木花。另一群来自琉球诸岛的新移民，在城里一条古老破旧的街上猛然绽放，绽放一年又一年许多人的青春花季：分裂与并蒂，内敛与外显，花季很快也就将过尽。

我们的目光沿着密密麻麻满树的饰纹，在叶影和花影之间陷在双重分裂的人世里，陷入无边无际的人生长句之中，还是鱼木花的季节。

这一般人生的长句。青春与白发，荒野与城市，现实与虚构重叠为一体，把城市和我纳入其中，又把我和城市排除在外。一棵棵鱼木花满树的街道，白花花，我慢慢地走着。

我想起那一年的春天我去看我老师的路上，那一条种满鱼木树的街道，满街都是鱼木花令人心碎的景色。鱼木花白的季节，满眼都是色彩闪烁不定的花影，倒映在城里长长的天桥和长街上，一种只有我明了的滋味孤单地在光影中爬上心头。

我有时候不禁怀疑，那是一种只有我看得见的鱼木花。

自从我居住在这座城市里，我的生活由内至外，经过曲折迂回的心理把自己的心灵排除在外。街道上，盛开的鱼木花，淡金色的树和花连为一体，触动心田，一树又一树的花凋落在夜晚时分，像有心事的鱼木花，落了一地，令我孤立于内合群于外。

不知道以后会在哪终老。在一座越来越感到陌生的海岛，我害怕我的身影会在一夜之间骇然老化。记忆中有一种春天永不死亡；有一种花季，永不凋零。

醒来。我穿越出生和死亡的墙壁，影像缤纷反复，穿越言语，再现所有的历史。飘荡的故人身影，飘摇的岁月光影，雨水特别地剔透晶莹，颗颗有如水晶云石，鱼木花似的想起远去的亲人，令我心碎。

刍　狗

一个词语
是闪光是飞絮是火
是火焰的溅射
是星球的轨迹

如今，有些立志写作的文学爱好者，成为失宠的刍狗。写书弄文。寄情酒色。偶然地，也会感到毫无意义。

能不老吗？转眼朋友的儿子已是大二的青年了。记忆中，这位同事的孩子不久前还在小学读书。终此一生，都在等待许多事物和故事的发生。

那个在大学校园里卖保险的女人，每次见面都会说到哪间大学的哪个教授因患什么癌过世了，一数就好几个。才四十一岁就那样去了啊，直肠癌真可怕。林教授，您在香港的大学里教书真是不容易啊！她总是语重心长地提醒叮嘱，不要太忙太累了，工作做不完哪！

再老一些，年轻时候所经历的他人的生生死死的故事，会更动人些吧。我想起我的老师，有肝癌有肺癌有血癌有老年痴呆症，或许再过多几年，直到年岁更大的时候我也会感到一种刍狗的哀伤，就是老子很早以前所感觉到天地不公的那种滋味。

从几年前开始，突然会听到小学的同学病逝了，然后是大学的同房室友心脏病突发死在咖啡馆的大厅里。后来听到越来越多各种亲人离去的消息，再到自己心爱者的死别。

只有年老的到来不必我们费心去等。在奥古斯特·布朗基的宇宙幻象组合中我捕捉到强大的幻觉。我看见的现实世界，是一系列的魔术幻象。我想象其他星球上，同样狭小的舞台上同样单调的人们。我们或许自命不凡或许坐井观天，经历永无止境的自我追求。然后，慢慢老去。

能不老吗？我又想起同事的问语。我常记起许多年前的雨季。落在异乡的那一种雨水。

一路上都在想我早已远离的小镇的窗前，滴下的那种雨水。

夜雨一阵阵落在窗外的相思树树叶上血桐的叶上以及牵牛花的嫩叶上。雨水，是一些极其遥远的河流，变相来到人间，落在永恒的河岸。落在，地上的枯叶，和一些我所不知道名字的叶群。黄昏时候，有鸟儿在叶群上轻唱，到了夜晚，感觉有雨水落在树上，我心头有种异样的感动，雨水一般滴下。

我们能不老吗？追忆总可以不老。在我们的追忆里还保留着我们做过的事物的痕迹。我们坐在午夜的火车里，连夜奔向瓦拉纳西。我们在恒河岸边的无数火葬仪式中观看古老信仰的现代演示。

死亡是自由之子。

然而没有人不怕老弱时像无助的乞丐一般死去。

皇家和贱民在瓦拉纳西的怀抱中都没有区别。数千年历史的古老小镇，每个昼夜不停地举行大大小小的火葬仪式，烟火蔽天中我们把现实的烦恼投入火焰之中让陌生的死者带上天堂。

天堂以外，那一年我们的足迹落在印度半岛，向恒河古镇的石阶敞开我们的内心。我们走在雨中，河岸的台阶依河岸地势高低不等地展开，为我们摊开一条条神色迷离的走道。恒河边上，依岸势建筑的城镇，青烟滚滚，沿河岸约有六公里长的河岸祭坛，伴恒河流过无数岁月，露出各自斑驳青森的体姿，道出我们日后离异的另一种现实。

离开家乡许多年以后，我们的家乡都已被城市的景观所置换。

然而荒野仍旧是荒野，海是海，岛是岛。

蝶归蝶，舞归舞，都是没有意义的符号。

我的生活中仍有一位静坐在恒河岸上的苦行僧，仿佛在瓦拉纳西的渡口岸边的烧尸台上，我仍然在恒河岸上静坐，入禅，无视于身旁的生生死死，各种匮乏借助各种名目占据恒河两岸的大千世界，占据海和岛的各种空间，像花占领蝶，像蝶占有舞，像火葬仪式占据了一生中几次重大创伤的时空。

这些在追求人生价值的各种试炼中，功名富贵的升华或者堕落，到时候有谁会在意谁呢。

从印度半岛回到学院以后，学院继续成为隐居的地方，终老在来去匆匆的青春男女之间。

我把书本视为心灵的调剂品，继续吸纳我的青春和欲望，偷取我的一生。

我想要重生的梦，这梦，却一再死去。

很久以前，从我早年的研究所生活开始，我看到几个生活在理论之中而不能自拔的年轻人。这一群生活在理论之中的人，曾经热烈地热爱过理论的思索与辩证，远比我更加投入理论思想丛林的火山地带。经过这些年月的洗涮，如今我却惊觉我的人生远比许多朋友的中年岁月更加地理论化了，让我自己感到有些吃惊。

这些满怀壮志的年轻人都到了哪里去了？消失在社会的黑洞了吧。我常这样对学生说。

这样的学院生活，一处被我喻为学术丛林的地域，陪伴我走过世纪末和新世纪的回光。

在大学校园内，我目睹各种大荒的景象。在岛屿在大陆在半岛上一代一代地重现在人们的面前。诸神图腾的怪物原型借助各种乔装面目体现在生活之中：饕餮、九尾狐、食人的窫窳、浑无面目的帝江、自命清高的凤凰，从荒远的时空回来，活跃在文明的现代都市中，像无法自主的娼妓一般，沦落在无名的烧尸台上。

学院依旧死气沉沉，然而我的写作却生气勃扬。在写作中的文学有着觉醒的自我，每一个字，每一个笔画，都渴望自觉，散放不凡的精神。我的文体将涌现出骄傲的欲望。

每一个句子，还有标点符号，都是自我的觉醒，都是想要超越自身的强者。

强悍的词，让我可以和文字好好玩一下，每一个字，每一个词都是内在世界的宇宙，或者，丧失意义的刍狗，永远神圣而卑微的一种倾诉，流过我内心的恒河，一路迂回，通向无言的倾诉。

倾诉亡灵：最后的时光

雪　殇

　　情感的流露，有时候是一件痛苦的事，就像物的崩溃。举殡后我大病了一场，连续发烧了一个多星期，曾高烧至华氏一百零三度以上，似乎过去多月的积郁，都在顷刻间涌出，连带将去年观音诞期间在车祸中双双过世的家父和小弟的记忆，都一起化为伤痛把我击倒。

　　在黄师继持出殡后的第二天，我收到一封痖弦的来信谈起黄老师。在痖弦眼中，黄老师是一个忠于学问和忠于朋友的好人，富有知识分子的良知，"像他那样的谦谦君子，学界早不多见了"。而在谈到黄老师的病情时，说有几种食疗法务必叫老师一试，看到这里心头一酸。

　　去年中秋，我得知老师患了晚期肝癌，彻夜难眠。大概那也是老师生平所度过的最哀伤的中秋。然而中秋过后，还有重阳；重阳过后，还有圣诞，然后还有元旦新年；然后，就到了农历春节。忧伤来到香港城市一隅，每一个日子都有不同的哀情，或者想愿，或者豁达情怀，我尝试各种思路接近老师。而在中秋之后的每一个节气，寒露、霜降、立冬、小雪、大雪、冬至、小寒、大寒到立春，此后几个月是老师在世最后的日子，我有幸多多少少短暂地陪伴在侧。

　　去年九月廿二日，老师证实患上了肝癌晚期，而且已不适合动手术割除肿瘤。在绝望中寻找一丝希望，原是人的本能。为了确实可不可以动手术切除肿瘤，老师踏上寻找第二个可能提供答案的医生，结果找上了在香港大学肝胆专科执教的医生，他根据肝功能和计算机扫描的诊断，认为还可以动手术割除。人在病中的心理，脆弱得受不起任何一丝希望的召唤，老师于是在十月十一日进了玛丽医院的手术室。

日后，我认识了捐赠上千万元赞助文学院主办红楼梦文学奖的商儒张大朋，得知他九十年代做了移植肝脏手术，把已恶化到晚期的肝换了，至今生活得很是健康。用张大朋引述手术执行医生的话说，那是一种创新的、超越常识超越自然的手术，艰巨困难的手术。可能带给他重生，也可能带来死亡。

本来在那之前，乙型肝炎病患者是不能接受肝脏移植手术的，如今因医药的新成果而有了新希望。以前，原本新植入的肝脏很快被病人体内的病毒所感染，导致移植手术后的身体在最脆弱的时候整个新肝脏迅速坏死而无望。但有了新药，可在手术后保肝脏健康使得这种手术成为可能。虽然香港也可进行此项大手术，然因捐赠肝脏太少病人太多之故，张大朋选择在美国洛杉矶市加州大学医学院的肝脏移植中心做了移植肝脏手术。而在肝脏移植中心这里，每年都要做上几百例的肝脏移植手术。

那天的手术于八时三十分开始，原计到傍晚才可完成，但下午二时许老师就被推出了手术室，家属们以为一切来得顺利，然而，有关医生却在傍晚五六点的时候才告诉家属手术失败了，肿瘤并没有割除。最令人愤慨的是，还没确定肿瘤扩散程度的情况下，手术中途为了方便竟把胆先切除了。西医或许觉得胆的作用并不大，但中医认为肝胆有相补相护的功能。事态发展至此，先前建议进行切割手术的诊断言谈，幻然变成了一种戴着谜样面具的花言巧语，诱骗着病患者，考验着受难者，而让老师提早身陷苦难绝境之中。

有人认为，医生是出于医者父母心而提出动手术的诊断；然而更多的说法是：几个病患中只要有一个手术成功，就能大大提升医生在相关方面的权威性和知名度，所谓的专业诊断，背后高高张扬着一面幽暗而不为人知的私心旗帜。传闻，黄老师早已不是第一个个案。从黄老师这件事故，以及有关香港当代医学界中各种有关黑暗传闻的真实情况，不只是港大医学院相关单位必须加紧监督追查，香港医管局似乎也不能无视于类似悲剧事件一再地重复循环地发生下去。

手　术

　　手术过后，由于老师在玛丽医院得不到完善的照料，加上各部门协调不足，导致老师的糖尿病病情突然恶化，血糖高出了危险水平。十月十一日后，老师出院在家疗养。两日后，老师身体虽然虚弱，但仍坚持到一位相熟的中医处诊疗。此后每隔数天，老师都会到中医诊所复诊。开始的时候，由我安排几位同学驾车接送，由于老师行动需要旁人扶持，因此每次复诊，都会有三位同学前来帮忙，而很多同学也都很想借此机会探望老师。这期间，曾经驾车接送老师的同学，包括了杨贵康、吴学忠、李贵生、何杏枫和邓城锋等人；其他还有陈洁仪、霍玉英、张婉雯和郑瑞玲等人，以及其他几位不在我联络之下的同学。

　　第一次到中医诊所，我们早上八时即到了老师家里，老师坐在一张特别为了他的行动方便而新买的枣红色大躺椅上，除了有些消瘦外，可以看出老师精神相当饱满，我们也尽量带出轻松的气氛，然而大家的心情不免沉重。那天，我扶持着老师下楼上车，至今我仍能感到老师手掌中的余温。一路上，老师都紧紧握着我的左手，这是第一次我和老师如此亲近地坐在一起，亲切地谈话。倘若老师不是身怀重病的话，这该是多么美丽的记忆。路途上，黄师母坐在前座指引前往诊所的路向，我突然意识到，老师身边的这个座位应该是留给师母的，回程时我坚持请师母坐在老师身边照料，此后大致都是如此。

　　在以后的回忆里，年复一年，河上的倒影无数次映出男女往后岁月的波动流光，把恍如解体的人生一次又一次地打散在幽暗的水底。多风的海港，丰收的季节在岩砌的石板道上逐渐远去，后来，许多人也远去了，许多人病了。

爱与病，也许是一体的两面。爱的现象是身体与反身体，以及两者相结合又相互矛盾的一种展现，同时也是身体与性灵二律背反的另一种展现。所谓真爱，可能就是纯然的、纯粹的、纯真的意思。有了纯朴的爱，才可能在张爱玲说的话里找到爱的慈悲心。

中年是滚动的岩石，像恋人的触角贴近四十以后的人生，一种寓意的生活。

这是一种脆弱至极的心灵。慈悲，有多少人能真正拥有？张爱玲也许也只有在她的文字上有办法拥有一丁点，而玄奘呢？达摩呢？

美学大师黑格尔说，爱不分古典与现代。自然，爱也不分性别不分城市与乡土。然而，有慈悲，也许更能不分种族与性别，不分信仰与阶级，一切归于爱的慈悲或慈悲的爱。

因为慈悲所以懂得，因为爱，慈悲才得以结合。爱与慈悲的结合，这心态，是一种可以让我从容通过苦难和哀伤的、其中一个最好的方式。

保存爱的慈悲心，赡养慈悲的爱心让我们可以更好地面对生，面对活，面对纷扰，善护我如今的中年，并引导我们未来的生活。我们都在追寻张爱玲说过的话：爱就是不问值得不值得。

生活的暖流如蜿蜒的心情水落如雪，没人靠近我们的冰凉晶沁，幻觉回归，一个没有欲望的天地反而真实而可靠。我们感到安心，曾经的刻骨铭心在心灵的孤寂中获得了安息。

瘦　姿

在老师证实患病之前不到一个月，我曾约了老师一起午餐。聚餐成为毕业后我和老师交往最多的一种方式。那一天，我们相约在九龙又一城的书店，见到老师的时候，我做了一件我不曾做过的事：当我看到老师消瘦的身影出现眼前时，我走上前半拥着老师的肩膀说：

老师，您怎么这样瘦了？

这一句话，是我毕业后见到老师时就想说的一句话。虽然我感到老师的消瘦很不寻常，但总觉这样和老师说话有些失礼不当，也就一直没有说出口。那一天不知为何竟很自然地用了我的身体语言和问候对老师说了。中秋之后，我常感到自责，恨不早日说出心中真实的感受，让老师对自己的身体有所警惕。我只是和他人一样不疑有他：消瘦一向是老师回应世界的语言和身姿。

毕业后我和老师聚餐的时光，让我得以和心中的严师走向亦师亦友，这样的时光，毕竟是那么的少，那么的珍贵。最后一次和他在外用餐，我向他推荐了刘再复伉俪最喜爱吃的一道家乡菜，老师吃后也赞不绝口，一道普通的菜肴能做到如此可口真不简单。那时候，我并不知道老师除了哮喘之外，还有糖尿病，每次餐后总是邀他喝糖水，而老师每次都没有拒绝，他喝什么我也点什么，他喝糖水时显得很开心。我特别记得一碗酥桃糖水的香甜滋味，大概是那天早上才刚磨好煮好的，特别地香浓清滑，甜而不腻。那将是往后岁月里我所怀想的一碗核桃露。正因为我不知道老师有糖尿病，最后一次聚餐因时近中秋，我想买盒中秋月饼送给老师略表心意，但老师无论如何都不接受，当时还以为老师确实是不太喜欢月饼，而不愿我破费。

那些被压抑在铜绿苔莓下斑斑驳驳的心神，常在夜色里燃烧起来。他的心界图没人知晓，逐年隐匿在隔年的铜绿苔莓底层，遗落在他的心界里。

一个绝无仅有的时代，早已悄悄隐没消亡。没有任何安慰可以抚恤未来未知的世界。在那个绝无仅有的年代，一如罗马时期殿堂里壮丽的科林斯柱上的雕像，华丽无价的大理石筑起的公共讲堂，代表了一个逝去的时代。我们是，路上的彳亍者，或许我们一样也能够感受到波德莱尔当年漫步在巴黎街道上的心情，眼里看到的是，巴黎的忧郁。忧郁的巴黎，在恶之华和夜黄昏的骷髅舞之间，城市居民的流动就像移动的帷幕，流过生命的轨道。

我们漫步其中，彳亍者彼此透过彼此的生活去观看我们所生活的城市，在永不下雪的一座城市的中心。

佛首雕像

手术后，由于老师深信有关中医的诊治，那段期间老师就只服食中药。中医师说，若不是这次手术，老师的病情在他的诊治中，大概还可以挺得住两年，他说他现在就有这样的患者。每次我们来到那一间中医诊所，就会被诊所里遍布的"佛首"吸引，一尊尊身首离异的佛陀首级，像流放人间的莲花化石，被散置在挤满了求医者的诊所里。

这些释迦佛首来自远古各个朝代，拥有各种不同的石质、色泽、纹路、质感和各朝代的雕工，就像是病患者的脸色一样各有不同。造型从发髻、眼神、唇的笑意和脸的形态，也都不同，一尊尊像玩具一样摆放在地上，一尊尊低眉微笑，注目众生，特别有后现代的寓意。

由于老师的推荐，今年初，一向不看中医的我因身患顽疾也去问诊。第二天中午，用人把煎好的药带到学院里给我，服后一个小时，我站起身来，惊觉双膝竟不受控制地微微弹跳，走路和上下阶梯时膝盖处都同样不由自主地弹动；更糟的是拿杯子喝水时杯口竟不受控制地撞了门牙，手脚竟都不灵活起来，不受控制，显然神经系统受到了干扰。我赶紧打电话到中医师处询问，却碰上医师午息时间找不到人。我走出办公室活动活动，刚好碰到我的保险经纪，她惊叫道：哎呀，林教授您怎么脸色如此差？我的头开始昏痛起来，赶紧回家休息，折腾了一个小时后才联络上有关医师，他说那是药性太寒的关系，只要把三七拿了，其他六帖药照常服用可也。

结果我昏睡了一天一夜，到第二天的傍晚时分，才感到四肢行动如常——其余的药，自然也没敢再吃。但我没有立刻把这件事向老师提起，担心会影响老师的心情而减弱药效，直到下一次的复诊时，我趁抓药的空当私下跑到药铺告诉师母，供她参考，看看是否有必要做其他选择。

许多年后，老师那些在欧美日台等地作客的记忆，都落在他心界图上，有如打理整洁的莲池，装饰着大都会的内在荒野。也许他如今各自身处的心理地点，同样是白色的教堂，同样矗立着镀金的拱顶，同样优雅的古老花园，同样迂回曲折的地下路线，在心界图上都成为水月镜花的思念，传奇般，把恍如解体的青春打散在幽暗的水底。

我曾想去寻找老师闲聊时说过的一些地方和城市，那些等待我到来的地方，也是少年时候所苦苦追寻的故事，相同之地，也是相约之地。从黯淡的年少时光起，我们就开始了黑暗秘密的追寻，追寻中的逃亡以及逃亡的人生，拖着巨大的倒影横穿曲折蜿蜒的岁月甬道中。

透过彼此，我们在文本中重新建立了自我的形象，不论是在逃亡或追寻的生涯中，我们的身心都受到启迪的洗礼。这也是我的成人礼祭祀，一个新的诫碑，一种召唤，一种铭写，穿透在追寻、疾病和逃亡的路上。

在我心灵史和书写史上，铭刻着不知名的神秘图腾，常有不知名的部落族长，以各异的神奇图腾，缮写现代人的另一种创作，一种真正的大写的身体文本。

红楼梦醒

　　这一次惊魂事件，让我对有关医师的信心大打折扣，心下很惆然，但没再对任何人提及。那段期间我再次翻阅着《红楼梦》——我是最近才发现原来每次翻阅此书时，我的情绪都十分低落，而在夜深人静中重读，常常都会痛哭一场。那一回我翻到宝玉深感生离死别的那一章，看着宝玉在不得解脱之下，一径往潇湘馆走去，一进门就对着正在梳妆的黛玉放声大哭起来，说道："活着真真没有趣儿"。后来他读到曹操的《短歌行》，一句"对酒当歌，人生几何"，让他感到无限刺心，然而很快又被王羲之《兰亭序》中一句"放浪形骸之外"所开解。好一句放浪形骸之外，在宝玉心头回旋不已，旋即转入我的心海。人生走到某一境界，不就是这一种放浪形骸的生命智慧吗？

　　几次接送老师复诊的经历，我在同学的眼中看到香港病了，香港社会的绝症已经扩散到这一代了吗？香港社会到底哪里出了什么问题？怎么身边这些青年才俊，一个个不是博士就是硕士而且还是年轻的作家，却都落到如此地步？人在现今社会中不停地忙，不像是生命的灵物，更像是机械异物。在老师的病情外，这社会异象暗暗地触动着我。许多人似乎都生活得并不快乐。不快乐的人，是容易生肝病的，我最近常想。

　　常常，在前往老师家的途中，时有人会说起近日的工作如何如何的忙，有一次，杨贵康突冒出一句：老师问起时，千万不要在他面前提起我们很忙。大家突然默沉不语。我心想，他也是一个心细的男人。

老师转到中医诊治后的那个星期，有一天来电要我到他家去陪他，因师母已有三两个月没回公司，想回去看看，不放心老师一个人在家。刚好那天下午我有两节课，因此只能上午过去。那天早上，我记得阳光很好，天气并不冷，老师看来相当轻松，不过他和我谈了一会儿，就因有点倦意而到睡房休息去了。我坐在老师家没事，翻了老师手边正在看的一些书，后来拿出当天下午的讲义来看，不久老师从睡房出来，我手中正拿着讲义站在客厅中来不及收拾，心中暗叫一声不好，很担心这会徒增他不必要的心理负担，很是懊恼。

后来，我在老师睡房门外打坐了一会儿。静坐，也是我和老师最后一次聚餐时所谈到的话题。老师素有气功调息修炼，谈起打坐有他的一套看法和体悟。我和老师分享静坐的经验，我说我学的是来自印度的一种和"七轮"理论有关的静坐法，他随即指出那是属于禅宗的一派。我请教了一个打坐中所遇到的问题，在第七的顶轮之下的额头间我常有一股气感聚集，自嘲道：难道我已接近打开顶轮之门？老师叫我不必担心，可能个人资质有所不同，并说出几个我所不知道的西方诗人的名字，说有些诗人怀有灵异能力，甚至通灵。

色彩极尽缤纷的梦

　　由于老师少谈自己，因此我们的话题除了香港教育与文学以外，不少都和我的生活有关。老师对自己的生活，只提到他退休前后常读《古兰经》，研读各种不同翻译版本的经文，谈起时神采奕奕，大有在释道以外觅得了第三种思想否理的空间。《古兰经》中优美的经文，其艺术之深奥至今仍被视为不可翻译的文字。这使我记起小时候在马来乡村中，我常有机会和邻居长老的孙子（我的这一位童年异族玩伴，小学还没读完就在车祸中不幸早逝了）一起坐在高脚屋的大厅里听伊斯兰教义的情景。

　　那一天我在老师家里打坐，是被来为老师准备午饭的用人的开门声所中断的。那时候，老师还可以进食，精神也很好，吃得也多，可以吃鱼和素菜，但不吃肉类，怕不好消化。那是我最后一次和老师共进午餐，窗外有阳光照进客厅，餐桌上并不开灯。我注意到老师的生活很简朴。他宁愿自己不方便些，也不想用人服侍得更周到，"这样，她（用人）可以省一些事。"

　　我听说做梦能够看到颜色的人，是有预言能力的，但我不愿相信。然而我有时候会在充满色彩的梦中感到幸福的美好，梦中的色彩远比现实的更能触人心扉。然后老师问起我的写作计划，我谈起我的第三本诗集的构想，老师说他喜欢我的诗，并答应为我的第三部诗集作序。而在学术课题上，由于教学的关系，我原本计划研究古典小说的叙述学，但老师认为来日再转向古典文学领域不迟。老师不但在学术上给了我宝贵的意见，在私人情谊中更鼓励我早日振作起来，而我的际遇已可看出紫微坐命的王者相，实不该消沉不振。我近年来的生活和心事，不论长辈或同辈中只有老师最能体贴明白我。在我破裂的婚姻生活中给了我不少精神的抚慰，那三年当中的人生曲目，我自喻自己穿越了内心荒原的生命丘壑——当老师看着我走过这一段幽暗岁月，却不知他自己也正遭遇着可怕的病变。

老师的病情，在去年十二月底我到北京开会后，一月中回港再次见面时，情况已有很大的变化。我从大门外一眼就看到老师况瘁的脸色，心中一震。原来老师数天前跌了一跤，虽然老师当时手持拐杖，但仍不支跌倒在地，头部受创而无法行动，情况很是令人担心。

说到底，病患都是孤独的孩子。

他演绎了生命中的本真自我，而在他文本中摆脱了世俗自我。他跳脱了现实世俗的角色，而在文人的部落中善养浩然之气，以孤独而冷观的心态观世界之隐喻观宇宙之变化，观自在之自我。

波德莱尔是孤独的诗人，写出彳亍的现代人如何在彳亍中成为孤独者。我们可能也是这样的孤独者。在诗中伤怀，有一天我们病了，不可挽救地病了，然而孤独者的岁月永不消失，消失的是自己。

我们注定带着一生的梦幻，最终与梦幻的肉体，告别。

探　望

不久，老师再次入院已是今年农历新年初九下午，在这之前，我原已约好当天到老师家里去探望的。我特地安排了去年生日刚相识的新女友一起过去探望老师，用意在于让老师无须为我的情感挂心，不料清早就接到师母来电说，老师当天的状态不太好而要取消约会。几天以后，我从师母处得知老师入院后，病情显然已经好转，特别是仙逝前的最后一天，老师可以吃得比平日更多，胃口大开，半日的食量几乎就等过去几天的分量。我心中想，这样很快就可以再去探望老师了，没料到第二天上午就传来噩耗。接下去几天的讲堂课，我都要学生们和我一起默哀才开始上课，算是我对老师的一种追思。

好不容易才等到三月十六日，老师移灵殡仪馆，当天下午我和几个同学约好到场馆帮忙，早上却发现我书房里一只紫蓝色玻璃阔口大瓶，里面用水栽法种着几株原产自中美洲热带森林的白鹤芋，大瓶不知何故竟然出现裂缝，水珠渗漏满地，手一碰，玻璃便顺着裂纹碎为数片。除了周恩来生前曾喜爱的白鹤芋以外，书房阳台上的三株盆景，原本时近春节而新绿盎然，特别是其中长得雄逸苍劲的附石樟，满树的春意却在一两夜之间凋萎，枯枝秃顶，令人神伤。

死亡的来临，原本不应让我们感到悲伤，哀伤也不会选择自行离去。死亡是生命中一个全方位的现象，不可替代的必然之命运。他或许是存在主义的最后代言人，通过个人主观的内省思考，生命的意义对于我们个人才有作用，也才能掌握生活的内在价值与变化。

传说，我们临终前会有精灵来到我们心中。这精灵以无形之象抚慰病痛之灵，以大音希声之召唤，带灵魂预观未来将要前往的地方与事物。在我们真正死亡之前，让我知晓死后所要发生的故事，以大象之形呈现我们一生中所未能写出的大写文本，让我们能够在死亡来临的最后时刻好好证悟自己的心灵。这是最后的精神觉悟之路，到头来我们都无法拒绝死的恐惧，脱离生死的不自主，而有了真正自由的生命，在生命最后的时光。

在我得知老师手术失败的那一夜，我在书房里重复听着Hakan Hagegard的经典曲目，雄浑悲壮的男中音的歌声起自巨肺的深处，歌声中仿佛漂浮着千钧的泪。而在老师离去的那一天，我同样在书房里坐着，整日聆听佛瑞的安魂曲，简洁静澈的法兰西风格带着祭悼众生的深邃感怀，沉郁流窜在异常的空间中，八方迁流移荡。我回想九三年秋我初次来港，因港大和中大同时录取了我而不知该到哪一间大学就读的时候，我和老师一见如故，并知悉老师原来和热爱张爱玲的唐文标是生前好友，俩人曾经彻夜不眠从尖沙咀走路到九龙城寨，畅谈人生抱负。老师在谈笑中收我为徒，我也很欣然地来到中大，在老师的指导下钻研张爱玲，至今更加感到我做对了选择。

老师对待学生的态度一向十分严谨，我也视老师如严父，每次见面谈论课业总是战战兢兢，如履薄冰，但老师待我有一份无言的放纵和厚爱，对我有一种和对待其他同学所没有的宽厚，更准许我两年多即提报论文答辩取得学位。

当年老师和我素未谋面，竟破例收我入门。老师离世后，有人称我为老师的大弟子和大师兄时，我才知道原来老师教学卅余年中并不喜收研究生。在我之前，听说老师指导过的一两位博士生，乃是从其他老师那里半途转去的——但我没有就此事向当事人求证，这使我更觉得我们的缘得之不易。

在老师病中，我曾多次在浸会系里遇见邝健行老师，邝老师和黄老师在中大曾经共事多年，他非常关心黄老师的病况。有一天他突然告诉我说：你老师的病在我们同辈之间造成非常大的冲击，忙碌一世换来如此晚景，不知人生何价。

人生何价？或许需要有浮士德的情怀，坐在金字塔前阅尽诸民族的兴亡、战争、和平、洪水泛滥，都可以若无其事。

一生何求？生命却如此匆促与脆弱。逝者已矣，谁与我游兮，吾谁与从，渺渺茫茫兮，归彼大荒。老师出殡当日一早，众人还未来到礼场之前，我站在老师灵前上香，念及老师膝下没有儿女，也为了表达内心的敬爱，我含泪行了三跪九拜之礼。我知道如果不做，日后必当懊悔莫及，我献上心中的挽联，心原荒阡的，一缕情感：

道范千秋名不朽
博文约礼仰恩师

签　语

卢梭去世后，我们在他家里发现了他留下的二十七张旧纸牌。

这些纸牌的背面写着作家的一些草稿、语句和提纲式的预言。翻开纸牌一，正好说出我想写的文字：

> 如果想名副其实真正写好这本书，我在六十年前就该动笔，因为我的一生就是一串长长的遐想。

我的遐想也是长长的一串串文字。这里的文字和题辞，其实有点像是此类纸牌的代替物，一种转喻。

纸牌，西方叫扑克牌，中国古代唐时叫叶子，也称小牌，是日后麻将的先祖。原是娱乐的代名词，在卢梭的手中变成心语的载体，是心情和文字的隐喻。

纸牌隐喻了题辞。隐喻，应可视为本书的核心意念。我笔下的题辞，隐喻了文本内心的引申语境，道出书本的衍生喻体。隐喻也就成为本书的寓言。我只是他的一种隐喻面具，就像他是你的另一种代喻，在文本潜意识的场域中说出我们秘密的生命代码。

不管是初次写作的作者或是内行的读者，我们最终将会带着一把隐喻的钥匙试着解开生之隐喻，开始及完结我们自己平静或绝望的生活。

少年时，读曹操的短歌行，我们可能只对"对酒当歌，人生几何"，再到"青青子衿，悠悠我心"之句动容；如今人到中年，突然看到诗中原来还有"忧从中来，不可断绝。越陌度阡，枉用相存"之语，感悟更深。

杜甫在《故武卫将军挽词》曾写下"哀挽青门去，新阡绛水遥"。此中"新阡"，在诗中泛指田间小路，而在本书里可以解读为灵／性的新阡，新方向，直指"心签"。而此签文，乃借《红楼梦》的写法幻化为另一种甄士隐和贾雨村，提纲挈领，通往隐喻的道路。

关汉卿《窦娥冤》亦有"古陌荒阡"之语，同样令我有感于怀。荒阡野陌，新阡旧魂，千年的越陌度阡，也许正是本书中性灵无界的阡原陌地。

新阡。古陌。落日。

古陌荒阡里有平静也有绝望，《孤独漫步者的遐想》就说过让作者与读者在回忆中寻找性灵的安宁与欢乐时光的片段吧。这座没有历史感的城市，地平线的内景深处，无名一代人的内心荒原上，野草在明与暗、生与死、过去与未来中生长，爱者与不爱者仍然独自远行。

这里的文字，包括的文体和风格都有点离经叛道，有点大胆探索的意味。这里的性／灵，也许是生命的核心，是构成身体与心灵最重要的本质之一。然而，如今的现实是，爱的性灵消失在中年的日常生活中慢慢经受人性的稀释。爱与性灵，大概是一只在北极迷失了方向的北极熊，一只在南太平洋北方孤独漫游二十年的鲸，一座寻遍非洲撒哈拉沙漠偏远部落的骆驼图书馆。

假如爱是一种伤害，我们不会选择婚姻。假如伤害是一种生活，我们也许也不会选择写作。从中学时代起，我就渴望开始无拘束的写作生涯。后来，我却成了大学教授，在压制文学的大学体制中，离文学越来越远，隐隐也有了呐喊。许多你我他，像卢梭的纸牌像鲁迅内心旷野的野草一般，和我一样开始了无名一代的文本与隐喻的建构工程：一百年后的中国，不但有呐喊，也有更大的彷徨；有漫步，也有更多的遐想。

不管是作者或读者，我们都有自身独有的心签。

我的书写，就是始于这样一个隐喻。

一切隐喻，都有待重新开始。

写作

在真理栖居的黑暗国度

摸索前行

人并没有真知

人不过只是前行

我合起双眼追寻我的感受

感受从不引人误入歧途

我不是那种喜欢黑暗的人

我只是身处黑暗之中

通过生存于黑暗往返于黑暗

把黑暗付诸文字

——西苏

散文想要杀出一条血路，需要有大视野大气魄，大性灵。

文体和风格的离经叛道，正是发生之所以发生的源头，也许也是写作之所以写成之内因。也许有人会说，这书是我试图对散文书写抛出的文体炸弹。在表现的形式、语言和结构等方面，寻找新的写法和表现手法。对于某些经典，则举一反三，触类旁通。

大胆探索，笔锋越轨下新写法可能是散文史上从来没有人做过的表现手法：我在文章中创作出另一人物："林幸谦"。

这也许是一个自传体的，叙述者的另类文本生活，一种超文本、超文典的建构工程。

我利用散文这一文体空间，书写了一位同样也叫"林幸谦"、林教授、小林等别号的人物，运用各种他人的故事和事迹，希望成为本书的一个新亮点。可以视为一个较新、较佳的宣传要点之一。

这想法早在十多年前就已经在进行，然而却一拖再拖至今。后来，莫言在他的红楼梦文学奖得奖作品《生死疲劳》中，他在书中也写了另一个莫言，那时我还没有成为红楼梦文学奖的召集人。后来，我做了召集人，另一个红奖得主阎连科的得奖作品《日熄》，书中也有另一个阎连科这样的写法。这已是近年的事了。当然，可能其他还有我所不知道的作者吧。

一般在小说中有散文化的小说写法，这里则用了有点故事性或小说化的散文写法，但故事成分不多。

小说作家一般怕被人对号入座，害怕读者说某些内容是作者自己的真实经历，而常说明小说写的是别人的故事与己无关；相反的，散文在传统上将作者等同于文章中的叙事者，无法回避，导致散文作者发挥空间较小。散文作品中若有不符合作者本身的内容，更受到不真实的非议指责。这种写实的基因，让散文变成纪实文体而非真正的文学概念：文学的基本定义之一，正是虚构。

假如他不是幸谦，假如幸谦不是作家不是学者，只是一个男人，只是一个签符的书写者；他将不是妣，她也不是另一个他，也就没有他与她的位置，自然也没有我的位置。

这是他的签语。林幸谦，写下了他的贾雨村言，也做了甄士隐的角色。

或许，这就是我们的生活文本。我们，不论是读者或作者，其实都无路可走了。我们只能过一种直接而残酷的、没有文本的真实生活。

这本散文集原来的构想是，全篇用散文的传统第一人称叙事视角"我"，而在这第一人称"我"之下，不只是"作者的"我，也包括现在这书里的其他人物的叙事内容；然而，后来为了顾及全书内容可能造成混乱，因此改为现今以不同人称视角的写法。

因此，本书通过叙述观点的多元转换和书写模式，拓展散文的文本叙事空间。散文中的叙事者并非完全等同于作者不可，在此定义下，作者已被叙事者所替代，以一种"隐匿作者"（implied author）的形式暗藏于文本中，间接为读者提供讯息。

这些个人的关系，可能也只是另一个相似的替身，那也只是为了寻求文本与真实生活中有个可供隐喻安居之所，寻求并不存在的那个可能的自我，也许她是想象中的自我。

本书的叙事人称视角除了传统的散文写法，第一人称"我"外，也加入其他叙事人称视角的运用，如"他""你"等。在男女作家的白色笔墨中，性别的死亡改变了文本的本质，改变了我，改变了"我"所有可能的幻化空间。

名字和人称代名词，在主格、受格和所有格，以及单数和复数之间变体，成为本书的隐喻形式之一。你我他，在修辞转义中获得了新生命。

虽然叙事人称做了调整置换，但内容都是以真实的为主，在艺术加工、文学化想象与隐喻工程之外，其中可能并不是作者本人的经验，却也是转移了他人的真实经验。将其他人／非作者的真实经验写入散文之中，从而让散文有更大的发展空间，并在这基础上，再进行艺术加工、象征工程、意象经营、陌生化等文学书写建构。

因此，这本书中所写的，有些曾经发生在个人生活中有些发生在他人身上，甚至发生在历史中或未来将会发生的故事。如果能够，我希望把发生在心灵中发生在记忆中发生在想象中的，也都写出来，写出我内心的另一个自我，想象中的自我，文学的自我，文化的自我。

有些事，只发生在想象中，有些只发生心灵空间里。这是令人沮丧，或是足以令人兴奋的事呢？

全书有形式上的结构，也有主题和题材上的结构，并顾及内与外的因素。除字形与表现形式的各有不同的功能外，叙事视角方面主要以老师／学生两个视角出发，人物原型涉及老师、学生（自身），老师的女伴，女伴的女伴，以及学生的女伴和友人等几条主线展开。基本上都是象征性人物，并非专指某一老师或某一人。

晚风。疏影。边界。

我成为他人，有时扮演了其他的女人与男人，成为与她或他所不同的各种女人与男人。

性别转移以后，想象的自我成为可能：成为文本的性别。她成为他，妳成为你，也成为我。

是昨天，也是明天。昨天我也来过了，走进自己。今天醒来，西苏也来过了，走进我。

明天，另一个她或他会走进了我们的生活圈。我们来到历史与性别的交界的潜意识层，窥探我们之间的你／妳，在书写中无限地超越自己，超越任何极限的边界。

> 写作的故事最初是始于自我的地狱／始于我们内在的原始而悠远的混沌／始于我们年轻时曾与之搏斗过的黑暗力量／我们也正是从那里长大成人／不论这是座真实存在的地狱抑或仅仅是潜意识中的地狱／从这地狱中浮现而出的乃是天国／在天国里，你无形、微末、无着无落、无可归属／你感到自己坏，甚至有些邪恶。地狱就是自我／天国不是安息之所，而是永无静止、永不间断的长途跋涉。
>
> ——西苏

西苏的阴性写法，后来被一个男性所模拟所盗取。

正如西苏的阴性书写的主张，书写必须出自性别的经验。然而，除了女性书写女性男性书写男性最独特的核心价值外，我们也可以解构男女两性的特质；反过来以穿越两性的视角去进行不同的两性书写。从而解放两性中巨大的潜意识源泉，使女性和男性从远处从深处从无有中回来。西苏从女巫还活着的荒野回来，从男性逼使她遗忘并宣告其永远安息的童年回来。

而我也从一度失去的自我版图中，回来。

今天的作家，性别，或许不再像西苏那一时代那么的关键与重要了。作家已不用黑色或白色的墨水写作。我们在新科技的计算机键盘上，也许性别早已经消亡。

触及内心的写作同样需要深入潜意识层的场景，我们所要说的一切，原本都是其他人想对我们说的话，只是用了我的或者她的名义去说，或用另外一个名义表达一种异乡学人原本之语。

这本书中原本暗藏一些类似游戏的表现形式与内容，设计了一些谜题，一些没有谜题提示的文字游戏（周英雄和阎连科看出了其中一些）。其他如章节起始都有一段引诗，却没有标明是谁的诗句。在这里引文格式本身就是一种暗示，或者一种标明，显示引诗也许另有"隐情"。而我，已在有关的章节中的某处，以文本／正文的形式告知读者。开始时，只是非常晦涩的方式，后来为了避免引起误会，我几乎放弃这种游戏式写法。不过，最后仍保留一些有待读者去玩味的东西，留待读者去寻找与揭示。

本书以新文体思考当代都市中上下两代知识分子与学者，以及男与女对于现代生活中的各种观感。

一个世纪以来，散文没有像诗、小说或戏剧那般标榜各种主义与新思潮，而散文的实验性质和前卫性也一向不如小说、诗与戏剧。当现代诗、现代小说与戏剧的各种书写模式演变潮波飞涌之际，其他艺术类型如绘画、音乐、电影等观念的创新和嬗替，亦层出不穷。

唯独散文的步履显得滞缓沉重。

早在九十年代中，我在散文研究中提出当代散文作者不应完全和文中的叙事人称视角"我"等同起来，如此当代散文才有望拓展出更大的文学发展空间。当代散文，理应和诗、小说与戏剧等文学享有多元化的发展形式。

在传统上，散文是一种充分允许作者在文本中表现自我的文类。从而构成一种充分为作者而开放的体式，专为作者而设计。从文类角度而言，"文中有我"或"文如其人"的体制要求虽是散文和小说、诗和剧本最显著的差异点，但无疑也局限了散文发展的空间。

因此，本散文集叙述观点的转变，为散文体式的转变与扩大，不再固守旧有的窠臼。我在这本散文著作中，为了解构散文狭义的"纪实"传统叙事形式和打破散文只写"自我"的局限，做出了尝试更新与创新的努力。同时也是为了建构异于传统散文书写的叙事策略，尝试重新定义散文的书写模式，力图突破重围。

本书因而有意在感性以外也运用文学理论的互文本理念写一些新式文体。一方面从西方作家的诗句中重写每一篇相关的主题，另一方面从理论文字中寻找相关主题的文字"互写"，以隐喻的形式互相推挤相互并吞互为里表。这些尝试性的互文本散文书写模式主要只在题辞中试探性发挥。由于是新的尝试性写作，以免读者不明所以而误解而略加说明。此种互文本空间仍然很大，日后应会越来越受到重视，并对文学写作带来革命性的影响也说不定。

据此，本书自然也注重当代散文应如何"重建整合"与"创新开辟"。这种反思工作的重要意义，除了思索和开创散文的新道路之外，重新思考和重新定义散文的意义，也将为散文作家试验新写法提供理论根据。

在文学上，我们已来到没有理论坐标的年代。

在生活上，现实空间已在互联网络之中被稀释渗透，虚拟与现实生活互涉对半。

在书写上，也许还有更多新空间新写法有待开拓创新。

文学，彷徨于无地。鲁迅很早就说过，作家不过也只是一个影，像雨的精灵，像精灵的幻影。文学的写作，也许不过如此，别无深意，作者设置了一种文学意象的签文，建构全书。

这些签文，和我们，以及我们的影子沉没在无名一代的暗影中，自我也在缺席中也看到了自己的影意。也许，我们都不愿在黑暗无明中等待末世预言的签文，不如，让我们带着我们内心独有的影子，在希望与绝望的两极之间，等待性灵的重生吧。

一切的意义，也许只有在没有影的黑暗里才能向我们道出我们所不知道的隐喻和心签。

不如，我们在影意的世界中生活吧。

不如，让我们舍弃虚拟世界之无限与有限吧。

此刻，写到这里我已在隐喻中走过了我的心签之路。

这一段穿越爱情的死亡之路，真相就是我们来到这世界就没想过要活着回去。不如，我们彷徨于隐喻之中，用我们的影子写作吧。

我们，只是活着的某种性灵之光影，也许。

> ……我不愿意，我不如彷徨于无地。我不过一个影，要别你而沉没在黑暗里了。然而黑暗又会吞并我，然而光明又会使我消失。然而我不愿彷徨于明暗之间，我不如在黑暗里沉没。然而我终于彷徨于明暗之间……
>
> ——鲁迅

附 录 （全书英语、马来语的中文翻译）

[1] 天堂底下我们远行
    在生命的道路上我们都是浪迹天涯的人
    让希望占有一席之地吧
    在恋人的心中

[2] 曾经妳拥有金子
    曾经我拥有白银
    然后忧蓝的雨季来了
    总是，而且永恒
    时光给了妳黑暗和梦想
    但是没有人可允诺妳
    一个梦想的实现

[3] 引领我走向梦想的森林而我跟随
    因为希望总在恋人的心中有一席之地
    在低语呢喃的世界里
    妳大可怀抱梦想
    而如果她要离去
    就赐与她一双翅膀吧

［4］一轮家乡的月
　　　引领我走向梦想的森林
　　　而我跟随
　　　有谁能告诉我如果我们拥有天堂
　　　又有谁可以说明白
　　　本来就该有的方向

［5］一千零一夜
　　　地球最后的景象
　　　黄昏中的黄昏
　　　树下天使的泪水
　　　一棵路边独特的树
　　　还在那里等待答案

［6］漫无目的中我近乎沉溺
　　　痛在思念抛起的浪涛中病溺
　　　我沿着弯曲之路
　　　日子一日一日翻逝而去
　　　唯你的容颜
　　　却不时在我眸中终日玩弄嬉戏

[7] 先人越过西边海岛之岸
    在海岸的裂缝中
    海风穿越记忆
    推动先人的船舶
    椰子干枯了
    橡胶果回滚无尽
    逃难的历史
    航海手的忧伤
    找到了自己的乡土

[8] 在凄寒中黯然神伤
    咀嚼寂寥的孤单
    一座没有石碑的死亡
    沉默地送走别离

    唯我的意愿挫落
    所有的梦化为烈火
    暴虐地烧灼自己

（京权）图字：01-2019-4185

图书在版编目（CIP）数据

灵性签 / 林幸谦著． -- 北京：作家出版社，2019.6
ISBN 978-7-5212-0433-9

Ⅰ．①灵…　Ⅱ．①林…　Ⅲ．①散文集－中国－当代
Ⅳ．①I267

中国版本图书馆CIP数据核字（2019）第049767号

灵性签

作　　者：林幸谦
责任编辑：宋辰辰
装帧设计：崔　凯
出版发行：作家出版社有限公司
社　　址：北京农展馆南里10号　　　邮　　编：100125
电话传真：86-10-65067186（发行中心及邮购部）
　　　　　86-10-65004079（总编室）
E-mail:zuojia@zuojia.net.cn
http://www.zuojiachubanshe.com
印　　刷：北京明月印务有限责任公司
成品尺寸：152×230
字　　数：288千
印　　张：22.75
版　　次：2019年6月第1版
印　　次：2019年6月第1次印刷
ISBN 978-7-5212-0433-9
定　　价：42.00元
